AF236968

Bluebird

Ana Mohn

Bibliografische Information der Deutschen Nationalbibliothek:
Die Deutsche Nationalbibliothek verzeichnet diese Publikation in der
Deutschen Nationalbibliografie; detaillierte bibliografische Daten sind
im Internet über http://dnb.dnb.de abrufbar.

2. Auflage
© 2021 Ana Mohn

Buchcover: André Schmitz
Herstellung und Verlag: BoD – Books on Demand, Norderstedt

ISBN: 978-3-7543-4605-1

28. August 2018

Wie beiläufig fiel die Wohnungstür ins Schloss. Maren hörte noch das sanfte Einrasten der Verriegelung. Dann war es still. Nur noch das ferne Rauschen des Verkehrs war durch das geöffnete Fenster zu hören. Sie schien allein in der Wohnung zu sein. Das kam selten vor, viel zu selten. Manchmal sehnte sie sich danach, wünschte sich Ruhe und von niemanden gefragt oder gebraucht zu werden, aber genau in diesem Moment wollte sich kein Wohlgefühl bei ihr einstellen. Sie wusste nicht, was sie von dieser befremdlichen Ruhe halten sollte. Die Stille legte sich dumpf auf ihre Brust. Es war nicht das erste Mal, dass Jan, ohne ein Wort zu sagen, die Wohnung verließ. Doch sie konnte sich einfach nicht daran gewöhnen. Schließlich lebten sie zusammen. Seit über fünfzehn Jahren waren sie ein Paar, und seit der Geburt von Jonas eine Familie.

Maren überlegte noch kurz, ob sie zur Tür laufen sollte, um Jan etwas in den Hausflur nachzurufen. So etwas wie, wann er denn wiederkomme, ob er zum Essen da sei oder ob er heute noch Getränke kaufen könne. Doch sie verharrte in ihrem Arbeitszimmer am Schreibtisch. Mit ihrer schmalen Hand griff sie wie beiläufig nach einem Bleistift und kritzelte auf einem karierten Schreibblock herum. Während ihr Blick konzentriert den kreisenden Bewegungen ihrer Hand folgte, war ihr Kopf wie leer. Zusammengesunken saß sie auf ihrem Stuhl. Schon aus einiger Entfernung war zu erkennen, wie sich die oberen Brustwirbel ihres schmalen Rückens durch den dünnen Baumwollstoff ihres weißen Sommerkleides abzeichneten. Wie untypisch diese Haltung für sie war!

Mit angestrengtem Blick beobachtete sie, wie der Graphitstab auf dem Papier dunkle Spuren hinterließ. Kreuz und quer schlängelten sich die Linien über das Blatt und rankten Kästchen um Kästchen an den vorgedruckten Gitterlinien empor. Nach und nach entstand aus dem Durcheinander von Linien ein wohl geordnetes Muster. Papier und Zeichnung verschmolzen zu einem harmonischen Konstrukt. Mit der freien Hand strich sie sich eine blonde Haarsträhne aus dem Gesicht. Sie fand schon seit Stunden keinen Halt mehr in ihrem locker zusammengebunden Haarknoten.

Maren legte den Stift zur Seite und gab die angestrengte Körperhaltung auf. Doch das unangenehme Gefühl der Leere wollte nicht weichen. Sie kannte Jans Spielchen, seine ablehnende Art mit ihr umzugehen. Manchmal machte es ihr nichts aus. Doch an Tagen – wie heute - traf es sie bis ins Mark. Sie lehnte sich in ihrem Schreibtischstuhl zurück, während die Rückenlehne leicht federnd nachgab. Maren blickte aus dem Fenster auf die gewaltige Baumkrone der alten Eiche vor dem Haus. Sie beobachtete, wie die Eichenblätter mit dem Licht spielten und sich ein Farbspiel aus den vielfältigsten Grünnuancen darbot. Ein leichter Sommerwind durchstreifte das dichte Blättermeer und brachte die kleineren Äste zum Tanzen. Prall und üppig präsentierte die Eiche ihr Blattwerk vor einem sattblauen Himmelblau. Nichts an Maren erinnerte in diesem Augenblick an eine berufstätige Frau und Mutter, die souverän ihren Alltag bestritt. Im Gegenteil: Sie wirkte verletzlich und verunsichert. Jeder, der sie so gesehen hätte, hätte ihr sofort ein aufmunterndes Wort geschenkt. Doch sie war allein und musste mit der heutigen Demütigung irgendwie selbst zurechtkommen.

Das Klingeln des Telefons holte Maren abrupt in ihren Alltag zurück. Sie blickte kurz auf das Display des Apparates. „Schneider" stand dort in Großbuchstaben geschrieben. Bevor sie das Gespräch annahm, stellte sie sich aufrecht hin und versuchte zu lächeln, auch wenn sich das etwas verkrampft anfühlte. Übertrieben schwungvoll sprach sie in den Hörer, so als ob sie damit die Schwere, die auf ihr lastete, und ihre Nachdenklichkeit aus der Welt vertreiben könnte: „Hallo Herr Schneider, ich habe gute Nachrichten." Die aufrechte Körperhaltung half Maren. Sie gab ihr Kraft und Bodenhaftung zurück. Sie spürte wie ihre tiefe Stimme noch mehr an Format gewann. Das verlieh ihren Worten sofort mehr Nachdruck. Sie sprach stark und selbstsicher.

Die Vorbereitungen für das Kundenevent der Bonner IT-Firma, bei der Stefan Schneider beschäftigt war, liefen wie am Schnürchen. Zum Glück! Ihr Kunde war sehr anspruchsvoll und achtete auf jedes Detail. Maren arbeitete schon seit vielen Jahren für den Bonner. Seine Wünsche zu erfüllen, war nicht immer leicht. Doch Maren spornte das an. Sie wollte immer das Beste aus allem herausholen. Sie gab sich nur ungern mit halben Dingen zufrieden. Zudem konnte sie es sich nicht leisten, noch einen wichtigen Kunden zu verlieren.

Maren beendete zufrieden das Telefonat und setzte sie sich wieder an den Schreibtisch. Routiniert scrollte sie mit der Computermaus über den Bildschirm und überprüfte den E-Mail-Eingang. Sogleich verspannte sich ihre Körper wieder. Seit zwei Tagen schon wartete sie fieberhaft auf eine E-Mail. Es ging um einen sehr lukrativen Auftrag, für den sie in der letzten Woche ein

Angebot abgegeben hatte. Wenn sie den Zuschlag bekäme, hätte sie für dieses Jahr finanziell ausgesorgt. Das würde eine große Last von ihren Schultern nehmen. Letztes Jahr war es beruflich nicht so gut gelaufen. Sie hatte einen ihrer größten Kunden verloren. Trotz intensiver Bemühungen war es ihr nicht gelungen, diese Lücke zu füllen. Und je länger diese Durststrecke andauerte, desto mehr belastete sie das. Mist! Maren war enttäuscht. Sie hatte immer noch keine Antwort erhalten.

Wenn doch das „Fridolin" endlich mal nennenswerte Gewinne abwerfen würde, dachte sie und seufzte. Aber das kleine Retro-Café, das Jan gemeinsam mit seinem Freund Robert in Bornheim betrieb, erwirtschaftete nur geringe Summen. Obwohl es meistens gut besucht war, blieb der finanzielle Erfolg bislang aus. Doch Jan wollte die Hoffnung nicht aufgeben. Das Café war für ihn ein Herzensprojekt. Eigentlich war er Biologe. Diplomierter Biologe. Doch mit dem Forschungsschwerpunkt „Nesseltiere" war es ihm nie gelungen, eine unbefristete Anstellung zu finden. Jahrelang hatte er sich von einem Jahresvertrag zum nächsten gehangelt: Nie etwas von Dauer. Nie etwas mit Perspektive. Das war frustrierend für ihn. Dann hatten er und Robert sich wie euphorisiert in das Abenteuer „Selbstständigkeit" gestürzt. Detailverliebt richteten sie das „Fridolin" im Stil der 50iger und 60iger Jahre ein. Auch die Speisekarte war inspiriert von Rezeptideen aus den Jahren des Wirtschaftswunders. Es gab kleine Gerichte, Kuchen, Torten und Gebäck. Zudem veranstalteten sie regelmäßig Literatur- und Musikabende. Während Robert die Küche führte, kümmerte sich Jan um den Einkauf und das Kaufmännische.

Da hörte sie, wie sich ein Schlüssel im Schloss der Wohnungstür drehte. Sie vernahm Schritte, begleitet von dem klimpernden Geräusch eines Schlüsselbundes. Es klopfte an der Tür des Arbeitszimmers. Noch bevor Maren antworten konnte, öffnete sich die Tür. Die Klinke noch in der Hand, erschien Jans kräftige Figur im Türrahmen. Er war groß und muskulös, selbst wenn er nur selten Sport trieb. Nur am Bauch zeigte sich schon seit längerem ein kleiner stabiler Ansatz. Maren musste zugeben: er sah immer noch sehr gut aus wie damals, als sie ihn kennenlernte. Für einen Mann mit 48 Jahren hatte er immer noch sehr volles mittelbraunes Haar. Nur an den Koteletten zeigten sich vereinzelt erste graue Haare.

„Du bist wieder zurück?" Maren sah ihn fragend an. Jans dunkle Augen blickten ernst. Seine Stirn war in Falten gezogen und ohne ihre Frage zu beantworten, warf er ihr schmallippig entgegen: „Komm bitte mit. Ich muss dir etwas zeigen." Maren war überrascht. Keine Entschuldigung? Kein Wort dazu, dass er heute Morgen, ohne sich zu verabschieden, einfach verschwunden war. Da Maren nicht sofort aufstand, wiederholte Jan seine Worte mit Nachdruck: „Komm bitte, sofort." Seine Stimme hatte jetzt einen regelrechten Befehlston angenommen. Maren spürte Jans Verärgerung. Das war nicht das erste Mal, dass er sie so herumkommandierte. Widerwillig stand sie auf und folgte ihm in die Küche. Eigentlich interessierte es sie nicht, was er ihr zu zeigen hatte. Sie hasste es, aus ihrer Arbeit herausgerissen zu werden, insbesondere dann, wenn es – aus ihrer Sicht – um irgendwelche Belanglosigkeiten ging. Und das passierte häufig. Doch Jan sah das anscheinend anders. Er rief ständig nach ihr. Für ihn war nichts unwichtig genug, um sie nicht zu rufen.

„Irgendjemand ist schon wieder mit dreckigen Schuhen in die Küche gegangen," bellte er. Dabei zeigte er verärgert auf die Lehmspuren auf dem Fliesenboden. Er schaute sie vorwurfsvoll an: „Warst du das? Oder Jonas?" Innerlich verdrehte Maren die Augen. Eigentlich hatte sie keine Lust, sich für so eine Lappalie zu rechtfertigen. Doch wenn sie dieses Gespräch möglichst schnell beenden wollte, und das wollte sie aus den verschiedensten Gründen, durfte sie sich bloß nicht anmerken lassen, wie egal es ihr war, ob ein bisschen Dreck auf dem Küchenboden lag oder nicht. Natürlich hatte sie auch gerne eine saubere Wohnung. Aber warum konnte Jan die Erdkrummen nicht einfach aufwischen, anstatt sie zu verhören? Was den Haushalt betraf, war sie sehr pragmatisch. Sie hatte weder Zeit, noch Lust, sich mit diesem Thema länger als nötig zu befassen. Sie dachte kurz nach und servierte ihn mit einem „keine Ahnung" ab. Jan nörgelte weiter: „Dir ist es anscheinend gleichgültig, wie es hier aussieht." Das war starker Tobak. Typisch Jan. Er ließ keine Gelegenheit aus, ihr einen Vorwurf zu machen. Doch sollte sie sich deswegen mit ihm streiten? Wegen ein paar Krümel Lehm auf dem Boden?

Sie versuchte ihren Ärger hinunterzuschlucken. Allerdings war sie eine schlechte Schauspielerin. Ihre Stimme klang gereizt: „Aber, das ist doch kein Problem. Wenn dich der Dreck stört, nimm ein Lappen und wisch ihn einfach weg." Während sie das sagte, riss sie ein Papiertuch von der Rolle, feuchtete es unter dem Wasserhahn an und wischte die Lehmspuren damit auf. „Das dauert nicht einmal drei Sekunden." Dann warf sie das beschmutzte Papiertuch demonstrativ in den Müll und ging, ohne sich umzudrehen, wieder in ihr Arbeitszimmer. Jan beobachtete sie schweigend. Schließlich rief er ihr hinterher: „Du weißt, dass ich im Dreck nicht leben kann."

Auch das ließ Maren unkommentiert. Jetzt bloß keine Grundsatzdiskussion anzetteln! Sie hatte weder die Energie dazu, noch hätte ein Gespräch etwas geändert. Zu oft hatte sie diese Art der Auseinandersetzung mit ihrem Mann geführt, ohne dass sich dadurch jemals etwas gebessert hätte. Denn für Jan war die Sache klar. Maren hatte an allem Schuld. Immer: „Du hast nicht aufgepasst. Du wolltest diese Abfahrt nehmen. Du hast entschieden, dass wir das Sofa kaufen. Du musstest deine Eltern einladen. Und du wolltest unbedingt heiraten…" und so weiter, und so weiter. Immer war er auf der Suche nach einem Schuldigen. Und in der Regel traf es Maren. Sie hingegen befand die Klärung der Schuldfrage meist für müßig, insbesondere wenn es um alltägliche Kleinigkeiten ging. Sie sah darin keinen Vorteil, keinen Gewinn. Was hatte sie davon, wenn sie wusste, wer etwas getan oder gesagt hatte. Viel wichtiger war es aus ihrer Sicht, nach vorne zu schauen und Probleme zu lösen.

Maren ging wieder in ihr Arbeitszimmer und versuchte, sich auf ihren Job zu konzentrieren. Sie griff nach dem kleinen Täfelchen Zartbitterschokolade, das neben der Teetasse noch auf ihrem Schreibtisch lag. Hektisch öffnete sie das Silberpapier und biss ungeduldig in die dunkle Schokolade. Nach und nach breitete sich der süß-herbe Kakaogeschmack in ihrem Mund aus. Da öffnete sich die Tür schon wieder. Es war Jan. Sein Blick war nun etwas versöhnlicher: „Soll ich heute Mittag kochen", fragte er. Er schien sich wieder beruhigt zu haben. „Ja, wenn du Zeit hast", antwortete Maren, den Mund noch voller Schokolade. Ihre Stimme klang immer noch angespannt. Sie ertrug Jans vorwurfsvolle Art kaum noch. Gerne würde sie sich solche Szenen ersparen, wusste aber nicht wie. Allzu oft hatte sie ihn darum gebeten, ihr nicht ständig Vorwürfe zu machen, sondern lieber konstruktiv

Kritik zu üben. Aber Jan konnte nicht aus seiner Haut. Nach einem kurzen Moment des Schweigens wandte sie sich wieder ihrem Ehemann zu. Ihre Stimme klang jetzt etwas milder: „Jonas kommt gegen Viertel vor zwei aus der Schule. Dann könnten wir zusammen essen. Es wäre toll, wenn du heute das Kochen übernehmen könntest."

Maren war erleichtert. Sie hatten ihren Rhythmus wiedergefunden. Auch wenn von Harmonie längst keine Rede sein konnte, so schienen die Spannungen zwischen ihnen fürs Erste gelöst zu sein. Das war nicht immer so. Manchmal hielt die eisige Stimmung tagelang an. Dann standen unausgesprochene Vorwürfe wie Betonklötze im Raum und versperrten ihnen den Zugang zueinander. Jan sprach dann kaum mit ihr, tat so, als ob es sie nicht gäbe. Wenn er gemeinsame Aktivitäten mit Jonas plante, ignorierte er sie. Immer wieder drohte, die Situation zu eskalieren. Maren empfand diese Phasen ihrer Ehe als sehr quälend. Wie Blei lastete dann die drückende Stimmung auf der ganzen Familie und war in jedem Winkel der Wohnung zu spüren. Auch an Jonas ging das nicht spurlos vorüber. Zwar versuchte sich der Junge, aus allem herauszuhalten, aber an seiner Mimik konnte sie ablesen, dass er manchmal einfach genervt war.

Es war kurz vor zehn, als Maren endlich im Bett lag. Jan würde sie heute nicht mehr sehen. Wenn er im Café arbeitete, kam er meist erst gegen Mitternacht nach Hause. Zudem schliefen sie seit Monaten in getrennten Zimmern. Unter dem Vorwand, er könne neben ihr nicht einschlafen – angeblich schnarche sie, was Maren natürlich für völlig abwegig hielt – war Jan ins Gästezimmer umgezogen. Ihr war das nicht unrecht. Sie schlief gerne allein. So musste sie auf niemanden Rücksicht nehmen, wenn sie nachts aufwachte und sich unzählige Male hin und her wälzte, um die richtige Schlafposition zu finden.

Jan hingegen hatte es früher immer geliebt, an ihrer Seite einzuschlafen. Damals, als sie noch das Bett teilten. „Ich könnte die ganze Nacht eng umschlungen mit dir verbringen", waren seine Worte. Aber Maren hatte es nie gemocht. Sie konnte seine Nähe und die Enge seiner Umarmung in den nächtlichen Stunden nicht ertragen. Sie hasste diese erzwungene Intimität. Sie brauchte Bewegungsfreiheit. Schließlich war Jan es müde gewesen, sie ständig anbetteln zu müssen. Er hatte genug von dem ganzen Theater. Sich anzubiedern und von ihr abgewiesen zu werden, das war irgendwann zu viel für ihn. Seitdem war es kalt geworden zwischen ihnen, auch im Bett. Nacht für Nacht hatte sich jeder auf seine Betthälfte gerollt und war in seine eigene Gedankenwelt abgetaucht. Schließlich war Jan ins Gästezimmer umgezogen.

Maren war todmüde und wollte nur noch die Weckfunktion auf ihrem Smartphone aktivieren. Beim Einschalten des Displays poppte eine WhatsApp-Nachricht auf.

16:59 Uhr: Frank: Hallo Maren, es tut mir leid, ich hatte dir eine Nachricht auf Xing geschickt. Anscheinend hast du sie nicht gesehen, da du nicht geantwortet hast. Jetzt versuche ich, dich hier auf WhatsApp zu erreichen. Ist das okay für dich?

Von einer Sekunde zur nächsten war Maren hellwach. Sie schnellte hoch. Noch einmal las sie die Nachricht und schaltete das Display wieder aus. Oh, nein! Sie atmete schwer. „Shit!" Sie verzog das Gesicht und warf sich auf den Rücken, beide Arme von sich gestreckt, das Smartphone noch in der Hand haltend.

Maren fühlte sich wie im freien Fall. Was sollte das? Was fiel diesem Mann ein, einfach so über WhatsApp in ihr privates Leben zu platzen? Natürlich hatte sie seine Nachricht auf Xing gelesen. Frank war wie sie Mitglied der Gruppe „Marketing Austria". Maren nutzte diese Online-Plattform, um bestehende berufliche Kontakte zu pflegen und neue zu knüpfen. Frank hatte sie vor einigen Wochen angeschrieben. Er arbeite bei einem Medizintechnikunternehmen und plane ein Expertensymposium in Frankfurt. Ob sie ihn dabei unterstützen könne? Dann folgte ein kurzer Austausch von Nachrichten. Einmal hatten sie auch miteinander telefoniert. Nicht unsympathisch. Doch dann hatte er abgesagt. Seine Firma habe sich entschieden, das Symposium in Wien stattfinden zu lassen. Vor zirka zehn Tagen dann hatte Frank ihr noch einmal auf Xing eine Nachricht geschickt: „Es tut mir leid, dass das Projekt nicht zustande gekommen ist, aber ich möchte dich gerne näher kennenlernen." Sie kennenlernen? Näher kennenlernen? Wozu? Maren war kurz irritiert gewesen. Doch nach kurzem Überlegen hatte sie die Nachricht für unwichtig eingestuft und ignoriert.

Und nun das! Wie aus heiterem Himmel landete er über WhatsApp in ihrem Schlafzimmer! Es beschlich sie ein unangenehmes Gefühl. An diesem intimen Ort hatte keiner ihrer Kunden etwas zu suchen, nicht einmal auf dem Smartphone. Das war ihr geschütztes Nest. Sie fühlte sich unwohl in ihrer Haut. Dann drehte sie sich auf den Bauch und schaltete das Display wieder an. Die Nachricht war immer noch da. Wie dampfende Lava quollen Franks Worte aus dem Smartphone und ergossen sich über sie: beklemmend präsent und gefährlich heiß. Sie breiteten sich wie ein Fremdkörper in ihrem Schlafzimmer aus und störten diesem nur ihr gehörenden Moment des Zubettgehens. Schnell schloss sie den Bildschirm wieder, so als ob sie damit die Nachricht ungeschehen machen könnte.

Nein. Maren wollte ihn nicht kennenlernen.

Sie brauchte keinen weiteren Mann in ihrem Leben. Sie hatte doch Jan. Auch wenn es nicht so gut lief, so hatten sich beide mit ihrer Ehe arrangiert. Es hatte schon so viele Gelegenheiten gegeben zu gehen. Aber weder Jan noch Maren hatten den Mut gehabt, einen Schlussstrich zu ziehen. So wie es jetzt war, war es okay für sie. Sie war weder besonders glücklich, noch unglücklich. Auch wenn der heutige Tag mal wieder einen Tiefpunkt in ihrer Beziehung darstellte. Aber das war nicht immer so. Mehr Mann brauchte sie nicht in ihrem Leben. Zudem gab es auch noch andere Dinge, die ihr wichtig waren.

Maren las Franks Nachricht ein letztes Mal. Nein, sie wollte ihn nicht näher kennenlernen. Das kam gar nicht infrage. Sie stellte das Smartphone aus, legte es auf den Nachttisch und löschte das Licht der Nachttischlampe aus. Trotz des warmen Sommerabends zog sie die Bettdecke bis unter die Nase.

29. August 2018

Als Maren aufwachte, ging ihr als erstes Franks Nachricht durch den Kopf. Zugegebenermaßen fühlte sie sich ein bisschen geschmeichelt. Er schien sich tatsächlich für sie zu interessierten. Es war lange her, dass ein Mann sie hatte näher kennenlernen wollen. Aber das war nicht verwunderlich. Seitdem sie mit Jan zusammen war, interessierte sie sich nicht für andere Männer. Wozu auch? Vor fast zwanzig Jahren hatte sie sich für ihn und ihre Partnerschaft entschieden. Zudem hatten sie einen gemeinsamen Sohn. Eine Familie zu haben, bedeutete für sie eine Verpflichtung und große Verantwortung, ohne Wenn und Aber. Und außerdem war sie so mit ihrem Alltag beschäftigt, dass ihr gar keine Zeit blieb, sich über ihr Liebesleben viele Gedanken zu machen. Andererseits erinnerte sie sich noch gut an das Telefonat, das sie vor einigen Tagen mit Frank geführt hatte. Sie hatten sich auf Anhieb gut verstanden. Sie mochte seine dunkle und verbindliche Stimme. Es brauchte nur wenige Worte, und sie wusste sofort, was er meinte. Und es waren vor allem die ausgedehnten Gesprächspausen, die sich tief in ihr Gedächtnis eingebrannt hatten. Statt einer Stille, die peinlich berührte, löste das Schweigen ein Gefühl der Verbundenheit in ihr aus. Und beide waren mutig genug gewesen, das auszuhalten.

Als Maren bemerkte, dass ihre Erinnerungen an Frank mehr Gefühle in ihr aufkeimen ließen, als ihr lieb war, trat sie auf die Bremse. Stopp. Dafür war jetzt keine Zeit. Mit einem Ruck warf sie die Bettdecke zur Seite und stand auf. Wie immer war der Morgen straff getaktet. Ständig blickte Maren auf die Uhr: Aufstehen, Duschen, Anziehen, Frühstück machen, Jonas wecken, gemeinsam Frühstücken, die Küche aufräumen, Zähneputzen, den Jungen in die Schule schicken. Um Viertel vor Acht saß sie endlich am Schreibtisch und las ihre E-Mails. Jan schlief noch. Es war gestern Abend spät geworden. Maren klickte sich fix durch ihre Nachrichten, löschte Werbemails, speicherte Anhänge und sortierte die zu bearbeitenden Nachrichten in die verschiedenen Projekt-Ordner. Plötzlich leuchtete das Display ihres Smartphones auf.

07:53 Frank: Hi!

Maren spürte, wie ihre Wangen vor Aufregung warm wurden. Damit hatte sie nicht gerechnet, weder mit einer weiteren Nachricht von Frank, noch mit der Irritation, die diese bei ihr auslöste. Aber woher sollte er auch wissen, dass sie in einer festen Beziehung steckte. Fairer Weise sollte sie ihm das mitteilen. Doch jetzt hatte sie keine Zeit. Sie musste sich dringend um ihren Job kümmern: mit dem Standbauer telefonieren, ein Veranstaltungskonzept schreiben und Preise für verschiedene Werbeartikel anfragen.

Etwas später vernahm sie, wie sich eine Zimmertür öffnete. Das musste Jan sein, der gerade aufgestanden war. Sie konnte hören, wie er betont leise ins Bad ging und kurz darauf den Flur durchquerte, sich an der Tür ihres Arbeitszimmers vorbeischlich und dann die Küche betrat. Das war mal wieder typisch. Er wünschte ihr nicht einmal einen „Guten Morgen". Sie hasste diese Ignoranz und spürte, wie der Ärger in ihr aufbrodelte. Als sie sich endlich entschied, die Initiative zu ergreifen und in die Küche zu gehen, öffnete sich die Tür und Jan stand mit einer Tasse Tee in der Hand im Türrahmen. „Guten Morgen! Möchtest du einen grünen Tee?" fragte er, und ohne eine Antwort abzuwarten, steuerte er direkt auf sie zu, stellte die dampfende Tasse auf dem Schreibtisch ab und gab ihr einen flüchtigen Kuss auf ihr frisch gewaschenes und nach Shampoo duftendes Haar. „Oh, danke. Guten Morgen", antwortete Maren sichtlich erleichtert und etwas beschämt, weil sie Jan so vorschnell verurteilt hatte. Doch da hatte er bereits die Tür hinter sich zugezogen.

Den ganzen Vormittag über schweiften Marens Gedanken immer wieder zu Frank. Was sollte und wollte sie ihm antworten? Die Situation war völlig neu für sie. Sobald Maren die wichtigsten

Arbeiten erledigt hatte, formulierte sie eine Nachricht an ihn. Die löschte sie sofort wieder und begann von Neuem.

13:38 Maren: Hi Frank, es tut mir leid, dass ich erst jetzt antworte. Deine Nachricht hat mich sehr überrascht. Du möchtest etwas über mich erfahren? Du weißt bereits einiges über mich, zum Beispiel, dass ich als Eventmanagerin mein Geld verdiene und in Frankfurt lebe. Was du noch nicht weißt: Ich bin verheiratet und Mutter eines 14-jährigen Sohnes. Möchtest du noch mehr über mich erfahren? Maren

13:41 Frank: Oh...

13:42 Frank: Das ist okay. Ich dachte, dass du vielleicht Single bist und ich versuche mein Glück.

13:47 Maren: Ich fühle mich geschmeichelt. So ein altes Mädchen wie ich es bin...

13:50 Frank: Du bist eine attraktive und kluge Frau. Du hast mir von Anfang an gefallen und ich wollte dich gerne näher kennenlernen.

Ein breites Lächeln überzog Marens Gesicht und sie spürte, wie ihr die Röte ins Gesicht schoss. Unruhig rutschte sie auf ihrem Stuhl hin und her. Sie legte das Smartphone auf den Tisch und blickte, während sie sich in dem Stuhl zurücklehnte, verlegen aus dem Fenster. Frank machte ihr den Hof. Doch statt sich zu freuen, fühlte sie sich verunsichert und unwohl in ihrer Haut. Es war ihr fast peinlich. Und schon war das Lächeln wieder aus ihrem Gesicht verschwunden. Sie zweifelte: Ob er das ernst meinte? Gefiel sie ihm wirklich? Seit wann interessierten sich Männer für Frauen in ihrem Alter? Wer stand schon auf die äußerlichen Problemzonen einer Mitvierzigerin und auf ihre über Jahrzehnte hin eingefahrenen persönlichen Macken und Marotten?

Sie fuhr sich mit der Hand durch ihr Haar. Oder fand er sie wirklich attraktiv? Maren richtete ihren Oberkörper langsam Wirbel für Wirbel auf, kippte das Becken nach vorne, zog die Schultern nach unten und schob ihre Brust heraus. Dann streckte sie ihren Hals und schob das Kinn ein kleines Stück nach vorne. Sie schaute aus dem Fenster und beobachte für einen Moment, wie der Wind mit den Ästen und Blättern der alten Eiche spielte.

14:05 Frank: Nun, denn. Ich wünsche dir alles Gute.

14:08 Maren: Danke, das wünsche ich dir auch.

30. September 2018

Es war schon hell, als die unbeschwerte Melodie des Wecktons Maren aus dem Schlaf riss. Automatisch streckte sie ihre Hand nach dem Smartphone aus und stoppte den „Nachtwandler". Gleich würden die ersten Sonnenstrahlen durch das Fenster fallen und die gelben Vorhänge zum Leuchten bringen. Maren liebte es, wenn die Morgensonne den Raum in ein wohlig warmes Licht tauchte. Behaglich drehte sie sich noch einmal auf die Seite, zog die Knie unter ihre Brust und kuschelte sich unter ihre Bettdecke. Ihr Blick ruhte auf den zugezogenen Vorhängen, voller Erwartung, dass die Sonne diese endlich leuchten ließ. Sie lauschte kurz der Singdrossel, die direkt vor ihrem Fenster mit einem kraftvollen und dynamischen Gezwitscher ihre Stimme trainierte. Morgen um Morgen verfeinerte sie ihren Gesang. Nicht mehr lange, dann würden auch die anderen Vogelstimmen in das Gezwitscher einfallen, Blaumeisen, Sperlinge manchmal auch ein Grünfink. In diesem Moment fielen durch den Spalt zwischen den beiden Vorhängen die ersten Sonnenstrahlen und berührten ihre Haut.

Gut gelaunt sprang Maren aus dem Bett und öffnete den Kleiderschrank. Wie selbstverständlich griff sie nach der neuen Seidenunterwäsche, die sie letzte Woche in dem kleinen Wäscheladen an der Ecke gekauft hatte. Dazu wählte sie das hellblaue Sommerkleid, das ihren Teint besonders strahlen ließ. Selbst etwas Make-up durfte es heute Morgen sein, ein zarter grüner Lidstrich, das Nachziehen der Augenbrauen und ein Hauch von Lippenstift.

Sie schminkte sich selten, meistens nur bei bestimmten Anlässen. Aber irgendwie war ihr heute danach.

Marens und Jonas Morgenroutine endete an diesem Morgen in großer Hektik. Der Junge war viel zu spät dran und musste sich beeilen, um pünktlich an der Bushaltestelle zu sein. Geschäftig packte Maren die Wasserflasche in Jonas Ranzen und drückte ihm den Haustürschlüssel in die Hand. Kaum war die Wohnungstür hinter ihm ins Schloss gefallen, öffnete sich die Tür des Gästezimmers. „Hi, hast du gut geschlafen?" begrüßte Maren Jan. Jan schaute sie verschlafen an: „Ja, alles okay! Komm! Ich habe dir etwas mitgebracht. Ich möchte, dass du das probierst." Er hielt einen Beutel aus Cellophan in der Hand und schlurfte damit in die Küche.

Maren zögerte einen Moment. Sie hatte heute jede Menge zu tun. Ihre Kunden warteten. Die Zeit saß ihr im Nacken. Aber es blieb ihr nichts anderes übrig, als Jans Wuschelkopf zu folgen. Ein „Geht das nicht später oder ein anderes Mal?" hätte seinen Unmut erregt und vielleicht auch eine der vielen Grundsatzdiskussionen, wie „Nie hast du Zeit für mich und deine Familie", „Du kümmerst dich nur um deinen Job" oder „Du denkst nur an dich". Maren hoffte nur, dass Jan ihre Aufmerksamkeit nicht zu lange beanspruchen würde.

„Was hast du denn da?" fragte sie unwirsch, so dass selbst ihr der Tonfall unangenehm auffiel und sie leicht zusammenzucken ließ. „Wir haben eine neue Teesorte, die wir eventuell im „Fridolin" anbieten wollen", erklärte Jan unbeirrt, während er Leitungswasser in den Wasserkocher füllte. „Der Tee ist aus Blüten des chinesischen Roseneibisch. Er schmeckt sehr fruchtig und natürlich. Zudem soll er entzündungshemmend wirken", triumphierte

Jan. Maren hatte sich inzwischen wieder unter Kontrolle und konzentrierte sich auf die getrockneten roten Blütenkelche, die Jan ihr entgegenhielt: „Mmh, das hört sich gut an. Könnte das ein neuer Trend-Tee werden?"

Bevor Jan und Robert neue Gerichte oder Getränke auf die Speisekarte des Cafés setzten, brachte Jan seiner Frau immer eine Kostprobe mit nach Hause. Ihre Meinung war ihm wichtig. Doch wenn Maren ehrlich war, ließ ihr Ehemann nur Lob gelten. Für Kritik war in seiner Lebenswelt kein Platz, vor allem dann nicht, wenn sie von Maren kam. Zu groß war seine Sehnsucht nach Bestätigung und Anerkennung, zu tief saß der Schmerz der Mittelmäßigkeit.

Jan füllte einige der trichterförmigen Blütenkelche in eine gläserne Teekanne. Während er das sprudelnd heiße Wasser über die getrockneten Blütenblätter goss, stieg ihnen umgehend der sanft fruchtige Geruch der Hibiskusblüten in die Nase. Nach und nach quollen die hellrosafarbenen Blüten in dem heißen Wasser auf und entfalteten ihre volle Pracht und Schönheit. Jan wartete wenige Minuten bis sich das Teewasser leuchtend rot färbte und füllte es dann in einen Teebecher, den er Maren reichte. „Die Farbe des Tees ist sehr intensiv und der Geruch verführerisch", lautete ihr erstes Urteil. Jans Augen leuchteten. Maren, die ungern jemandem nach dem Mund redete, hatte im Laufe ihrer Partnerschaft lernen müssen, allem, aber auch allem, was er ihr zeigte, etwas Positives abzugewinnen. Es war ein Spiel, das sie ihm und ihrer Beziehung zuliebe gerne mitspielte, und gleichzeitig ein Garant für gute Momente in ihrer Beziehung.

Maren goss unterdessen ein wenig von der dampfenden Flüssigkeit auf einen Teelöffel. Mit gespitzten Lippen versuchte sie, behutsam pustend den Tee etwas abzukühlen. Jan verfolgte mit seinen Augen jede ihrer Bewegungen: wie sie den Löffel in Richtung Mund führte, den Kopf leicht nach vorne streckte, mit der linken Hand die ihr ins Gesicht fallende Haarsträhne wieder hinter das Ohr steckte, ihr Mund sich beim Einatmen schloss und die Lippen sich beim Ausatmen spitzten und wie sie endlich den Löffel in den Mund gleiten ließ und der Mundraum sich mit dem Tee füllte. Maren spürte Jans Blicke. Seine Anspannung und seine gespielte Ernsthaftigkeit amüsierten sie. Sie konnte ein Lächeln kaum unterdrücken. Plötzlich fühlte sie sich ihm so nah. „Ein tolles Aroma", sagte Maren anerkennend und blickte auf die gläserne Teekanne: „Und auch optisch sind die Blüten ein wahrer Genuss. Ihr solltet den Tee in einer gläsernen Kanne servieren oder direkt im Glas aufgießen." Jan strahlte. Er freute sich sichtlich über die anerkennenden Worte.

„Ist es okay für dich, wenn ich den Tee in meinem Arbeitszimmer weiter trinke?" Maren nutzte den Moment, um sich endlich loseisen und mit ihrer Arbeit beginnen zu können. „Klar, ich muss auch gleich los zum Großhandel."

Während Jan bereits dabei war, die Küche aufzuräumen, ging Maren in ihr Arbeitszimmer. Sie stellte das Radio an und begann ihre Mails zu lesen. Dabei summte sie leise vor sich hin und sang auch die ein oder andere Liedzeile mit. Wenig später hörte sie, wie Jan die Wohnungstür hinter sich zu zog. Nachdem sie die dringendsten Aufgaben erledigt hatte, griff sie zum Telefonhörer. Sie wollte endlich Klarheit haben und wissen, ob sie mit dem großen Auftrag noch rechnen konnte. Eigentlich hätte sie allen Grund gehabt nervös zu sein. Akquise war nicht ihr Ding. Genau genommen hasste sie es. Sie mochte es nicht, sich anzubiedern,

Interessenten nach zu telefonieren und Absagen zu kassieren. Sie wollte einfach nur einen guten Job machen. Doch heute Morgen verspürte sie eine gewisse Selbstverständlichkeit und Leichtigkeit, als sie die Rufnummer der Firma Müller Logistik wählte. „Guten Morgen," sprach sie gut gelaunt in das Mikrophon ihres Headsets. „Frau Berger, gut, dass Sie anrufen", tönte es ihr entgegen. Ein Fünkchen Hoffnung breitete sich auf Marens Gesicht aus. „Ich habe gestern Abend noch mit der Geschäftsleitung gesprochen. Wir freuen uns, wenn sie uns bei der Teilnahme am ‚Forum Automobillogistik' unterstützen könnten." Maren fiel ein Stein vom Herzen. Endlich. Es hatte geklappt. Zudem würde sie dieser Auftrag längere Zeit beschäftigen. Sie sprang auf und strahlte über das ganze Gesicht: „Das freut mich." „Ich werde Ihnen heute noch die Auftragsbestätigung zusenden." Maren warf das Smartphone auf den Tisch und ließ sich rücklings auf das kleine Zweisitzer-Sofa fallen. Sie stieß einen Juchzer aus. Abrupt stand sie wieder auf und begann hektisch auf ihrem Schreibtisch die Unterlagen herauszusuchen, die sie bereits für die Angebotserstellung gesammelt hatte. Sie blätterte die Mappe kurz durch und entschied sich, erst mit der Arbeit zu beginnen, wenn sie den schriftlichen Auftrag in den Händen hielt.

Maren war sichtlich erleichtert. Zwischendrin schweiften ihre Gedanken immer wieder ab und landeten bei Frank. Sie musste zugeben, dass seine Worte sie immer noch beschäftigten. Da hörte Maren die Wohnungstür. Das musste Jan sein. Sie ging in den Flur, um ihn zu begrüßen: „Hey, schön, dass du schon zurück bist." Jan schaute sie ungläubig an: „Warum freust du dich, dass ich schon wieder da bin? Das tust du doch sonst nicht." Maren drückte ihm einen Kuss auf die Wange und begann um ihn herum zu tänzeln. „Einfach so. Aber ich habe auch gute Nachrichten. Ich habe heute die Zusage für das ‚Forum Automobillogistik' bekommen." Jans Gesichtszüge entspannten sich und es zeichnete sich ein kleines Lächeln auf seinen Lippen ab: „Herzlichen Glückwunsch!" Und während er die Schuhe auszog, seine Jacke aufhängte und die Papiere, die er mitgebracht hatte, sortierte, fragte er ganz nebenbei ohne aufzublicken: „Wie viel? Wie viel verdienen wir damit? Soll ich schon mal das BMW Cabrio bestellen?"

Von einer auf die nächste Sekunde verabschiedete sich Marens gute Laune. Sie fand seine Bemerkung gar nicht spaßig. Was wusste er schon von dem Druck, der auf ihren Schultern lastete, um den Lebensunterhalt der Familie sicherzustellen. Es war nicht das erste Mal, dass Jan sich in solch einer Situation über sie lustig machte. Das war nicht fair. „Ja, bitte bestelle ein Rotes", rief sie Jan spöttisch hinterher, der inzwischen in die Küche gegangen war.

Als Jan später am Nachmittag ins Café fuhr, schaltete Maren den Laptop aus. Sie sortierte noch ihre Unterlagen auf dem Schreibtisch übersichtlich in kleine Stapel und schrieb eine To-do-Liste für den nächsten Tag. Dann durchquerte sie den Flur und klopfte an Jonas Zimmertür. Ohne eine Antwort abzuwarten, betrat sie das Jungenzimmer. „Hi, mein Sohn, was machst du Schönes? Was ist mit deinen Hausaufgaben? Schon erledigt?" Jonas lag in sein Tablett vertieft auf seinem Sitzsack. Ohne den Blick vom Bildschirm zu lösen, schüttelte er den Kopf. „Gut. Und hast du den Zettel für die Klassenfahrt in der Schule abgegeben?" Jonas nickte nur. Maren merkte, dass sich Jonas gestört fühlte. Nun, gut! Eine letzte Frage hatte sie noch: „Hast du heute Abend Lust auf Pizza?" Endlich hob Jonas seinen braunen Wuschelkopf und strahlte: „Mmh, eine megascharfe Pizza. Klar doch!"

Während Maren innerlich über Jonas schmunzeln musste, machte sie sich in der Küche an die Vorbereitungen für das Abendessen. Genüsslich tauchte sie ihre Hände in den samtweichen Hefeteig, ließ ihn durch ihre Finger gleiten und zog den Klumpen routiniert in kreisenden Bewegungen zu einer flachen Teigplatte auseinander. Dann strich Maren die leuchtend rote und nach Oregano und Knoblauch duftende Soße auf den Pizzaboden. Abschließend belegte sie die Pizza mit Zwiebeln, roten Paprika, Mais, Jalapeños und scharfer Salami. Bevor sie das bunt belegte Pizzablech in den Ofen schob, streute sie noch den würzig duftenden Cheddar-Käse darüber. Das Kochen entspannte Maren. Diese wohltuende Melange aus Geschmacksvariationen, Farben und Gerüchen ließ sie den anstrengenden Tag mit Jan fast vergessen. Sie stellte Teller und Gläser auf den Couchtisch und legte noch das Besteck und zwei Servietten dazu. Eigentlich bestand sie immer darauf, die Mahlzeiten am Esstisch einzunehmen, aber heute wollte sie eine Ausnahme machen. Sie waren nur zu zweit und Jonas liebte es, vor dem Fernseher zu essen.

Kurz darauf zog Maren die herrlich duftende Pizza aus dem Ofen. Laut rief sie: „Das Essen ist fertig. Jonas, komm bitte." Ihr Sohn ließ nicht lange auf sich warten, riss die Tür auf und stürzte ins Wohnzimmer. Die Ähnlichkeit mit seinem Vater war verblüffend. Er hatte nicht nur dieselbe kräftige Statue und das braune lockige Haar, sondern auch die Art, wie er sich bewegte, war unverkennbar Jan. Auch charakterlich ähnelten sich die beiden sehr. Sie liebten es, andere bis aufs Blut zu provozieren, übertrieben gerne und wechselten oft von einem Extrem ins andere. Der 14-Jährige nahm Anlauf, sprang über die Rückenlehne des Sofas und machte es sich vor dem Couchtisch bequem. Mit der Fernbedienung wählte er blitzschnell einen Streamingdienst aus und startete die nächste Folge seiner Lieblingsserie. Maren setzte sich zu ihm. Je älter er wurde, desto weniger Zeit verbrachten sie gemeinsam. Er ließ sich nur noch für wenige Dinge begeistern und fand es in der Regel uncool, etwas mit seiner Mutter zu unternehmen. Kein Wunder, in dem Alter!

1. September 2018

Es war Samstag. Noch bevor Maren die Augen aufschlug, verspürte sie bereits ein Kribbeln im Bauch und eine unbändige Lust auf den Tag, der blank vor ihr lag. Sie liebte dieses Gefühl. Keine Termine, keine Verpflichtungen, oder besser gesagt fast keine. Denn zu tun hatte sie natürlich jede Menge. Jonas war gestern zu seinem Freund Tim gefahren und wollte erst Sonntag wieder zurückkommen. Jan musste arbeiten, wie fast jedes Wochenende. Noch während sie im Bett lag und sich von links nach rechts drehte, schossen unzählige Ideen durch den Kopf, angefangen bei „was ich schon lange mal wieder machen wollte" bis hin zu „das wollte ich schon längst einmal ausprobiert haben". Es sprudelte nur so aus ihr heraus. Eindeutig zu viel für einen mal wieder viel zu kurzen Tag. Oder, ob sie doch arbeiten sollte? Unschlüssig stand sie auf und ging ins Bad. Als sie in den Spiegel blickte, waren ihre Gedanken direkt wieder bei Frank. Seitdem er Kontakt zu ihr gesucht hatte, war sie wie verwandelt. Und dieses neue Lebensgefühl gefiel ihr irgendwie. Mit festem Blick taxierte sie ihr Spiegelbild und schaute in das Gesicht einer gut gelaunten Frau. Ihre Augen lächelten. Ihre Gesichtszüge waren entspannt. Gleichzeitig entdeckte sie in ihrer Mimik etwas Weiches und Sanftes.

Jahrelang schien sich niemand für sie interessiert zu haben. Nicht einmal sie selbst. Ihr Frausein und ihre Weiblichkeit hatte sie völlig gedrängt und gegen Ihre Rolle als Mutter und Ernährerin eingetauscht. Kein Wunder. Denn auch von Jan bekam sie nur selten ein Kompliment, wogegen er mit Kritik nicht sparte: ihre Knochen seien zu spitz, ihre Haare zu kurz, der Busen zu klein. Wie hätte sie sich da schön, attraktiv oder gar begehrenswert finden können? Maren musste an Franks Worte denken. Sie fühlte sich wie aus der Zeit entrückt und verspürte wie sie sich langsam entkrampfte und dieses lässige Gefühl der Ungebundenheit in vollen Zügen genoss. Kopfschüttelnd grinste sie in ihr Spiegelbild: „Maren, was tust du da? Was soll das? Was willst du? Denk nach! Du bist eine erwachsene Frau.

17:23 Maren: Hi, ich bin es Maren. Unser kurzer Chat hat mich die ganze Woche über beschäftigt. Ich war nicht besonders nett zu dir. Aber deine Worte haben mich verwirrt. Wegen deiner Komplimente erlebe ich seit Mittwoch eine emotionale Achterbahnfahrt, meine Hormone tanzen Samba und ich bin voller Energie. So etwas passiert mir nicht jeden Tag. Genau genommen ist es das erste Mal. Danke dafür! Das hat mich neugierig auf dich gemacht, aber ich befürchte, das könnte zu kompliziert werden. Pass auf dich auf, Maren.

17:25 Frank: Hi, Maren, es ist okay. Es gibt keinen Grund, dass du dich schlecht fühlst. Ich habe dich überrumpelt. Das tut mir leid. Ich habe nicht mehr damit gerechnet, dass ich noch etwas von dir höre. Aber es freut mich. Lass uns den Startknopf auf null setzen. Was machst du dieses Wochenende?

17:29 Maren: Ich habe im Moment viel Arbeit und sitze fast den ganzen Tag am Laptop. Und du?

17:30 Frank: Ich habe dieses Wochenende nichts Besonderes vor. Heute Morgen war ich etwas Einkaufen und im Fitnessstudio. Dann habe ich mir etwas zu essen gemacht und die Wohnung in Ordnung gebracht. Später treffe ich mich noch mit einem Kollegen, der gerade zufällig in Istanbul ist, auf ein Glas Bier. Ich habe gestern an dich gedacht und wollte dir schreiben. Aber ich wollte dich nicht weiter stören.

17:31 Maren: Du störst mich nicht! Erzähle mir mehr von dir. Was machst du in Istanbul?

17:33 Frank: Ich bin Österreicher und lebe eigentlich in Wien. Da ich seit Anfang des Jahres für den Vertrieb unserer medizintechnischen Geräte in Vorderasien zuständig bin, verbringe ich viel Zeit in der Türkei, in Istanbul. Und du?

17:42 Maren: Wie du weißt, lebe ich mit meinem Mann und meinem Sohn in Frankfurt. Ich arbeite seit vielen Jahren freiberuflich als Eventmanagerin. In der Regel bin ich gut ausgelastet. Im Moment läuft er sehr gut. Erst in dieser Woche konnte ich zwei neue Aufträge gewinnen. Das ist mir schon lange nicht mehr passiert. Was für ein Coup!

17:51 Maren: Es tut mir leid, ich bin beim Schreiben von Textnachrichten etwas langsam. Mein Sohn lacht mich deswegen oft aus.

17:53 Frank: Gratuliere! Du scheinst mit dem, was du beruflich machst, erfolgreich zu sein. Das freut mich für dich. Wenn es dir lieber ist, kannst mir gerne eine Sprachnachricht schicken :-)

Maren zuckte zusammen. Oh nein, das kam gar nicht in Frage. Ihre Stimme würde gleich so viel über sie verraten, wahrscheinlich mehr als sie überhaupt sagen wollte. Dann doch lieber schreiben, auch wenn es länger dauerte. Sie schaute auf die Uhr.

17:53 Maren: Es tut mir leid, Frank. Ich muss jetzt los. Ich bin heute Abend mit einer Freundin verabredet.

17:59 Frank: Das ist okay. Ich wünsche dir einen schönen Abend. Kannst du mir schreiben, wenn du wieder zurück bist?

Wenig später traf Maren am „Schönen Platz" ein. Während sie nach einem Abstellplatz für ihr Fahrrad Ausschau hielt, sah sie, wie ihr Judith von einem der Tische aus vor dem Lokal bereits zuwinkte. „Hey, schön, dass wir uns endlich mal wiedersehen. Gut siehst du aus." Judith stand auf und umarmte Maren herzlich. Die beiden kannten sich, seitdem ihre Söhne Jonas und Lukas Kindergartenfreunde waren. Maren strahlte über das ganze Gesicht und ihre Augen funkelten: „Danke." „Nein wirklich, etwas ist anders bei dir. Hast du ein neues Kleid? Eine andere Haarfarbe? Ein neues Make-up?" „Nein, nein und nochmals nein." Sie mussten beide lachen. „Egal, du bist jedenfalls irgendwie besonders heute Abend."

Kaum saßen die beiden Frauen am Tisch, kam der Kellner zu ihnen, ein dunkelhaariger lässiger Typ Ende 20. „Hi Ladies, wisst ihr schon, was ihr trinken wollt?" „Wie wäre es, wenn wir mit einem Lillet starten?" Maren sah Judith fragend an. „Oh, das ist eine gute Idee. Das kann ich gut gebrauchen nach dieser Woche. Es war mal wieder echt anstrengend." Maren wandte sich wieder dem Kellner zu: „Kannst du uns bitte zwei Lillet Berry bringen?" „Klar, doch!" Der junge Mann lächelte amüsiert und zwinkerte ihr beim Weggehen zu.

Für einen kurzen Moment war Maren befangen. Sollte das ein Flirt-Signal gewesen sein? Noch bevor sie erröten konnte, setzte sie rasch das Gespräch fort: „Und wie geht es dir, Judith?" „Danke. Ich habe im Moment irrsinnig viel zu tun. Wir renovieren das Erdgeschoß." „Du Arme, das kann ich mir gut vorstellen", bedauerte Maren ihre Freundin. „Wir müssen auch dringend unsere Wohnung streichen. Aber wir sind uns mal wieder völlig uneins. Selber streichen oder einen Maler beauftragen? Tapete runter oder einfach alles weiß streichen? Und wenn es dann erst einmal losgeht, ist die Katastrophe vorprogrammiert." Marens Stimme hatte einen leicht aggressiven Unterton angenommen.

„Sorry, Maren", fiel Judith ihr ins Wort. „Auch wenn ich dir möglicherweise jetzt etwas zu nahetrete: Aber warum seid ihr beiden eigentlich noch zusammen? Du berichtest immer nur von Streit, Konflikten und Vorwürfen. Hast du schon einmal darüber nachgedacht, deinen eignen Weg zu gehen?" „Du meinst, mich zu trennen?" fragte Maren ungläubig. „Genau." In dieser Deutlichkeit hatte Judith noch nie mit ihr darüber gesprochen. „Ständig beklagst du dich über Jan. Ich frage mich wirklich, ob er der richtige Partner für dich ist?" Maren war wie vor den Kopf geschlagen. Judith schien dieser Gedanke schon länger zu beschäftigen. Sonst hätte sie es nicht gewagt, das Thema anzusprechen. Mit gut gemeinten Ratschlägen war sie immer sehr zurückhaltend.

Plötzlich stand der Kellner wieder mit einem Tablett in der Hand vor ihnen. „Voilá, Mesdames!" Schwungvoll stellte er zwei Weingläser auf den Tisch, in denen viele kleine, leuchtend rote Johannisbeeren und glitzernde Eiswürfel in dem Likörgemisch hin und her tanzten. Allein der Anblick machte den beiden Frauen schon Lust auf den fruchtig-herben Aperitif. „Zwei Lillet Berry extra frisch und fruchtig nur für euch." Marens Mine hellte sich auf und sie schenkte dem jungen Mann dankbar ein Lächeln, welches dieser forsch erwiderte. „Darf ich euch auch etwas zum Essen bringen?" Während Maren sich für einen Flammkuchen mit Blattspinat und Schafskäse entschied, wählte Judith einen großen gemischten Salat mit Sweet Chili Chicken. Unbefangen schäkerten die beiden Frauen mit dem Kellner und nutzten wenig später die wohltuende Unterbrechung ihres Gesprächs für einen Themenwechsel.

21:26 Frank: Bist du zurück?

21:47 Frank: Hast du Lust, mit mir zu telefonieren?

Maren schloss gerade die Wohnungstür auf, als sie Franks Nachrichten las. Sie war überrascht und spürte wie ihr das Adrenalin durch den Körper schoss. Sie brauchte einen Moment, um die Frage zu verdauen. Auf gar keinen Fall! Sie war viel zu aufgeregt, um jetzt mit Frank zu sprechen. Sie würde mit Sicherheit kein vernünftiges Wort herausbringen. Sie brauchte Zeit. Sie spürte, dass sich irgendetwas zwischen ihnen abspielte. Aber sie konnte das noch gar nicht einordnen. Sie war verunsichert. Wollte sie das wirklich? Sie hatte Angst mit jedem kleinen Schritt in seine Richtung und sei er noch so zaghaft, etwas ins Rollen zu bringen, das sie hinterher nicht mehr stoppen konnte.

21:53 Maren: Es tut mir leid, im Moment fühle ich mich dazu nicht in der Lage. Ich bin ein wenig durcheinander. Ich weiß nicht, was gerade mit mir passiert.

21:57 Frank: Nimm dir die Zeit, die du brauchst. Bitte lass dich nicht durcheinanderbringen. Ich bin da und du kannst immer mit mir reden, wenn dir danach ist.

22:01 Maren: Können wir noch etwas chatten? Erzähle mir etwas von dir. Vielleicht können wir morgen telefonieren! Ist das okay für dich?

22:03 Frank: Natürlich. Und ja, gerne können wir uns noch schreiben. Was interessiert dich? Was möchtest du von mir wissen?

22:04 Maren: Erzähl mir einfach, was du heute gemacht hast.

Maren entspannte sich, ging kurz in die Küche, um sich ein Glas Rotwein zu holen, und machte es sich im Wohnzimmer auf dem Sofa bequem. Jan war um diese Uhrzeit noch im Café und Jonas übernachtete heute bei Lukas. Sie konnte in Ruhe mit Frank chatten, niemand störte sie.

22:05 Frank: Es war ein ganz normaler Arbeitstag. Ich war im Büro. Mittags habe ich mich mit einem Kunden zum Essen in einem traditionellen osmanischen Restaurant in der Istanbuler Altstadt getroffen.

22:05 Maren: Das hört sich gut an. Ich war auch schon mal in Istanbul. Das ist aber schon einige Zeit her. Eine gute Freundin von mir – sie ist Türkin - lebt seit einiger Zeit mit ihrer Familie dort. Wir kennen uns aus dem Studium. Verbringst du viel Zeit in Istanbul? Wie ist es für dich, dort zu arbeiten und zu leben?

22:06 Frank: Seit Anfang des Jahres bin ich fast ständig hier. Alle zwei bis drei Wochen fahre ich für ein Wochenende nach Hause, manchmal fliege ich auch für ein Meeting unter der Woche nach Wien. Ich bin nur zum Arbeiten in Istanbul. Das ist okay. Aber ich hoffe, dass ich bald eine andere Aufgabe im Unternehmen übernehmen kann und wieder häufiger in Wien sein werde.

Vieles hier ist mir fremd. Zudem ist es nicht leicht für mich, außerhalb des Jobs Kontakte zu knüpfen.

22:06 Maren: Wieso?

22:08 Frank: Mir bleibt neben der Arbeit nur wenig Zeit. Manchmal bin ich auch einfach zu müde, um noch raus zu gehen. Außerdem sieht man mir an, dass ich kein Türke bin. Zudem spreche ich die Sprache nicht. Das erschwert die Kontaktaufnahme.

22:08 Maren: Und was machst du, wenn du frei hast?

22:08 Frank: Ich versuche, mich fit zu halten. Letzten Monat habe ich mich in einem Fitnessstudio angemeldet. Dort trainiere ich regelmäßig. Zuhause in Wien treffe ich mich mit Freunden gerne zum Frisbee spielen.

22:09 Maren: Du meinst Ultimate Frisbee?

22:09 Frank: Ja, genau. Aber leider gibt es hier keine Möglichkeit, das zu spielen. Und ich fotografiere. Am liebsten Landschaftsaufnahmen. Manchmal stehe ich früh am Morgen auf, um pünktlich zum Sonnenaufgang an einem Foto-Spot zu stehen. Licht und die Stimmungen, die es erzeugen kann, faszinieren mich. Licht schenkt uns immer wieder neue Bilder und setzt Emotionen frei.

22:10 Maren: Wow, das klingt spannend. Ich liebe Fotos. Manchmal besuche ich Fotoausstellungen. Vielleicht magst du mir einige deiner Bilder zeigen.

Schon seit längerem interessierte sich Maren für Fotografie. Sie hatte sogar einen Fotokurs belegt und sich eine gute Kamera gekauft. Aber dann fand sie kaum Zeit, dieses Hobby weiterzuverfolgen. Die Familie, der Job: jeder Tag war randvoll, kaum Platz für eigene Unternehmungen.

22:10 Frank: :-) Gerne. Ich suche ein paar Bilder raus, die ich dir schicken kann. Erzähle mir etwas über deine Familie. Du hast einen Sohn?

22:12 Maren: Ja, genau. Er heißt Jonas, ist 14 Jahre alt und so, wie Jungs in seinem Alter nun mal sind. Er gibt gerne den Coolen und weiß natürlich alles besser als seine weltfremden Eltern. Ha, ha, ha.

22:13 Frank: Oh ja, das kann ich mir gut vorstellen. Aber so, wie du von ihm sprichst, scheint ihr ein gutes Verhältnis zu haben. Was ist mit dem Vater deines Sohnes?

Maren hielt einen Moment inne. Was sollte sie ihm antworten? Schließlich kannten sie sich kaum.

22:19 Maren: Wir sind seit fast 20 Jahren ein Paar…

22:19 Frank: Oh ...

22:24 Maren: … und leben als Familie zusammen. Wie viele andere Paare haben wir einige Schwierigkeiten. Es ist ein ständiges Auf und Ab. Eine gute Beziehung zu führen, ist nicht leicht. Aber was rede ich da. Du hast deine eignen Erfahrungen und ich will dich jetzt nicht mit meinen Ehegeschichten langweilen. Was möchtest du noch über mich wissen?

22:24 Frank: Alter, Größe, Gewicht? :-)

Maren musste lachen.

22:25 Maren: Das ist nicht dein Ernst! Jetzt machst du dich über mich lustig! Wenn du meinst, dass ich dir jede Frage beantworte, liegst du falsch.

22:25 Frank: Dann fangen wir mit dem Alter an: How old are you, my lady?

Da war sie: die kritische Frage. Nach Franks Profilfoto zu urteilen, war er jünger als sie. Eventuell sogar viel jünger. Maren suchte nach einer strategisch guten Antwort. Sie wollte ihn auf gar keinen Fall durch ihr Alter verschrecken. Nicht jetzt schon, wo es noch nicht einmal richtig angefangen hatte. Sie musste zugeben: Frank hatte ihr Interesse geweckt. Es gefiel ihr, mit ihm zu chatten.

22:34 Maren: Zuerst du.

22:34 Frank: Ich bin 35.

22:44 Maren: Okay, dann bin ich ein bisschen älter als du …

22:44 Frank: :-) Das ist kein Problem. In unserem Alter ist das Lebensalter nicht so wichtig. Findest du nicht auch?

22:45 Maren: Das ist richtig.

22:45 Frank: Du bist mir sehr sympathisch. Allein das zählt.

Tief sog Maren Franks Worte in sich auf und spürte, wie sie sich langsam in ihrem Körper ausbreiteten und für ein wohlig warmes Gefühl sorgten. Der Chat, der Wein… wie von einer Schaumkrone umhüllt, fühlte sich das Leben plötzlich leicht und prickelig an.

22:50 Maren: Puh, große Worte!

22:53 Maren: Unser Gespräch hat ganz schön an Fahrt aufgenommen... da ist viel Wind in den Segeln.

22:54 Maren: Ich glaube, ich muss jetzt schlafen gehen.

22:55 Frank: Okay Lady, ich hoffe, wir können morgen telefonieren?

2. September 2018

Es war später Vormittag. Maren stellte ihr Fahrrad ab und trank einen Schluck aus ihrer Wasserflasche. Von hier oben aus hatte sie einen fantastischen Blick auf Frankfurt, der nur durch einen zarten Dunstschleier getrübt wurde. Es war ein warmer Spätsommertag, ein leichter Wind streifte über die Felder. Sie genoss es, allein unterwegs zu sein, neue Wege und Orte zu erkunden, entlang an duftenden Felder und über erdige Waldwege zu fahren. Ganz in ihrem eigenen Tempo. Sie hatte sich entschieden, Frank von unterwegs aus anzurufen. Sie wollte ungestört sein, wenn sie mit ihm sprach. Zudem hatte sie beim Radfahren ausreichend Gelegenheit, ihren Gedanken freien Lauf zu lassen. Wie sollte sie das Gespräch mit Frank beginnen? Was wollte sie ihm sagen? Welche Worte wären die passenden? Richtig. Sie hatte schon einmal mit ihm telefoniert. Im Job. Aber das hier war etwas anderes. Was immer es auch war? Sie war aufgeregt. Hoffentlich merkte Frank ihr die Nervosität nicht an. Hoffentlich verhaspelte sie sich nicht oder sprach mal wieder viel zu schnell.

Sie packte ihre Trinkflasche wieder in die Satteltasche und zog das Smartphone aus ihrem Rucksack. Mit klopfendem Herzen hörte sie das Freizeichen. Nach dem dritten Klingeln ertönte seine tiefe Männerstimme: „Hallo, Maren!" Seine Begrüßung, die nicht alltäglicher und banaler hätte sein können, löste eine Lawine an Emotionen in ihr aus. Es war die Art, wie er ihren Namen aussprach, so selbstverständlich und souverän, als ob er das schon hunderte Male gesagt hätte. In seiner Stimme schwang etwas Wohlklingendes und Vertrautes mit, dem sie sich kaum entziehen konnte.

Während ihr Blick Halt am Horizont suchte, umschloss ihre rechte Hand fest den Griff des Fahrradlenkers. Es dauerte eine vielleicht auch zwei Sekunden, bis sie sich wieder fasste und sich leise mit einer ihr überraschend fremd klingenden weichen Stimme sagen hörte: „Hey." Ein kurzer Moment der Stille. „Hey, Frank!" Die Welt um sie herum schien zu versinken. Ihre Hand krallte sich tiefer in die Gummi-Noppen des Lenkergriffs.

Dann drang wieder dieser entwaffnende Klang seiner sonoren Stimme in ihr Ohr und holte sie zurück auf die kleine grüne Anhöhe, auf der sie gerade Rast machte: „Wie geht es dir?" „Danke, gut", antwortete sie eilig und versuchte sich fieberhaft darauf zu konzentrieren, was sie als Nächstes sagen wollte. Der Ball lag jetzt bei ihr. Sie musste ihn nur aufnehmen, so wie sie es zuvor immer und immer wieder in den unterschiedlichsten Variationen durchgespielt hatte. Wie eingeübt klangen ihre Worte, wenn auch etwas zaghaft: „Und, wie sieht es bei dir aus? Was machst du?" Frank machte einen lockeren und völlig unverkrampften Eindruck: „Mir geht es gut. Ich habe schon auf deinen Anruf gewartet. Während dessen habe ich mir die Zeit damit vertrieben, Fotos zu bearbeiten." Oh mein Gott, er hatte auf ihren Anruf gewartet, ging es Maren durch den Kopf. Und einen Atemzug lang war sie sich unsicher, ob sie darüber erschrocken sein oder sich freuen sollte. Doch dann ließ sie ihrer Freude freien Lauf. Sie biss sich auf ihre Unterlippe: „Das tut mir leid, dass du auf mich warten musstest. Aber ich hatte heute Vormittag keine Gelegenheit, mich in Ruhe bei dir zu melden." Sie konnte ihn Lächeln hören. „Das ist okay. Und was machst du jetzt?" „Ich bin unterwegs. Ich mache gerade eine Fahrradtour. Das Wetter ist traumhaft schön und ich habe einen fantastischen Blick auf Frankfurt." „Das muss schön sein. Bist du allein?" „Ja, Radtouren unternehme ich meistens allein. Mein Mann fährt nicht gerne Rad. Aber es macht mir nichts aus, allein zu fahren. Beim Radfahren kann man sich so oder so schlecht unterhalten." „Schade, wäre ich jetzt in Frankfurt, würde ich dich gerne auf deiner heutigen Tour begleiten. In Wien bin ich häufiger mit dem Rad unterwegs. Aber in Istanbul ist das etwas anderes. Hier muss man lebensmüde sein, um sich mit dem Fahrrad auf die Straße zu wagen", spottete er und lachte bei dieser Vorstellung, so dass sie unweigerlich mitlachen musste.

Das war schön und ließ Maren etwas lockerer werden. „Ich bin dir übrigens noch eine Antwort schuldig." Und nach einer winzigen Pause platze sie heraus: „44". Seine Stimme lächelte: „Das ist okay. Es ist nur eine Zahl. Das Alter ist nicht so wichtig. Und vor allem sollten wir unser Leben nicht davon beschränken lassen." „Da gebe ich dir Recht, aber du hattest gestern gefragt." „Das stimmt. Aber es war eher eine der Standardfragen, wenn man sich kennenlernt. Es macht für mich keinen Unterschied, ob du 30, 40 oder 75 Jahre alt bist." Maren stutzte, aber dann hörte sie sein ansteckendes Lachen. Frank amüsierte sich. „Ha, ha …", antwortete Maren und spielte die Beleidigte. Er machte sich über sie lustig. Dann musste auch sie lachen. Sie war ihm nicht wirklich böse.

„Und was machst du heute noch?" setzte er das Gespräch fort. „Ich werde noch einige Zeit mit dem Rad unterwegs sein und danach zuhause entspannen. Ich habe nichts Besonderes vor." „Und du?" „Ich muss noch einige Besorgungen machen und werde mich jetzt gleich in das Getümmel der Istanbuler Einkaufsstraßen stürzen. Heute Abend werde ich zuhause sein. Schreib mir bitte, wenn du von deiner Tour zurück bist." „Ja, gerne." „Okay, dann lass ich dich jetzt weiterfahren. Pass auf dich auf." „Das mache ich. Bis später." „Ja, bis später. Es war schön, mit dir zu sprechen." „Tschau."

Ihr rechter Zeigefinger berührte zögerlich die rote Schaltfläche auf dem Bildschirm und beendete die Verbindung. Sie atmete tief durch. Sie spürte, wie sich unerwartet ein völlig neues Gefühl wärmend in ihr ausbreitete und sie es wohlwollend zuließ. Auch wenn sie sich gerade erst kennenlernten, war bereits etwas Vertrautes zwischen ihnen. An ihr Fahrrad gelehnt, spürte sie noch dem Klang seiner Stimme nach und ließ Kopf und Herz von seinen Worten und seinem Lachen umspülen. Bevor sie sich wieder startklar machte, um weiterzufahren, warf sie noch einen Blick auf ihr Smartphone.

12:59 Frank: Du hast eine schöne und ehrliche Stimme.

13:02 Maren: Danke. Ich habe mich auch gefreut, dich zu hören.

13:03 Frank: Du bringst mich zum Lächeln. Danke dafür.

Maren schaltete das Display aus und ließ das mobile Gerät zurück in die Tasche gleiten. Frank schien sie ernsthaft näher kennenlernen zu wollen. Obwohl sie noch gar keine Vorstellung davon hatte, wie das gehen sollte und vor allem, wo das hinführen könnte, so wusste sie zumindest eins: Sie wollte ihn kennenlernen. Daran führte kein Weg mehr vorbei. Sie fühlte sich von ihm angezogen. Er war ein Mann, über den sie mehr erfahren wollte. Ein Mann, der ihre Gefühle weckt. Maren wusste nicht, wann sie das letzte Mal etwas Ähnliches empfunden hatte. Sie wusste nur, sie wollte mehr davon.

Sie schüttelte ihr Haar, warf ihren Kopf kurz nach hinten und setzte sich ihre Sonnenbrille wieder auf. Dann trat sie den Rückweg an. Als sie zu Hause ankam, hatte Frank ihr einige Fotos geschickt. Es waren verschiedene Strandmotive, Detailaufnahmen von Felsformationen und Straßenszenen vermutlich aus Istanbul. Sie betrachte die Bilder ausgiebig, vergrößerte sie auf dem Touchscreen und ließ sie eine Weile auf sich wirken. Es mussten einige Beispiele seiner Fotoarbeiten sein. Ihr gefiel die klare, fast minimalistische Anmutung der Aufnahmen. Die außergewöhnliche Bildschärfe unterstrich diesen Eindruck. Nur ein Bild passte so gar nicht in diese Reihe. Es zeigte Menschen, die an einer Bushaltestelle warteten. Eine Momentaufnahme: zwei Frauen mit Einkaufstüten und Kinderwagen, ein alter Mann, der eine Tesbih, eine islamische Gebetskette, in der Hand hielt, drei junge Männer, die sich lässig an das Haltestellenhäuschen lehnten und zwei Männer in Anzug, die vermutlich auf dem Weg ins Büro waren. Abseits von dieser Gruppe – aber immer noch im Mittelpunkt des Betrachters – stand ein junger Schwarzafrikaner. Sein Kopf und sein Blick waren gesenkt. Seine Körperhaltung signalisierte Unsicherheit. Die Farben und das Licht ließen das Motiv kalt und düster wirken. Dieses Bild hatte so gar nichts mit der Schönheit und Ästhetik der anderen Aufnahmen zu tun. Spannend, dachte Maren. Frank schien ein guter Beobachter zu sein.

Bevor sie ihm antwortete, stöberte Maren im Fotoarchiv ihres Smartphones. Hier reihte sich Urlaubsbild an Urlaubsbild. Nichts fotografisch Anspruchsvolles! Aber sie wollte Frank gerne einige Bilder schicken. Auf den meisten war sie mit Jan oder mit Jonas oder mit beiden zu sehen. Die konnte sie Frank nicht schicken. Endlich entdeckte sie ein Selfie, das sie gerne mochte. Auf dem Bild wirkte sie sehr natürlich und schaute mit einem festen, klaren Blick in die Kamera. Ihr Lächeln war federleicht, warm und gewinnend.

17:17 Frank: Was für eine gutaussehende Frau!

17:17 Frank: Du bist wunderschön. Ich finde dich sehr attraktiv und sympathisch.

17:18 Frank: Deine Fotos machen mich glücklich. Ich kann nicht aufhören, zu lächeln.

Maren wurde verlegen. So viele Komplimente auf einmal. Das war sie nicht gewohnt. Sie fühlte sich geschmeichelt. Eingeschüchtert schrieb sie Frank zurück.

17:18 Maren: Danke. Das freut mich.

Maren ging in die Küche, um das Abendbrot vorzubereiten. Sonntag war einer der wenigen Tage in der Woche, an denen sie als Familie gemeinsam zu Abend aßen. Maren stellte das Radio an. Während sie die Zutaten für einen bunten Salat klein schnitt und in einer Schüssel vermengte, sang sie so laut sie konnte mit: „Is it love, is it love, or are you just fooling around?" Bevor sie den Mixer anstellte, um aus Avocados, Knoblauch, etwas Zitrone und Salz und Pfeffer eine Guacamole zuzubereiten, drehte sie die Lautstärke noch ein wenig höher.

Plötzlich entdeckte Maren Jonas, der kopfschüttelnd in der geöffneten Küchentür stand. Ohne ein Wort zu sagen, verließ er den Raum und zog die Tür wieder hinter sich zu. Maren hatte ihn zuerst gar nicht bemerkt, so sehr war sie mit sich und der Zubereitung des Abendessens beschäftigt. Als sie sah, dass Jonas wieder verschwand, stürzte sie laut lachend hinter ihm her und riss die Tür wieder auf: „Hey Jonas, was willst du? Lauf nicht weg." Jonas grinste sie an und drehte den Kopf bedächtig von links nach rechts und von rechts nach links bis er sie fassungslos fragte: „Was geht mit dir denn ab?" „Gefällt es dir nicht, wenn ich singe?" „Peinlich, Mama. Das ist echt peinlich!" Er verdrehte die Augen und hörte nicht auf, seinen Kopf zu schütteln. Maren musste noch mehr lachen und schmetterte mit voller Inbrunst weiter: „Is it love ..." Dann tänzelte sie gut gelaunt zurück in die Küche, bis sie bemerkte, dass Jonas ihr immer noch nicht geantwortet hatte. Kurzerhand drehte sie sich um, betrat wieder Jonas Zimmer und baute sich vor ihm auf. Obwohl er noch ein Teenager war, überragte er sie bereits um wenige Zentimeter. Er war groß geworden, besonders im letzten halben Jahr. Und reifer und selbstständiger.

Maren hatte aufgehört zu lachen, und ihre Stimme war wieder in ihre gewohnt tiefe Tonlage abgefallen: „Warum bist du in die Küche gekommen?" „Ich wollte nur wissen, wann wir essen. Ich habe Hunger." „Das Essen ist ungefähr in einer halben Stunde fertig. Bis dahin müsste Papa zuhause sein, so dass wir zusammen essen können." Mit einem schnellen „Okay" beendete Jonas das Gespräch und vertiefte sich wieder in sein Handy-Spiel.

Maren wendete gerade die Quesadillas in der Pfanne, als Jan in die Küche kam. „Hi, da bist du ja. Wie war dein Tag?" begrüßte sie ihn vergnügt. „Ganz okay!" sagte er unterkühlt, während er achtlos an ihr vorbeiging und zielstrebig auf den Kühlschrank zusteuerte, um eine Wasserflasche herauszunehmen. „Wie ist es heute gelaufen? Hattet ihr viel zu tun?" Jan nahm einen Schluck Wasser direkt aus der Flasche: „Wenig! Alle Cafés sind gut besucht, nur wir nicht. Bei dem schönen Wetter wollen alle draußen sitzen."

Das alte Lied. Jan und Roberts Café hatte zwar eine gute Lage, bot aber keine Möglichkeit für eine Außengastronomie. War das Wetter schön, brachen regelmäßig die Umsätze ein. Das war in den vergangenen Jahren nicht weiter tragisch gewesen, da der Sommer meistens verregnet war. Doch in diesem Jahr schien die Schönwetterperiode nicht enden zu wollen. Und jetzt war es schon September und die Umsätze lagen seit Wochen unter Plan. „Und wie wäre es, wenn ihr …", setzte Maren zaghaft an. Jan unterbrach sie genervt: „Sag bitte nichts. Ich habe jetzt keine Lust, darüber zu sprechen." In der Tat hatten sie in den letzten Monaten oft genug dieses Thema diskutiert. Fast jedes Mal endete das Gespräch in einem Streit. Während Maren nicht mehr an den Erfolg des Cafés glaubte, hielt Jan starrköpfig daran fest.

Jan stellte die Flasche wieder zurück in den Kühlschrank und verließ wortlos den Raum. Maren blieb konsterniert zurück. Das war typisch. In nur wenigen Sekunden brachte Jan es fertig, ihre gute Stimmung völlig zunichte zu machen. Sie spürte, wie das Lächeln aus ihrem Gesicht verschwand und ihr Blick sich verhärtete. Eben noch voller Energie, fühlte sie sich jetzt kraftlos. Sie stellte die Musik aus, räumte mit routinierten Handgriffen die Küche auf und deckte den Tisch im angrenzenden Esszimmer. Angestrengt rief sie durch die geöffnete Küchentür in den Flur: „Jonas! Jan! Das Essen ist fertig."

10. September 2018

07:17 Maren: Als ich heute Morgen aufwachte, musste ich direkt an dich denken. Das gibt mir ein gutes Gefühl. Es wird mir schwerfallen, mich auf meine Arbeit zu konzentrieren.

Während Maren sich im Bad für ihren heutigen Kundentermin zurecht machte, schaute sie immer wieder ungeduldig auf ihr Smartphone. Die Zeit kam ihr wie eine Ewigkeit vor. Warum antwortete er nicht? Schlief er noch? War er schon im Büro? Seit ihrem ersten Kontakt hatten sie sich jeden Tag geschrieben. Manchmal nur für ein kurzes Hallo, manchmal für einen längeren Chat. Schnell packte sie noch ihren Laptop in die Tasche und zog sich ihre Pumps an. Dann warf sie rasch einen letzten Blick auf ihr Handy.

07:57 Frank: Mir geht es genauso. Ich glaube, du bist ein ganz besonderer Mensch.

Endlich! Maren hielt für einen Moment inne und musste lächeln. Dann spürte sie wie seine Worte sich süß und sanft wie flüssiger Honig in ihrem Brustraum ausbreiteten. Sie genoss den Moment. So konnte der Tag gerne beginnen. Ein Kompliment am Morgen: das tat gut. Von Jan hatte sie das schon lange nicht mehr gehört. Hatte er ihr jemals schöne Worte gemacht? Sie konnte sich zumindest nicht daran erinnern.

Doch nun musste sie los. Sie steckte das Smartphone in ihre Jackentasche, griff nach ihrer Laptoptasche und eilte die Treppe hinunter. Unten angekommen, stieg sie in ihr Auto und zwängte sich in den Berufsverkehr Richtung Frankfurter Kreuz. Heute hatte sie Glück. Ausnahmsweise gab es keinen Verkehrsstau. Und das an einem Montag! Als sie auf den Parkplatz ihres Kunden einbog, blieb ihr noch eine Viertelstunde bis zu ihrem Termin. Sie hatte noch genügend Zeit, um ihre E-Mails zu checken.

07:58 Frank: Ich wäre heute gerne in Frankfurt. Dann könnten wir uns auf einen Kaffee treffen. Aber vielleicht können wir uns schon bald sehen?

08:04 Frank: Ich möchte dich gerne kennenlernen. Ich weiß, du bist weit weg, aber das sollte uns nicht daran hindern, uns zu treffen.

Das ging Maren eindeutig zu schnell. An ein Treffen hatte sie bislang noch gar nicht gedacht. Sie merkte, wie diese Vorstellung sie außerhalb ihrer Komfortzone katapultierte. Genau genommen hatte sie sich noch nicht einmal damit befasst, wie und ob es überhaupt nach einem ersten Kennenlernen mit Frank weitergehen konnte. Im Moment wusste sie nur eins: Er tat ihr gut. Wenn sie an ihn dachte, empfand sie eine unbändige Freude und Lebendigkeit. Und diesen Zustand wollte sie einfach nur auskosten und genießen, sich von dieser Leichtigkeit des Seins beflügeln und von den Gefühlen treiben lassen. Sie fand, dass ihr das zustand. Und wem schadete es schon, wenn sie Frank schrieb oder mit ihm telefonierte. Ihrem Sohn Jonas? Ihrem Mann Jan? Nein, nein und nochmals nein. Das war ihre Angelegenheit und hatte nichts mit ihrer Familie zu tun, zumindest im Moment noch nicht.

8:51 Maren: Ich verstehe. Ich möchte dich sehr gerne kennenlernen. Ja, und es wäre schön, wenn wir uns treffen könnten.

Aber wir sollten nichts überstürzen und einen Schritt nach dem anderen machen.

8:52 Maren: Ich muss jetzt los. Ich habe heute Vormittag einen Kundentermin. Ich wünsche dir einen schönen Tag.

Maren klappte die Sonnenblende herunter und warf noch einen letzten prüfenden Blick in den Schminkspiegel. Zufrieden griff sie nach ihrer Tasche, öffnete beschwingt die Wagentür und stieg aus. Mit federnden Schritten ging sie auf das Bürogebäude zu. Erst als eine ihr entgegenkommende ältere Frau Maren unvermittelt ein Lächeln schenkte, merkte sie, dass sie selbst über das ganze Gesicht strahlte. Maren erwiderte den Blick der Dame und grüßte mit einem Kopfnicken. Sie musste ein wenig über sich selbst lachen. Sie war so voller Energie und wäre am liebsten wie ein junges Fohlen voller Lust und Glücksgefühle zügellos und ungestüm sofort losgerannt. Doch das ließen weder ihre hochhackigen Schuhe, noch die Situation zu. Stattdessen versuchte sie, sich gedanklich wieder zu sammeln und auf das bevorstehende Gespräch zu konzentrieren.

11. September 2018

07:51 Frank: Guten Morgen, mein Engel. Ich habe dich gestern Abend vermisst. Gerne hätte ich noch mit dir gechattet. Aber ich hatte noch ein Geschäftsessen und war erst sehr spät zuhause. Ich wollte dich nicht mehr stören.

07:53 Frank: Ich habe das Gefühl, dich schon ewig zu kennen. Auch wenn ich nur wenig von dir weiß, kommst du mir so vertraut vor. Ich freue mich, dass es dir gut geht.

07:55 Maren: Das freut mich. Ich fühle mich ebenfalls zu dir hingezogen.

07:56 Frank: Seit langem habe ich nicht mehr so empfunden.

07:57 Maren: Wem sagst du das? Mir geht es genauso.

07:59 Frank: Das freut mich, schöne Frau.

Maren saß noch am Frühstückstisch, während sie ihren Gedanken nachhing. Es war schön, einfach nur schön mit Frank. Sie fühlte sich wie verwandelt. Seine Worte machten sie glücklich und puschten sie. Sie sprühte nur so vor Energie und Elan. Und das Beste war: auf einmal fügte sich alles wie von selbst. Eigentlich hätte sie schon längst am Schreibtisch sitzen müssen. Sie schaute auf die Uhr. Es war Zeit, Jonas zu wecken. Er hatte heute die ersten beiden Stunden schulfrei und konnte daher etwas länger schlafen. Maren öffnete seine Zimmertür und rief gut gelaunt: „Guten Morgen, aufstehen! Es ist kurz nach acht!" Schwungvoll zog sie die Vorhänge auf und öffnete das Fenster. Jonas rührte sich nicht. Ihre Stimme klang jetzt etwas eindringlicher: „Hallo! Buon Giorno! Bist du wach?" „Jau", brummelte Jonas unter seiner Bettdecke hervor und drehte sich noch einmal um, bevor Maren einen raschen Kuss auf seinen Hinterkopf drückte: „Los, du musst jetzt aufstehen. Das Frühstück ist fertig."

Da fiel ihr ein, dass Jan heute einen Arzttermin hatte. Sie ging ins Arbeitszimmer und warf einen Blick in ihren Tischkalender. Dort waren alle Termine notiert: ihre beruflichen und privaten, aber auch Jonas und Jans Termine. Die Organisation von Familie, Beruf, Freunde – alle Fäden liefen bei ihr zusammen. Tatsächlich! Jan musste um 10 Uhr beim Orthopäden sein. Den Termin hatte

Maren schon vor einigen Wochen für ihn ausgemacht. Immer wenn er seinen Fuß zu sehr belastete, schmerzte dieser. Vor allem das lange Stehen im Café bekam ihm nicht gut. Doch von sich aus wäre Jan nie zum Arzt gegangen. Das war typisch. Er verließ sich immer auf Maren.

Sie schaute noch einmal auf die Uhr und entschloss sich, Jan zu wecken. Als sie über den Flur ging, kam er ihr bereits entgegen. Er schaute sie fragend an. Maren zögerte einen Moment, schwieg und drehte in Richtung Arbeitszimmer ab. Sie war genervt. Von sich selbst. Warum meinte sie immer, für alle mitdenken zu müssen? Sie verinnerlichte diese Rolle so sehr, dass sie schon gar nicht mehr anders konnte. Warum ließ sie Jan und Jonas ihre Angelegenheiten nicht selbstständig erledigen? Ständig mischte sie sich ein und meinte, die Dinge in die Hand nehmen zu müssen. Es war ein Teufelskreis. Und wenn sie den nicht selbst durchbrach, warum sollten es ihre beiden Männer tun? Es war doch bequem, sich Dinge abnehmen zu lassen. Etwas später trafen sich Maren und Jan in der Küche. Während Maren Jonas Frühstücksgeschirr in die Spülmaschine räumte, füllte Jan den Wasserkocher auf. „Wann gehst du zum Arzt?" fragte Maren wie beiläufig. Nun hatte sie es sich doch nicht verkneifen können, sich einzumischen. „Der Termin ist um 10 Uhr", erwiderte Jan und ging ins Bad, um zu duschen.

Maren hatte den ganzen Tag über nichts von Frank gehört, musste aber ständig an ihn denken. Er hatte bestimmt viel zu tun. Am frühen Abend hielt sie es nicht mehr aus. Sie wollte nicht länger auf seine Nachricht warten und ergriff die Initiative.

17:46 Maren: Hi, wie war dein Tag? Meiner war großartig. Ich fühlte mich wie im Rausch. Bitte, beame mich zurück zur Erde.

17:46 Frank: Wow. Natürlich beame ich dich zurück. Du kannst doch nicht einfach so verschwinden. Wir haben uns nicht einmal richtig kennengelernt. Ja, danke. Ich war in der Mittagspause am Bosporus spazieren und habe nur an dich gedacht, schöne Frau.

Maren errötete. Unterdessen verfasste sie schon die nächste Nachricht.

17:51 Maren: Ein Kunde sagte mir heute, er verspüre eine Menge Energie und Leidenschaft in meiner Arbeit. Ein so positives Feedback hört man selten. Es ist verrückt! Ich fühle mich wie neu geboren. Alles scheint plötzlich möglich zu sein.

17:55 Frank: Oh Liebes, das freut mich sehr für dich! Ich fühle, dass ich von Tag zu Tag mehr für dich empfinde. Es ist wie ein Geschenk.

18:23 Maren: Ja, das fühle ich genauso.

18:27 Frank: Kann ich dich anrufen?

Maren wollte gerade eine Nachricht an Frank in ihr Smartphone tippen, als Jan ins Arbeitszimmer kam. Neugierig kam er näher: „Was machst du da die ganze Zeit? Arbeitest du noch?" „Nein, nein", beeilte sich Maren zu antworten. Sie fühlte sich ertappt, wollte sich aber nichts anmerken lassen. Mit brüchiger Stimme erwiderte sie: „Ich bin fertig für heute. Wieso fragst du?" „Jonas fragt, was es zum Abendbrot gibt. Er hat Hunger." „Er hat Hunger? Aber kannst du ihm nicht schnell etwas machen? Oder musst du schon los?" Jan blickte Maren verdattert an: „Jonas wollte, dass DU ihm etwas machst. „Okay." Maren war für einen Moment etwas ratlos, was sie nun tun sollte. Gerne hätte sie Frank noch geantwortet, doch war ihr nicht wohl bei dem

Gedanken, dass Jan ihr dabei möglicherweise über die Schulter schaute. Sie ließ ihr Smartphone in die Schublade gleiten, stand auf und ging rüber in Jonas Zimmer.

19:57 Maren: Entschuldige, dass ich dir eben nicht geantwortet habe, aber ich musste mich um meine Familie kümmern.

19:59 Frank: Alles klar. Ich dachte schon, ich hätte dich vergrault.

20:01 Maren: Nein, nein… Ich möchte gerne mit dir telefonieren.

20:02 Frank: Kann ich dich später anrufen? Ich bin gerade auf dem Weg zum Abendessen.

20:02 Maren: Kein Problem. Melde dich, wenn du wieder zurück bist und Zeit hast.

Maren blickte aus dem Fenster. Schade! Sie hätte jetzt so gerne mit ihm gesprochen. Den ganzen Tag über hatte sie ihn schon vermisst. Ihre Nervosität stieg von Minute zu Minute. Immer wieder verspürte sie den Drang, auf ihr Smartphone zu schauen. Fast zwanghaft überprüfte sie, ob Frank ihr eine neue Nachricht geschickt hatte. Doch es tat sich nichts. Es gab keine einzige neue Nachricht. Dabei war ihr klar, dass es noch etwas dauern würde, bis er sich meldet. Er war ja gerade erst auf dem Weg ins Restaurant.

Sie wusste nicht recht, wie sie die Zeit bis zu ihrem Telefonat totschlagen sollte. Maren schaute auf die Uhr. Es war inzwischen schon kurz nach neun. Ob Frank schon zurück war? Fehlanzeige! Um sich die Zeit bis zu seinem Anruf zu vertreiben, entschied sie sich, schon einmal ins Bad zu gehen und sich für die Nacht fertig zu machen. Dann wünschte sie Jonas eine gute Nacht und ging zu Bett.

22:07 Frank: Kann ich dich jetzt anrufen?

Maren schlug das Herz bis zum Hals. Sie war immer noch so aufgeregt wie am ersten Tag.

22:10 Maren: Selbstverständlich.

Nicht einmal zwei Sekunden später vibrierte ihr Smartphone. Und da war sie wieder, Franks tiefe angenehme Stimme. Zum Glück übernahm er die Gesprächsführung: „Wie geht es dir? Was machst du? Hast du zu Abend gegessen?" „Danke. Es geht mir gut. Schön, dich zu hören. Ich habe zusammen mit meinem Sohn gegessen. Und du? Wie war's im Restaurant? Bist du allein Essen gegangen?" „Ja, es war okay. Ich habe allein gegessen. Ich esse abends meistens allein. Nur wenn ich Geschäftstermine habe, bin ich in Begleitung." „Kannst du kochen?" „Nein. Deshalb muss ich immer essen gehen. Lieber würde ich in Gesellschaft essen. Das ist weitaus amüsanter." Maren nickte verständnisvoll. Frank machte nicht den Eindruck, in Istanbul besonders glücklich zu sein. Das tat ihr leid. Und er ergänzte: „Ich habe hier so gut wie keine Kontakte. Die Einheimischen, die ich kenne, haben Familie und essen meistens zuhause. Aber es gibt Schlimmeres, als allein in einem Lokal essen zu müssen. Was machst du gerade?" Maren kuschelte sich tiefer in die Kissen: „Ich habe es mir bereits im Bett gemütlich gemacht." „Bist du schon müde?" „Nein, noch nicht. Ich gehe abends gerne früh ins Bett und lese noch etwas oder höre einen Podcast." „Podcasts höre ich häufig. Vor allem auf Reisen. Kennst du den Krimi-Podcast „Das Böse"? Dort werden echte Fälle aus der deutschen Kriminalgeschichte aufgerollt.

Es ist ein wenig wie der amerikanische Podcast „Serial" nur auf Deutsch. Es ist wirklich spannend."

Frank reihte hektisch einen Satz an den nächsten, überschlug sich fast. Maren war bei Krimis immer etwas zurückhaltend: „Nein, den kenne ich nicht. Grundsätzlich mag ich Krimis, aber ich vertrage nur eine bestimmte Sorte. Es soll natürlich spannend sein, aber nicht zu gruselig oder zu grausam. Vor allem, wenn ich allein bin." Das hörte sich an, als ob sie ein Angsthase wäre. Sie musste lachen, und steckte damit Frank an: „Keine Sorge, wenn du magst, können wir gerne mal einen Krimi zusammen hören. Aber was sehr cool ist, ist „Revisionist History". Dort werden ungewöhnliche Geschichten über vergessene Dinge erzählt, z. B. warum ein Country-Songwriter auf die Idee kam, das traurigste Lied der Musikgeschichte zu schreiben und was das über Amerika aussagt. Der Podcast ist allerdings auf Englisch."

Frank war jetzt voll in seinem Element und in seinem Redefluss kaum zu stoppen. Maren war darüber nicht unglücklich. Das ersparte ihr das Reden und entspannte sie ein wenig: „Das klingt wirklich interessant. Da werde ich mal reinhören. Mal sehen, ob meine Englischkenntnisse dafür ausreichen." „Ja, mach das. Es lohnt sich!" Und nach einer kleinen Pause setzte er fort: „Es ist schön, mit dir zu telefonieren. Ich mag deine Stimme. Sie spricht Bände." Maren stieg sofort wieder die Röte ins Gesicht. Frank war immer sehr direkt und mit Komplimenten großzügig. Das war sie nicht gewohnt. Zudem sagte er klar, was er dachte: „Schade, dass ich jetzt nicht bei dir sein kann. Wir könnten es uns zusammen gemütlich machen." Maren durchfuhr es heiß und sie spürte, wie ihr Herz schneller schlug. Doch gleichzeitig war sie sich unsicher, in welche der vielen Schubladen sie dieses Gefühl stecken sollte. Es war zugleich schön und befremdlich, umarmend und seltsam, vereinnahmend und namenlos. Sie kam ins Trudeln.

Obwohl Frank viele nette Dinge zu ihr sagte, endete das Gespräch für Maren mit einem merkwürdigen Gefühl im Bauch. Irgendwie hatte sie sich ihm nicht richtig nahe gefühlt. Sie lag noch einige Minuten auf ihrem Bett und dachte darüber nach. An seiner Stimme lag es nicht. Die gefiel ihr. An dem, was er sagte, lag es nicht. Er war aufmerksam, höflich, wertschätzend und humorvoll. Und auch daran, was sie über ihn erfahren hatte, konnte es nicht liegen. Das fand sie interessant. Doch was verunsicherte sie und verursachte dieses eigenartige Gefühl? Sie fand keine Antwort und beschloss, diese Irritation erst einmal zur Seite zu schieben. Kurz bevor sie das Licht ausschaltete, entdeckte sie, dass Frank ihr noch einmal geschrieben hatte.

23:14 Frank: Ich durchforste gerade einige Reiseportale nach Flügen. Vielleicht kann ich Ende September oder Anfang Oktober für ein Wochenende nach Frankfurt kommen.

Ende September, Anfang Oktober: das war noch lange hin. Bis dahin würde sie sich ihrer Sache wohl sicher sein. Und was sprach dagegen, sich persönlich zu treffen? Wie sollten sie sich sonst richtig kennenlernen?

12. September 2018

Als Maren aufwachte, musste sie sofort an das gestrige Gespräch und Frank denken. Doch war sie sich jetzt ihrer Gefühle für ihn wieder etwas sicherer. Als sie die Nachrichten auf ihrem Smartphone checkte, war sie fast ein wenig enttäuscht, dass Frank ihr noch nicht geschrieben hatte. Ob er noch schlief? Oder heute Morgen keine Zeit hatte, ihr zu schreiben? Oder ob es einen anderen Grund gab? Maren schüttelte den Kopf. „Stopp! Es reicht jetzt mit dem Teenie-Gehabe", schimpfte sie mit sich selbst. „Du bist eine erwachsene Frau." Doch als sie endlich von ihm hörte, strahlte sie wie auf Knopfdruck.

10:55 Frank: Maren, du gibst mir so viel Energie. Ich möchte dich gerne glücklich machen, wenn du mich lässt.

10:57 Maren: Nichts lieber als das.

11:24 Maren: Du hast mein Herz erobert. Und bislang war es richtig, auf mein Herz zu hören.

11:25 Frank: Ich werde auf dein Herz aufpassen und dafür sorgen, dass du dich immer lebendig fühlst.

11:27 Frank: Du gibst meinem Leben eine neue Bedeutung und neues Glück.

11:37 Maren: Du löst eine Welle an Gefühlen in mir aus.

11:37 Frank: Ich bin froh, dich kennenlernen zu dürfen.

Maren unterbrach immer wieder ihre Arbeit, um Frank zu antworten. Der Tag verging wie im Flug, ohne dass sie eine Aufgabe wirklich erledigt hatte.

14:41 Maren: Du hast es geschafft, in kürzester Zeit mein Gefühlsleben durcheinander zu bringen... Unglaublich!

14:43 Frank: Vielleicht ist das eine gute Sache?

14:43 Frank: Ich muss ständig an dich denken und möchte dich so gerne sehen.

14:44 Maren: Ich wünsche mir so sehr, dich zu sehen und zu hören, dich zu berühren, zu riechen und zu schmecken.

14:45 Frank: Ich möchte in deine Augen schauen, dich umarmen und deine Lippen küssen.

14:46 Maren: Bitte, hör auf damit. So kann ich nicht an meinem Konzept schreiben. Bislang habe ich nur die Überschrift auf das Papier gebracht...

14:47 Frank: Dann lasse ich dich jetzt arbeiten. Bis heute Abend.

Als Maren am späten Nachmittag einige Besorgungen erledigte, fühlte sie sich wie im Rausch. Warme Luft strich um ihre Knie. Das Haar wehte ihr ins Gesicht, das Kleid legte sich bei jedem Schritt an ihre Oberschenkel. Ihr Gang war federnd, die Welt wollte umarmt sein. Ihr Herz füllte den Brustkorb, alle Bedenken schwiegen, alles wurde möglich. Geheime Kräfte führten Regie. Eine große Klarheit herrschte in ihrem Kopf. Sie genoss diesen Zustand und fühlte sich lebendig bis zum Übermut. Wäre sie jetzt nicht mitten auf einer belebten Einkaufsstraße unterwegs, würde sie vor Freude am liebsten schreien. Also schwieg sie, und zeigte der Welt nur ein breites Lächeln: Sie war da.

13. September 2018

Das Klingeln des Weckers riss Maren erbarmungslos aus dem Schlaf. Sie fühlte sich matt und noch völlig benommen von der Nacht. Ihre Augenlider wogen so schwer, dass sie sie kaum öffnen konnte. Immer wieder war sie in der Nacht aufgewacht. Das war nichts Ungewöhnliches. In der Regel schlief sie rasch wieder ein. Doch letzte Nacht hatte das Gedankenkarussell kein

Nachsehen mit ihr. Einmal in Gang gesetzt, war es nicht mehr zu stoppen: Hatte sie sich in Frank verliebt? Was wollte sie von diesem fremden Mann, der einfach so in ihr Leben geplatzt war und ihr plötzlich so vertraut schien? Und was war mit Jan? Was fühlte sie für ihn? Was bedeutete er für sie? Was verband sie noch? War es ihre Beziehung wert, um jeden Preis fortgesetzt zu werden? Oder machten sie sich nur etwas vor? Eine Spirale aus Zweifel und Verunsicherung schaukelte sich immer weiter auf. In den frühen Morgenstunden schlief Maren vor lauter Müdigkeit wieder ein.

Sie stellte den Wecker aus und drehte sich auf den Rücken. Noch fünf Minuten! Und wenn möglich fünf lange Minuten! Sie dachte an Frank und musste lächeln. Sie genoss seine Aufmerksamkeit in vollen Zügen. Er fand so schöne Worte für sie. Es war wie eine dunkle heiße Schokolade mit Sahnehäubchen.

Doch dann fiel ihr wieder der Traum ein, aus dem sie das Klingeln des Weckers so abrupt gerissen hatte. Bild für Bild rekonstruierte sie ihre nächtliche Fantasie. Nicht an alles konnte sie sich erinnern. Aber da waren Jonas, Jan und natürlich sie selbst. Sie trugen kurze Hosen und T-Shirts. Denn es war warm, sehr warm sogar. Die Sommerhitze stand über der Landschaft. Die ganze Familie saß auf einer Picknickdecke im Schatten eines Baumes. Über die Decke verteilt lagen Saft- und Wasserflaschen, Gläser, Schalen mit kleingeschnittenen Gurken, Paprika und Möhren, Äpfel und Bananen, Teller mit Minisalamis und Baguette und noch Vieles mehr, was zu einem Picknick gehörte. Wo sie genau waren, das wusste Maren nicht. Sie hatte den Ort noch nie gesehen. Der Picknickplatz war von hohem Gras und Bäumen umgeben. Plötzlich fiel ein Wespenschwarm über sie her. Überall krabbelten

Wespen: auf der Decke, auf den Früchten und in den Saftgläsern. Das immer stärker werdende Summen und Surren erstickte jegliches Gespräch und wurde immer bedrohlicher. Jonas geriet in Panik, wie immer, wenn ein schwarz-gelbes Insekt in seine Nähe kam. Die Erinnerung an einen äußerst schmerzhaften Wespenstich, den er als Sechsjähriger erlitten hatte, hatte sich tief in sein Gedächtnis eingebrannt. Er sprang schreiend auf und versuchte, den Wespen zu entkommen, indem er im Zickzackkurs über die Wiese lief. Doch es wurden immer mehr. Maren und Jan waren inzwischen aufgestanden und flüchteten. Dabei schüttelten sie die Wespen von ihren Armen und Beinen und schlugen nach ihnen. Das machte die Tiere noch angriffslustiger. Schlagartig war der Insektenschwarm wieder verschwunden. Jonas war zum Glück unversehrt geblieben. Nur Maren verspürte einen brennenden Schmerz an ihrem rechten Fuß. Sie war gestochen worden.

Es war kein Wunder, dass sie sich nach solch einer Nacht so erschöpft fühlte. Maren stand vor ihrem Kleiderschrank und griff wahllos nach einer schwarzen Hose und einem schwarzen Oberteil. Dann ging sie wie abwesend ins Bad, duschte, zog sich an und band sich die Haare zu einem schlichten Pferdeschwanz zurück. Der Traum beschäftigte sie immer noch. Sie hatte noch nie von Wespen geträumt. Das irritierte sie und ließ sie nicht los. Sobald sie am Schreibtisch saß, suchte sie im Internet nach dem Stichwort Traumdeutung. Die Informationen, die sie dort fand, halfen ihr nicht wirklich weiter. Wenn Wespen in einem Traum erscheinen, sei dies eine Warnung vor Rache, Feinden und hinterlistigen Aktionen. Doch wovor wollten die Wespen sie warnen? Sie verstand es nicht. Zudem gab sie nicht allzu viel auf Spiritualität und Esoterik. Das war nicht ihre Welt. Dafür war sie viel zu pragmatisch.

Als Maren spät am Abend nach Hause kam und die Wohnungstür hinter sich schloss, war sie völlig euphorisiert. An Tagen, wie diesen, liebte sie ihren Job. Sie hatte eine Abendveranstaltung für einen Kunden organisiert, mit allem Zipp und Zapp: interessanten Gästen, einem leckeren Buffett und etwas Glanz und Glamour. Vielleicht war sie aber noch ein wenig beschwipst von dem Prosecco, den sie im Anschluss an die Veranstaltung getrunken hatte.

22:44 Frank: Ich habe auf dich gewartet.

22:48 Maren: Oh…

22:49 Maren: Ist es dir zu spät?

22:51 Frank: Ich kann nicht schlafen, ohne deine Stimme gehört zu haben.

22:52 Maren: Gut, dann rufe ich dich jetzt an.

Frank war sofort in der Leitung: „Du liebst solche Abende, stimmt's? Du blühst dabei richtig auf." „Ja, das ist richtig. Ich komme dabei mit vielen spannenden Menschen und Themen in Kontakt. Das macht Spaß. Und last but not least machen Veranstaltungen viele Menschen glücklich. Es kann nicht jeder von seiner Arbeit behaupten, dass sie andere glücklich macht. Und du? Machst du deinen Job gerne?" Frank überlegte einen kurzen Moment: „Es ist okay. Ich bin vielleicht nicht so leidenschaftlich wie du. Aber ich bin ein guter Verhandlungsstratege. Und Erfolg macht glücklich. Aber mein Traumberuf ist das nicht."

Maren fand Gefallen an dem Gespräch. Frank sprach sehr offen. Er schien ihr zu vertrauen. Das freute sie und sie bohrte weiter: „Und was ist dein Traumberuf?" „Ich wäre gerne

Flugzeugingenieur geworden. Aber das konnte man zu meiner Zeit nicht in Wien studieren. Und für mich kam aus finanziellen Gründen nur ein Studium in meiner Heimatstadt infrage." Maren hatte sich eine Wasserflasche aus der Küche geholt und es sich im Wohnzimmer auf dem Sofa bequem gemacht. „Leben deine Eltern noch in Wien?" „Mein Vater ist vor ungefähr fünf Jahren verstorben. Aber meine Mutter lebt noch. Sie ist eine großartige Frau: liebevoll, fürsorglich und sehr verständnisvoll und tolerant. Immer wenn ich in Wien bin, versuche ich sie, so oft es geht, zu besuchen." Maren gefiel es, wie er von seiner Mutter sprach. Das zeugt von großer Wertschätzung und Liebe: „Du musst eine schöne Kindheit gehabt haben. Liebe ist das Wichtigste, das Eltern ihren Kindern schenken können. Du kannst froh sein, solch eine Mutter zu haben. Das ist nicht selbstverständlich. Meine Eltern waren immer sehr fürsorglich, wenn es um die Familie ging. Und sie sind es bis heute. Das gibt einem viel Sicherheit." „Das ist richtig", bestätigte Frank.

Maren lächelte. Sie war immer noch sehr aufgekratzt. Sie hatte eine ungebremste Lust, mit Frank zu telefonieren. Sie wollte alles über ihn wissen: Wie er den Tag verbracht hatte? Ob er glücklich war? Und ob er an sie gedacht hatte? Aber vor allem, wollte sie ihm nahe sein. So nahe, wie es ihr aus der Ferne möglich war. Frank ließ sich nicht lange drängen: „Ich genieße deine Aufmerksamkeit. Das passiert mir nicht oft. Es gibt nur wenige Menschen, die sich wirklich für mich interessieren, vor allem hier in Istanbul. Ich war heute übrigens nach der Arbeit mit meiner Kamera in einem der ältesten osmanischen Stadtviertel von Istanbul unterwegs. Kennst du Balat? Dort gibt es zahlreiche alte Holzhäuser zu sehen, die im osmanischen Architekturstil erbaut wurden. Viele sind verfallen, einige wenige restauriert. Doch haben sie alle einen ganz besonderen Charme." Nein, Maren kannte den Stadtteil nicht, zumindest nicht dem Namen nach. Und außerdem lag ihr letzter Istanbul-Besuch schon sehr lange zurück. „Das hört sich interessant an. Ich sollte dich in Istanbul besuchen. Deine Kamera gewährt dir scheinbar einen völlig anderen Blick auf die Stadt. Schick mir doch ein Bild davon." „Die Fotos sind noch auf der Kamera. Aber wenn ich sie aussortiert und bearbeitet habe, sende ich dir gerne einige zu." Franks Stimme klang abgehackt. „Schatz? Die Verbindung ist schlecht. Hallo? Haaallooo?" Dann war die Leitung tot. Maren überlegte einen kurzen Moment, ob sie Frank zurückrufen sollte. Da schrieb er ihr schon.

23:09 Frank: Die Verbindung ist gestört.

23:10 Frank: Aber es war schön, mit dir zu telefonieren. Deine Stimme macht mich glücklich. Sie bringt mein Herz zum Schmelzen.

23:10 Maren: Was soll ich sagen?

23:11 Frank: Sage einfach, dass du mich liebst.

23:13 Frank: Du löst bei mir viele Gefühle aus. Ich möchte deine Lippen küssen und dich begehren.

Maren spürte, wie sich ein Kloß in ihrem Hals bildete. Franks Worte berührten sie und trugen sie auf einer watteweichen Wolke. Sie schloss die Augen. Ihr Körper schien nur noch aus puren Emotionen zu bestehen. Doch was sollte sie ihm antworten. War das Liebe, was sie für ihn empfand? Sie wusste es nicht. Hatte sie jemals für einen Mann echte Liebe empfunden?

23:14 Maren: Ja, Frank, es fühlt sich wie Liebe an.

23:15 Maren: Ich stelle mir oft vor, wie deine Küsse schmecken.

23:15 Frank: Es gefällt mir, dich zu küssen. Du hast sehr schöne Lippen. Ich muss sie mir immer wieder auf deinen Fotos anschauen.

23:15 Frank: Und ich möchte dich lieben.

23:17 Maren: Das wäre schön. Manchmal stelle ich mir vor, wie du mich küsst und mich zärtlich berührst.

23:17 Frank: Ich möchte mit dir schlafen und dich wärmen.

23:17 Frank: Du wirst meine Küsse auf deinem Hals und auf deinen Brüsten spüren.

23:18 Maren: Du nimmst mir den Atem...

23:19 Frank: Ich werde dich begehren und dir Lust bereiten.

23:19 Maren: Ich genieße es.

23:19 Frank: Und wir könnten jede Nacht miteinander schlafen.

23:21 Maren: Ich wäre jetzt gerne bei dir.

23:22 Frank: Das wäre ich auch gerne, mein Schatz.

Maren war überrollt von der Entwicklung, die das Gespräch unaufhaltsam nahm. Was tat sie hier? Welches Tor hatte sie aufgestoßen, ohne es vielleicht wirklich zu wollen? In welchen Gefühlsstrudel hatte sie sich hineinziehen lassen, ohne es kontrollieren zu können? Noch war nichts passiert. Es waren nur Worte gefallen, die berührten und verbanden – und gleichzeitig aus der Ferne so unverbindlich und widerruflich verhallten.

23:24 Maren: Hast du keine Angst davor, mich das erste Mal zu treffen?

23:24 Frank: Nein. Habe ich nicht.

23:26 Maren: Vielleicht wirst du enttäuscht sein, wenn ich vor dir stehe? Wie kannst du dir so sicher sein? Du erstaunst mich. Du bist immer sehr gerade heraus und scheinst genau zu wissen, was du willst.

23:30 Frank: Wie kann ich enttäuscht von dir sein? Du bist seit langem der einzige Mensch, der sich für mich interessiert. Ich fühle, dass du ein gutes Herz hast. Und du bist eine attraktive Frau. Davon konnte ich mich bereits auf den Fotos überzeugen. Nein, du wirst mich nicht enttäuschen. Im Gegenteil, es wird mich glücklich machen, dir endlich in die Augen blicken und deine Hand in meiner Hand halten zu können.

23:38 Maren: Du gibst mir ein gutes Gefühl.

23:39 Frank: Mein Engel, du bist so süß…

23:42 Frank: Du bist mein neues Glück. Und mein neues Leben. Ich habe mich in dich verliebt.

23:45 Frank: Ich möchte dich, sobald wie möglich treffen. Ich könnte Anfang Oktober nach Frankfurt kommen. Meinst du, wir können uns sehen?

23:45 Maren: Ja, das wäre schön.

23:49 Maren: Manchmal schaue ich mir selber über die Schulter und frage mich, ob das alles wahr sein kann. Wir bewegen uns mit High-Speed aufeinander zu. Wo soll das nur enden?

23:50 Frank: In meinem Leben. Ich möchte, dass es mit uns weitergeht.

23:51 Frank: Willkommen in meinem Leben, schöne Frau. Ich liebe dich.

DIE PARTIE IST ERÖFFNET

14. September 2018

Ich liebe dich. Das waren seine Worte. Punkt. Ich liebe dich. Das war ihre Antwort, auch wenn sie sie nur in ihren Gedanken formulierte. Es klang so selbstverständlich und zweifelsfrei. Dabei hatte sie fast übersehen, wie einschneidend und gewaltig die Konsequenz dieser drei Worte war, und dass sie drohten, ihr ganzes Leben ins Wanken zu bringen. Aber es war ehrlich. Genauso hatte sie es empfunden.

08:17 Maren: Ich habe kaum ein Auge zugetan. Wen wundert das? Nach den Liebeserklärungen, die du mir gestern gemacht hast. Das muss ich erst einmal verdauen.

08:19 Frank: Ich war heute Morgen sehr glücklich, als ich aufwachte. Du warst der erste Mensch, an den ich denken musste.

08:21 Frank: Danke, dass du mich liebst und für mich einen Platz in deinem Leben hast.

Hatte sie das? Hatte Maren wirklich einen Platz für Frank in ihrem Leben? Sie stand immer noch unter dem Eindruck der nächtlichen Ereignisse und wunderte sich, über das, was passiert war. Aber was war mit Frank? Wie konnte er sich seiner Sache so sicher sein? Sie verstand das alles nicht.

„Hallo Maren, hier ist Angela." Maren war für einen kurzen Moment irritiert, als sie den Anruf entgegennahm. Welche Angela? „Vom Fußball." Nun fiel bei Maren der Groschen. Es war Felix Mutter. Warum sie wohl anrief? Zwar spielten ihre Söhne zusammen in einer Fußballmannschaft, doch hatten die beiden Jungen darüber hinaus nicht viel miteinander zu tun. „Könnte ich bitte mit Jan sprechen?" Jan war nicht zuhause. „Was gibt es denn? Soll ich ihm etwas ausrichten?" „Nein, nein!" Gib mir bitte seine Handynummer." Maren stutzte. Was gab es so Wichtiges zu besprechen? Warum sagte Angela ihr nicht einfach, worum es ging? Aber, nun gut. Für das Thema „Fußball" war in der Regel Jan zuständig. Er ging zu den Elternabenden, holte – falls nötig – Jonas vom Training ab oder fuhr ihn zu den zahlreichen Auswärtsspielen. Maren sprang nur ein, wenn Jan keine Zeit hatte, oder besuchte, wenn möglich, die Heimspiele, um Jonas und seine Mannschaft anzufeuern. Sie wusste, dass das ihrem Sohn wichtig war. Seit seinem sechsten Lebensjahr spielte er beim SG Bornheim. Viele seiner Mitspieler waren wie er von Anfang an dabei.

Felix hingegen gehörte erst seit der letzten Saison zur Mannschaft. Daher kannte Maren Angela kaum. Zudem war ihr die alleinerziehende Mutter meist eine Spur zu laut und zu überengagiert. „Los Felix, nimm ihm den Ball ab!" „Pass!" „Schieß!" hörte man sie bei fast jedem Spiel hemmungslos über das Spielfeld brüllen. Das war nicht Marens Stil. Aber es war ihr egal, so egal wie Angela selbst. Die beiden Frauen grüßten sich und ansonsten versuchte Maren ihr gegenüber unverbindlich freundlich zu sein. Maren gab Angela Jans Handynummer und beendete das Gespräch. Damit war das Thema für sie erledigt. Sie ging in die Küche, um das Abendessen vorzubereiten.

Gerade als sie sich darauf konzentrierte, eine Zwiebel in hauchdünne Scheiben zu schneiden, stand Jan plötzlich neben ihr. Sie hatte ihn gar nicht kommen hören. „Oh, du bist schon da? Dann können wir gleich alle zusammen essen." „Nö, du weißt doch, dass ich abends nichts esse." Jans Stimme hörte sich ungewöhnlich normal an. Statt wie sonst, genervt zu reagieren und sich auf dem Absatz umzudrehen, verharrte er neben ihr und starrte auf die millimeterdünnen Zwiebelringe, die nach und nach das Schneidebrett füllten. „Die Mutter von Felix aus der Fußballmannschaft hat heute angerufen. Sie wollte unbedingt mit dir sprechen. Ich habe ihr deine Handynummer gegeben." Während Maren nur noch einen Zipfel der Zwiebel in der Hand hielt, hob sie ihren Blick und schaute ihren Ehemann eindringlich von der Seite an. „Was wollte sie? Sie tat so geheimnisvoll." „Nichts Besonderes", stammelte Jan, während er sich wegdrehte und zum Kühlschrank ging. Er nahm eine Flasche Wasser heraus und setzte zum Trinken an. Maren legte nun das Messer und den Zwiebelzipfel aus der Hand und folgte Jan mit ihren Blicken. Sie wartete immer noch auf eine Antwort. „Es ging um Morgen. Um das Fußballturnier in Mombach", antwortete Jan mit einem leicht nervösen Unterton. Er schloss die Kühlschranktür und ging um den Küchentresen herum. „Sie möchte gerne, dass wir zusammen dorthin fahren." Maren schaute ungläubig: „Warum fragt Angela dich? Felix und Jonas haben doch kaum etwas miteinander zu tun." „Ich weiß nicht." Jan spielte den Ahnungslosen. „Vielleicht hatten die anderen kein Platz mehr im Auto." „Und? Fahrt ihr zusammen?" wollte Maren wissen. Jan zögerte einen kurzen Moment. Dann beeilte er sich zu sagen: „Ja, natürlich. Ich konnte doch schlecht ablehnen." Endlich suchten seine Augen ihren Blick. Sie hatte feuchte Augen.

Jan war irritiert: „Warum weinst du denn jetzt? Wir fahren doch nur zum Fußball. Bist du deswegen sauer?" „So ein Quatsch!" polterte sie los. „Ich weine doch nicht deswegen. Du siehst doch, dass ich Zwiebeln schneide." Jan wirkte erleichtert, schien aber die in ihr aufkeimende Verärgerung zu spüren und verhaspelte sich in einen für ihn ungewöhnlich ausschweifenden Erklärungsmonolog: „Angelas Auto ist in der Werkstatt. Daher braucht Felix für das Turnier eine Mitfahrgelegenheit. Da habe ich Angela angeboten, dass sie auch mitfahren kann. Du weißt, dass sie bei fast jedem Spiel dabei ist und Felix und die Mannschaft begeistert anfeuert. Außerdem ist sie ganz nett."

„Aha!" Irgendwie schmeckte Maren die Antwort nicht. Sie wusste aber nicht genau, was ihr daran missfiel. Jan hatte Recht. Warum sollte er Angela keinen Gefallen tun und sie nicht mitnehmen? Es sprach nichts dagegen. „Vielleicht sollte ich auch mitkommen? Es ist lange her, dass ich das letzte Mal bei einem Turnier dabei war." Jan starrte sie ungläubig an und stotterte vor sich hin: „Ja, natürlich. Im Auto ist noch ein Platz frei. Du kannst gerne mitkommen. Aber wir werden sehr wahrscheinlich den ganzen Tag unterwegs sein. Du weißt, je nachdem wie gut Jonas Mannschaft sich schlägt, kann es passieren, dass wir bis zum Ende des Wettkampfes dortbleiben und erst spät nach Hause kommen. Dauert dir das nicht zu lange?" Maren dachte nach. In der Tat, was für eine Schnapsidee! Und allein die Erinnerung an die endlos zähen Stunden, die sie am Rande eines Aschenplatzes verbracht hatte, umgeben von Staubwolken und Kindergeschrei in praller Sonne, quälte sie. Sich ein Fußballspiel anzusehen und dafür zu begeistern war eine Sache, aber einen Turniertag mit langen Pausen und nur wenigen Spielminuten zu überstehen eine andere. Wie verlockend wäre es hingegen, einen gemütlichen und entspannten Tag ganz allein in Ruhe zuhause zu verbringen. „Nein, das ist okay! Für Jonas komme ich gerne mit", versicherte Maren mit einem Grinsen im Gesicht. „Bist du dir wirklich sicher?" hakte Jan noch einmal nach. So langsam war Maren genervt: „Wie oft willst du mich das fragen? Ist es dir nicht Recht, dass ich mitkomme? Was soll diese ganze Fragerei?" „Doch, doch, ich dachte nur, dass du dich dort vielleicht langweilst", beeilte sich Jan einzulenken." „Ich komme mit. Basta!"

19:02 Frank: Hallo Liebes, ich vermisse dich. Wie geht es dir?

19:30 Maren: Ich vermisse dich auch. Danke, es geht mir gut. Und was ist mit dir?

19:32 Frank: Sobald ich von dir höre, geht es mir immer gut. Sag mir: Was hast du am meisten vermisst?

19:35 Maren: Wenn wir uns schreiben, fühle ich mich dir so nah. Das ist ein gutes Gefühl. Ich möchte dir immer nah sein.

19:37 Frank: Gute Nachrichten, mein Engel. Dein Wunsch könnte schon bald in Erfüllung gehen. Wie es aussieht, komme ich am ersten Oktoberwochenende nach Frankfurt. Passt dir das?

19:37 Frank: Hast du am 6. und 7. Oktober Zeit für mich?

Franks Nachricht traf Maren wie ein Paukenschlag. Sie ließ sich in den Sessel zurückfallen und spürte wie ihr Herz plötzlich schneller schlug. Rasch rechnete sie im Kopf nach. Drei Wochen waren es noch bis dahin. Drei Wochen, um sich an den Gedanken zu gewöhnen, Frank zu sehen. Drei Wochen, um sich auf das erste Treffen vorzubereiten. Drei Wochen, um sich darüber klar zu werden, ob sie all das wirklich wollte. Natürlich hatte sie Gefühle für ihn. Aber hatte sie auch den Mut, diese auszuleben? Sie wusste es nicht!

19:40 Maren: Frank, ich freue mich so sehr. Endlich werden wir uns kennenlernen. Natürlich habe ich Zeit für dich. Ich werde mir die Zeit nehmen.

19:41 Frank: Ich freue mich sehr auf dich.

19:43 Maren: Gut, dass du dich so früh ankündigst. Dann kann ich alles Nötige organisieren. Hast du schon ein Flugticket? Soll ich dir ein Hotelzimmer buchen?

19:50 Frank: Nein, nein. Ich sage Bescheid, sobald ich ein Ticket habe. Ich wollte nur wissen, ob es dir passt.

19:52: Maren: Wow. Ich kann es noch gar nicht glauben.

15. September 2018

Maren kuschelte sich noch ein wenig tiefer unter ihre Bettdecke.

07:57 Maren: Ich habe geträumt, dass du mich mit deinen Händen liebkost. Du hast sanft meinen Hals gestreichelt, leicht mein Ohrläppchen berührt und bist dann mit deinem Zeigefinger behutsam über mein Dekolleté bis zum Brustansatz gefahren. Ich hatte Gänsehaut.

07:58 Maren: Ich begleite Jonas heute zu einem Fußballturnier. Wir fahren nach Mainz. Ich werde sehr wahrscheinlich den ganzen Tag unterwegs sein. Ich wünsche dir einen schönen Tag und bitte pass auf dich auf.

08:58 Frank: Liebling, guten Morgen! Ich habe heute etwas länger geschlafen. Lächeln.

08:59 Frank: Das mit deinem Traum war Telepathie. Ich hatte diese Nacht auch einen unglaublichen Traum von dir. Dein blondes Haar hat so herrlich geduftet, während du deinen Körper sanft an mich drücktest. Habt einen guten Tag und amüsiert euch. Und für Jonas viel Erfolg beim Turnier. Bis später!

Als Franks Antwort Maren erreichte, saß sie schon längst neben Jan im Auto. Sie hatte die Seitenscheiben der Fahrertür runtergekurbelt und das Radio laut gestellt. Während der Fahrtwind ihr Haar durcheinanderwirbelte, schmetterte sie laut „She's too hot to touch…" und rutschte im Rhythmus der Musik auf dem Beifahrersitz hin und her. Sie sprühte nur so vor Energie und fühlte sich fast ein wenig high. Jonas saß noch etwas müde auf der Rückbank und blickte aus dem Fenster. Der Fahrtwind zerrte an seinen Locken und wirbelte sie ihm immer wieder ins Gesicht. Doch das schien ihn nicht zu stören. Als sie vor Felix Haus anhielten, bewegte Jonas sich immer noch nicht. „Nun los!" forderte Maren ihn ungehalten auf. „Steig aus und sag Bescheid, dass wir da sind." Wortlos stieg der Junge aus dem Auto und ging die Straße hinunter. Zwei Minuten später konnte Maren im Seitenspiegel beobachten, wie Jonas von einem Gartengrundstück aus wieder auf dem Gehweg einbog, diesmal mit Felix und Angela im Schlepptau. Angela war schwer bepackt. In der einen Hand trug sie einen Korb und in der anderen eine überdimensionierte Sporttasche. Als Maren die beiden sah, änderte sich schlagartig ihre gute Laune. Sie stellte das Radio leiser, während Jan die Fahrertür öffnete und aus dem Wagen ausstieg. Im Rückspiegel beobachtete Maren, wie ihr Ehemann Angela entgegenlief. Als er vor ihr stand und ihr die schwere Last abnehmen wollte, stellt Angela Korb und Tasche kurz ab und umarmte ihn zur Begrüßung. Küsschen links. Küsschen rechts. Bevor Jan nach dem Korb und der

Tasche griff, begrüßte er Felix mit einem High Five. Dann näherte sich die Gruppe angeregt in ein Gespräch verwickelt dem Fahrzeug. Während Jan das Gepäck im Kofferraum verstaute, hörte Maren wie Angela ununterbrochen auf Jan einredete: „Danke, dass ihr uns mitnehmen könnt. Das ist super nett. Hoffentlich war das kein allzu großer Umweg für euch. Felix freut sich schon riesig auf das Turnier. Jonas bestimmt auch. Was für ein tolles Wetter heute." Maren verdrehte innerlich ihre Augen. Armer Jan! Hoffentlich würde diese Dauerbeschallung nicht die ganze Fahrt über andauern. Dann öffneten sich die Autotüren und Jonas, Felix und Angela quetschten sich auf die Rückbank. Die Jungs waren beide hochgeschossenen und suchten verzweifelt Platz für ihre langen Beine. Angelas füllige Hüften trugen zu einer weiteren Verschärfung der Situation bei.

Als die Türen endlich geschlossen waren, drehte sich Maren um und warf ein kurzes „Hallo!" in Richtung Rückbank. Angela griff den Faden sogleich auf und setzte erneut zu einem Dankesmonolog an: „Hi Maren, danke, dass ihr uns mitnehmt. Das ist echt klasse ..." Während Angelas Wortschwall weiter ungebrochen über die Fahrzeuginsassen schwappte, startete Jan den Motor und fuhr los. Maren schaute Jan von der Seite an. Sie hielt kurz inne. Seine Gesichtszüge wirkten ungewöhnlich entspannt und sie bemerkte ein weiches Lächeln in seinen Augenwinkeln. Was war denn mit Jan los? Merkte er nicht, wie nervig diese Frau war? Um Angelas Redeschwall zu stoppen, beeilte sie sich, ein nüchternes „Das ist doch selbstverständlich!" nach hinten zu werfen und das Radio wieder lauter zu drehen.

Nach einer knappen Stunde Fahrtzeit schälte sich die Fahrgemeinschaft Körperglied für Körperglied ächzend aus dem Inneren des Fahrzeugs. „Prima. Alle überlebt", kommentierte Maren trocken, während sie einen kurzen Blick nach hinten warf. Bevor sie selber ausstieg, drückte sie Jan rasch noch einen Kuss auf die Wange, was er mit einem verständnislosen Blick kommentierte. Selbstbewusst beschloss sie, diesen einfach wegzulächeln, öffnete schwungvoll die Fahrzeugtür und sprang aus dem Auto. Dann schüttelte sie ihr Haar und stellte sich demonstrativ neben Jan. „Lass uns gehen!" „Einen Moment noch Maren. Wir können Angela doch nicht alles allein tragen lassen." Jan ließ Maren stehen und wandte sich Angela zu. Nun gut! „Kommt Jungs! Wir sind spät dran! Lasst uns gehen!" beeilte sich Maren, das Kommando wieder an sich zu reißen, und ging mit Jonas und Felix in Richtung Fußballplatz. Während Maren sich zu den anderen Eltern gesellte, versammelten sich die Spieler zum Aufwärmen um ihren Trainer. Angela und Jan folgten später, als das erste Spiel schon lief.

„Hi Jan! Hallo Angela! Wo kommt Ihr beiden denn jetzt her? Habt ihr das Fußballfeld nicht gefunden?" frotzelten einige Väter, als sie die Neuankömmlinge bemerkten und zwinkerten einander zu. Angela lächelte verschämt in sich hinein. So kannte man die laute und extrovertierte Frau gar nicht. Das Paar beeilte sich, am Rande der Gruppe unauffällig Platz zu nehmen. Dass sie plötzlich im Mittelpunkt standen, schien ihnen unangenehm zu sein. Und nicht nur ihnen. Maren empfand die Art, wie die beiden sich einander zugewandt der Gruppe näherten, als eine Spur zu intim und befremdlich. Was sollte das denn jetzt? Interessierte sich Jan etwa für Angela? Maren richtete ihren Blick wieder auf das Spielfeld, wo es inzwischen turbulent zuging. Sie kniff die Augen zusammen und blinzelte gegen die Sonne. Mit der flachen Hand schützte sie ihre Augen gegen das gleißende Sonnenlicht. Wo war Jonas? Ohne den Blick vom Spielfeld abzuwenden, fragte sie Ellen, die neben ihr saß: „Siehst du Jonas irgendwo?" Keine Antwort. Und während Maren ihre Frage wiederholte, drehte sie sich zu Ellen um. Doch Ellen schaute gar nicht auf den Platz, sondern hatte ihre Augen immer noch auf Jan und Angela gerichtet. Nun blickte Maren zu den zweien rüber. Irgendwie wirkten die beiden sehr vertraut, so wie sie auf der Tribüne nebeneinander hockten. Maren knuffte Ellen in die Seite: „Was machst du da? Lass uns das Spiel gucken und die Jungs anfeuern. Sie brauchen unsere Unterstützung. Das ist der schwierigste Turniergegner, gegen den sie gerade spielen." Und Maren begann zu rufen und zu klatschen: „Vorwärts Jungs. Ihr macht das Tor. Go. Go. Go." Ellen stimmte direkt ein.

Einige Sekunden später brach auf dem Platz und der Tribüne der langersehnte Torjubel aus. Maren sprang von ihrem Platz auf und klatschte begeistert in die Hände: „Super gemacht! Bringt den Sieg nach Hause." Dann wagte sie einen erneuten Blick in Richtung Jan und Angela. Die beiden waren ebenfalls aufgestanden. Während Jan fest verwurzelt mit ausgestreckten Armen eine Siegerpose machte, hüpfte Angela wie ein Gummiball auf der Tribüne auf und ab und klatschte mit hoch erhobenen Armen über ihrem Kopf. Plötzlich fiel sie Jan, der sie mit seinen kräftigen Armen auffing, um den Hals. Maren verstand die Welt nicht mehr. Für solche Szenen war Jan eigentlich nie zu haben. Was zog er plötzlich für eine Show ab? Und das vor den Augen von Jonas Mannschaft.

Da ertönte der Abpfiff, und Jonas kam sofort auf Maren zugelaufen. Hektisch bestürmte er sie: „Wo ist meine Trinkflasche? Schnell! Ich habe Durst." Kaum hatte sie ihm die Flasche angereicht, lief er auch schon weiter zu seinem Team. Das war typisch Jonas. Er brannte für den Fußball. Der Sieg beflügelte seine Euphorie noch mehr. Maren reichte es jetzt. Sie nahm wortlos ihre Handtasche und ging rüber zu Jan und Angela. Ohne Angela eines Blickes zu würdigen, beugte sie sich zu Jan hinunter und flüsterte ihm bedeutungsvoll ins Ohr: „Komm, mein Schatz! Komm, lass uns zusammen einen Kaffee trinken." Jan zögerte einen Augenblick, so dass Maren noch einmal ihren Kopf herunterneigte und mit ihren Lippen fast sein Ohr berührte: „Ich möchte dir etwas erzählen." Ein wenig unwillig stand Jan auf, entschuldigte sich bei Angela und folgte Maren.

Nachdem sie die Tribüne verlassen hatten, sprudelte Maren sofort begeistert los: „Hast du den Pass von Jonas gesehen? Der war echt klasse. Es macht richtig Spaß, ihm zuzusehen." Lächelnd ergriff sie Jans Hand. Doch dieser zog sie sofort wieder zurück. „Hey, was ist los mit dir?" sagte Maren verwundert und legte den Arm um Jans Schultern. „Lass das bitte! Du weißt, dass ich dieses Pärchen-Getue nicht mag. Konsterniert blieb Maren stehen und wiederholte überspitzt: „Dieses Pärchen-Getue? Und was treibst du dort die ganze Zeit mit Angela auf der Tribüne?" Ihre Stimme klang verärgert. Jan verlor jetzt die Geduld: „Jetzt übertreibst du aber. Ich bin nur nett und höflich zu ihr. Deine Fantasie geht mal wieder mit dir durch!" Maren war fassungslos. „Ich soll Wahrnehmungsstörungen haben? Merkst du nicht, wie die anderen euch beäugen. Es ist nicht zu übersehen, wie ihr zwei vor meinen Augen miteinander turtelt." Seine Stimme war etwas lauter geworden. „Blödsinn. Wir unterhalten uns nur." Und nach einer kurzen Pause setzte Jan fort: „Zudem warst du heute nicht besonders nett zu ihr." „Quatsch! Ich habe sie ganz normal behandelt. Zudem verstehe ich nicht, warum Angela ausgerechnet mit uns fahren musste. Wir drei haben so wenig gemeinsame Familienzeit. Und außerdem hat Jonas mit Felix nicht viel am Hut." Jan verdrehte die Augen. „Wie bitte? Du hattest doch gar nicht vor mitzukommen und dich erst kurzfristig entschieden, dabei zu sein. Zu dem Zeitpunkt hatte ich Angela schon längst zugesagt. Und außerdem verstehe ich nicht, was du gegen sie hast. Sie ist doch immer sehr nett zu dir." Maren zog ihre Augenbrauen zusammen: „Und ganz besonders nett zu dir. Läuft da was zwischen euch?" Jan blickte sie verständnislos an, blieb ihr aber eine Antwort schuldig. Schweigend drehte er sich auf dem Absatz um und legte die letzten Meter zum Verkaufsstand allein zurück. Dort bestellte er drei Kaffee. Einen davon drückte er auf dem Rückweg Maren in die Hand. Mit den anderen beiden Kaffeebechern ging er weiter in Richtung Tribüne. Maren stand mit versteinerter Miene immer noch genau an der Stelle, wo Jan sie zurückgelassen hatte. Regungslos schaute sie ihm nach, wie er sich mit seinem unverkennbaren Macho-Gang langsam von ihr entfernte und sie halb verärgert und halb verunsichert zurückließ.

19:09 Frank: Hallo mein Schatz, du hast mich heute den ganzen Tag über in meinen Gedanken begleitet. Dein Lächeln ist wie der pure Sonnenschein für mich.

19:10 Frank: Und dafür liebe ich dich. Wie war dein Tag?

19:19 Maren: Das Turnier ist gut verlaufen. Jonas Mannschaft hat den zweiten Platz belegt. Es war ein sonniger Tag. Und bei dir?

Sie erzählte Frank ganz bewusst nichts von ihrem Ärger mit Jan. Ihre Ehe war ihre Sache. Das ging Frank nichts an. Was hätte er auch dazu sagen sollen? Sie wusste nicht einmal selber, was sie von dem Ganzen halten sollte. Hatte Jan innerlich bereits mit ihr abgeschlossen und war er wirklich dabei, sich neu zu verlieben? Hatte er sich inzwischen so weit von ihr entfernt, dass es für sie als Paar keine Zukunft mehr gab? Doch was sie noch mehr überraschte, war ihre Reaktion. Warum hatte sie den ganzen Tag über versucht, Angela den Platz streitig zu machen und sich wie eine eifersüchtige Ehefrau an Jans Seite behauptet? Warum hatte sie ihm diese Szene gespielt und sich Angela gegenüber so unmöglich verhalten? Warum passte es ihr nicht, dass Jan dieser Frau seine Aufmerksamkeit schenkte. Maren war doch diejenige, die frisch verliebt war. SIE hatte doch eine Romanze mit Frank begonnen. SIE war doch dabei, sich mehr und mehr von Jan zu entfernen.

19:22 Frank: Ich habe mir heute Nachmittag auch ein Fußballspiel angeschaut. Smile. Allerdings im Fernsehen.

19:23 Maren: Bist du Fußballfan?

19:23 Frank: Verrückt nach Fußball bin ich nicht, wenn du das meinst. Aber ab und zu sehe ich mir ganz gerne ein Spiel an.

„Mama!" unterbrach Jonas ihren Chat. „Hallo!" flötete Maren zurück. So gerne ihr Sohn sich tagsüber in seinem Zimmer zurückzog, so suchte er auch das Gespräch mit ihr: „Wenn der Schiedsrichter nicht den Elfmeter gegeben hätte, dann hätten wir gewonnen. Wir waren eindeutig die bessere Mannschaft." Maren schüttelte den Kopf. An Selbstbewusstsein mangelte es Jonas nicht. Und wenn irgendetwas mal nicht klappte, waren meistens die anderen schuld. In diesem Punkt ähnelte er seinem Vater. Maren hingegen wollte, dass er etwas selbstkritischer war und

Verantwortung für sein Spiel übernahm: „Ja, ihr habt gut ge-spielt. Aber schieb bitte nicht schon wieder dem Schiedsrichter die Schuld in die Schuhe. Ihr hattet viele Torchancen. Das nächste Mal müsst ihr die besser nutzen." „Okay, ich gehe jetzt in die Badewanne", beendete Jonas das Gespräch. „Gut, wenn du fertig bist, können wir zusammen essen."

Der Junge war vom Fußballspielen so erschöpft, dass er kurz nach dem Abendessen direkt ins Bett ging. Jan war nach dem Turnier ins Café gefahren und gar nicht erst nach Hause gekom-men. Maren war froh, seine Anwesenheit nicht eine Sekunde län-ger ertragen zu müssen. Sie waren den ganzen Tag über nicht mehr warm miteinander geworden. Die frostige Stimmung hatte jedes Wort in eine eisige Kälte gehüllt. Sie brauchte erst einmal etwas Abstand und Zeit zum Nachdenken, um wieder auf Jan zugehen zu können. Von Jan konnte sie kaum etwas Versöhnli-ches erwarten. Wenn sie nicht versuchte, wiedereinzulenken, würde er wieder tagelang schmollen. Maren überlegte, was sie mit diesem angebrochenen Abend machen sollte und schrieb Frank:

22:21 Maren: Was machst du, mein Lieber?

22:22 Frank: Ich schreibe an einem Projektbericht, mein Engel.

22:24 Maren: So spät noch? Für einen Samstagabend ist das aber ein sehr bescheidenes Programm.

22:24 Frank: Meine Liebe, ich bin zum Arbeiten in Istanbul und nicht zum Vergnügen. Aber ich bin so gut wie fertig mit dem Bericht und habe jetzt Zeit für dich.

22:29 Maren: Berühre mich!

22:30 Frank: Ich küsse deinen Hals und lasse meine Hände zärtlich über deinen Körper gleiten.

Wie gut diese Worte taten. Sofort verspürte sie eine wohlige Wärme in ihrem Körper und es prickelte in ihrem Unterleib. Ihr Atem stockte leicht und ihr Puls wurde schneller. Franks verbale Streicheleinheiten setzten sogleich ihr Kopfkino in Gang und sie hatte genügend Fantasie, um seine Berührungen tief in ihrem Körper zu spüren.

22:30 Maren: Mach bitte weiter. Ich möchte dich ganz nah bei mir spüren.

22:33 Frank: Ich möchte deine Haut und deine Wärme fühlen.

22:33 Frank: Ich möchte dich ganz fest an mich drücken und dir das Gefühl geben, dass du sicher bei mir bist. Ich wünschte, ich könnte dich jetzt umarmen – für immer.

22:33 Maren: Bitte höre nicht auf.

22:36 Maren: Ich will dich. Du gibst mir ein gutes Gefühl.

22:39 Frank: Ich will dich auch. Du machst mich sehr glücklich.

16. September 2018

Es klingelte an der Tür. Maren war schon angezogen und saß mit gepacktem Rucksack in der Küche. Das waren bestimmt Bea und Simone, um sie abzuholen. Bevor sie die Wohnung verließ, tippte sie schnell eine kurze Nachricht an Frank in ihr Smartphone. Maren freute sich auf den gemeinsamen Tag mit ihren Freundinnen. Sie wollten zusammen in den Taunus fahren, um zum Hohen

Feldberg hinaufzuwandern. Die drei Frauen kannten sich noch aus ihrer Schulzeit. Inzwischen trafen sie sich nur noch selten, telefonierten aber regelmäßig miteinander.

Trotz der frühen Morgenstunde entwickelte sich zwischen den Dreien rasch ein munteres Gespräch. „Maren, was hast du denn heute alles in deinem Rucksack?" Ihr Tagesgepäck schien aus allen Nähten zu platzen. Simone und Bea grinsten. Maren wusste sofort, woran die beiden dachten. Doch das war ihr egal. Auf der letzten Wanderung hatte sie nur etwas zu Trinken und eine Brotdose in ihrem Rucksack. Dann brach ein Platzregen aus und Maren hatte weder Regenzeug noch Wechselkleidung dabei. Sie war klitschnass geworden. „Nein, nein, ihr zwei. Das hättet ihr wohl gerne", stieß Maren triumphierend hervor und lachte vergnüglich. „Ich bin heute perfekt ausgestattet. Was dachtet ihr denn?"

Maren strotzte nur so vor Tatendrang und übernahm – kaum hatten sie das Auto in Oberursel abgestellt – die Führung der kleinen Wandertruppe. Sie war voller Energie und genoss es, ihre kraftvollen federnden Schritte zu spüren. Den gestrigen Konflikt mit Jan hatte sie völlig verdrängt. Rege beteiligte sie sich an den Gesprächen, während ihrem aufmerksamen Auge kaum etwas entging. Und zu entdecken gab es Vieles. Unvermittelt stoppte Maren und wies mit ihrer Hand auf das Unterholz. Dort saß auf dem Ast einer Eiche ein Vogel mit hellblauen Gefiederpartien am Kopf und auf der Oberseite: „Hey, schaut euch mal den blauen Vogel dort auf dem Baum an." Maren sprach im Flüsterton. Bea und Simone blickten gebannt in die Richtung, in die Maren zeigte. „Wie wunderschön. Der sieht aus wie ein Bluebird. Was für ein Glück wir haben. Das ist ein Zeichen, dieser Bluebird of Happiness!" begeisterte sich Simone. „Der Vogel sieht eher nach einer

Blaumeise aus", merkte Bea an. „Was ist denn ein Bluebird? Das habe ich noch nie gehört." Im gleichen Moment spreizte die Blaumeise ihre Flügel und flog weiter zum nächsten Baum. „Der Bluebird of Happiness ist eine Bergdrossel und hat ein überwältigend schönes blaues Gefieder", erklärte Simone. „Er gilt in verschiedenen Kulturen wie in der chinesischen Mythologie oder den amerikanischen Ureinwohnern als ein Symbol für Glück. In russischen Märchen ist der Vogel ein Symbol der Hoffnung." „Wow, das gefällt mir", sagt Maren und blickt der Blaumeise fasziniert hinterher. „Dann ist heute die Blaumeise unser Bluebird of Happiness. Ein schönes Symbol." Sie strahlte beseelt und musste an Frank denken.

Oben auf dem Großen Feldberg angekommen, hatten die drei einen sensationellen Blick über die Rhein-Main-Ebene und die Frankfurter Skyline. Die geringe Luftfeuchtigkeit begünstigte die extrem gute Fernsicht. „Was für ein Panorama", stieß Maren begeistert hervor und konnte sich kaum daran sattsehen. „Unser Bluebird hat es gut mit uns gemeint. Kein Regen, kein Gewitter und ein Ausblick wie im Bilderbuch. Das nenne ich Glück."

Dann ging es für die drei Frankfurter Mädels weiter zur Passhöhe Sandplacken. Von dort aus traten sie langsam den Heimweg an vorbei am Kolbenberg und der Keltensiedlung Heidetränk-Oppidum, die neben dem Dünsberg das größte spätkeltische Zentrum im heutigen Hessen war. Glücklich und erschöpft von der strapaziösen Wanderung, kehrten sie zum Abschluss des Tages noch im Alt-Oberurseler Brauhaus ein, um ein Orscheler Brauhaus-Helles zu trinken und sich mit hausgemachten Käsespätzle zu stärken. Kaum saßen sie am Tisch, verstummte Maren. „Was ist mit dir los?" fragte Bea besorgt. „Bist du müde?" Maren zog eine

Schnute und war sich unsicher, was sie antworten sollte. Sie war irritiert und verstimmt. Der Tag war wunderschön gewesen, aber sie hatte heute nichts von Frank gehört. Er hatte nicht einmal auf ihre Nachricht geantwortet, geschweige denn sie gelesen. Sie wollte Bea und Simone nichts von Frank erzählen. Sie wollte die zwei aber auch nicht anlügen: „Ich bin ein wenig schlapp. Vielleicht habe ich nicht genug getrunken. Keine Sorge, ich bin gleich wieder an Bord." Doch so sehr Maren sich bemühte, ihre Enttäuschung über Franks ausbleibende Nachricht zu unterdrücken, fand sie nicht mehr zu ihrer alten Form zurück.

Die ganze Rückfahrt über schaute sie immer wieder auf ihr Smartphone. Nichts, nichts und wieder nichts. Ihre Stimmung war mittlerweile im Keller. Und das nervte sie noch mehr. Wie konnte sie ihre Gemütslage von einer WhatsApp-Nachricht abhängig machen? Sie war entsetzt über sich selbst, hatte aber keine Lösung parat. Zum Glück löste sich das Problem am Abend von selbst.

20:12 Frank: Hallo, meine Schönheit. Ich vermisse dich. Wie geht es dir? Ich bin heute Morgen sehr früh aufgestanden und zum Fotografieren nach Bursa und auf die Insel Golyazi gefahren. Der Akku meines Smartphones war leer. Ich konnte dir nicht schreiben.

Maren fiel ein Stein vom Herzen. Der Akku! Und deswegen hatte sie seit Stunden schlechte Laune. Kurz darauf kam Jan nach Hause. „Hi, schön dass du schon zurück bist", begrüßte sie Jan betont unaufgeregt. „Wie geht es dir?" „Was interessiert dich das?" „Bist du noch sauer auf mich?" Jan antwortete nicht. „Okay", lenkte Maren ein. „Es tut mir leid, dass ich dir unterstellt habe, du wolltest etwas von Angela. Und es tut mir leid, dass ich mich wie eine eifersüchtige Zicke aufgespielt habe. Du hattest Recht: Ich war wirklich nicht besonders nett zu Angela." Jan schwieg. Maren versuchte, ihm einen Kuss auf die Wange zu drücken. Doch ihr Ehemann drehte seinen Kopf weg. Sie versuchte es noch einmal und schlang dieses Mal ihre Arme um seinen Hals, so dass er sich nicht mehr wegducken konnte. Noch während sie ihn küsste, fing er an zu lachen und Maren wusste sofort, dass dies das Ende der Eiszeit bedeutete, auch wenn der Konflikt noch nicht gelöst war.

20. September 2018

16:53 Frank: Maren, wir müssen unsere Pläne ändern. Ich kann am 6. Oktober leider nicht nach Frankfurt kommen.

Eine Welle der Enttäuschung stieg in Maren hoch. Wie ätzende Säure brannte sie sich schmerzhaft in ihre Brust. Verärgert warf sie das Smartphone auf den Tisch. Sie war außer sich. Im Bruchteil einer Sekunde wurden ihre Gedanken schwarz. Ihre Tränen ließen sich nicht aufhalten.

16:59 Frank: Sorry, mein Projekt verzögert sich. Es gibt hier einige Probleme. Ich kann leider noch nicht abreisen.

17:00 Frank: Bitte sei nicht enttäuscht.

Natürlich war sie geknickt, sehr sogar. In wenigen Tagen hatte dieser Mann es geschafft, ihr Gefühlsleben völlig auf den Kopf zu stellen. Er hatte ganz neue Seiten an ihr hervorgebracht. Sie war wie ein wandelndes Lächeln und strotzte nur so vor Selbstbewusstsein. Sensibel wie ein Geigerzähler reagierte sie auf diesen Dämpfer.

17:01 Maren: Oh Frank, wie soll ich nicht enttäuscht sein? Aber ich verstehe natürlich deine Situation.

17:03 Frank: Ja, ich bin auch frustriert, aber der Job geht leider vor. Wir müssen unser erstes Treffen verschieben, mein Engel.

17:37 Maren: Okay, wann kannst du kommen?

17:48 Frank: Das kann ich im Moment noch nicht absehen.

Maren schaute missmutig auf die Uhr. Es war Zeit, das Abendessen zuzubereiten. Sie ging in die Küche und suchte gleichgültig ein paar Kartoffeln, Zwiebeln, ein Stück Sellerie und eine Möhre aus dem Gemüsekorb. Dann hackte sie grimmig auf dem Gemüse herum, warf es in den Suppentopf und brachte das Ganze mit Brühe zum Kochen. Fest umklammert hielt sie den Kochlöffel und rührte hölzern im Topf hin und her. Dann fügte sie etwas Majoran, Salz, Pfeffer und Muskatnuss hinzu. Autsch! Das Rühren geriet nun völlig außer Kontrolle, so dass die heiße Suppe auf ihre nackten Unterarme spritzte. Maren drehte rasch das kalte Wasser auf und kühlte damit ihre Arme. Wenig später rief sie Jan und Jonas zum Essen. „Was ist denn mit dir los?" fragte Jan, als er ihre frostige Miene sah. „Ist dir etwas über die Leber gelaufen? Habe ich etwas falsch gemacht?" „Nein, nein", beschwichtigte ihn Maren. „Es hat nichts mit dir zu tun." „Und warum bist du so sauer?" „Es ist nichts. Ich habe einfach nur schlechte Laune!" Jan ließ nicht locker: „Du kannst mir ruhig sagen, was los ist. Vielleicht kann ich dir helfen?" „Ich sagte doch, es ist nichts" Ihre Stimme klang nun sehr genervt und Jan zog es vor, sich zu Jonas an den Tisch zu setzen.

21:49 Maren: Ich vermisse dich. Ich halte es nicht mehr aus. Ich wünsche mir nichts sehnlicher, als dich endlich zu sehen.

21:54 Frank: Mir geht es genauso, mein Engel. Aber es wird noch einige Wochen dauern.

21:56 Maren: Einige Wochen?

21:57 Frank: Liebes, bitte?

22:02 Maren: Okay, ich bin müde. Gute Nacht!

22:04 Frank: Bitte, Maren, sei nicht verärgert. Wir werden uns sehen. Bald!

Maren schloss die Augen. Was konnte sie tun, außer zu warten? Sollte sie selbst nach Istanbul reisen? Aber wann? Seitdem sie Frank kennengelernt hatte, hatte sie viele neue Aufträge bekommen. Damit war sie derzeit vollauf ausgelastet. Sie konnte unmöglich ein paar Tage wegfahren. Und wie sollte sie die Reise ihrer Familie erklären? Was sollte sie ihnen sagen? Sie wollte nicht lügen.

21. September 2018

16:34 Maren: Frank, ich habe gute Nachrichten. Ich komme nach Istanbul. Wir können uns dort treffen.

16:34 Maren: Und falls du noch bessere Neuigkeiten möchtest: Wir können uns bereits diesen Montag sehen.

Maren hatte sämtliche Szenarien durchgespielt. Ganz gleich welche Option sie in Betracht zog, es war stets kompliziert. Das war vor allem der Tatsache geschuldet, dass niemand etwas von ihrem ersten Treffen erfahren durfte, schon gar nicht Jan und Jonas. Und das war die Herausforderung. Sie hatte unzählige Flugportale und Hotelseiten gecheckt. Schließlich hatte sie eine Lösung ausgetüftelt, die ihr durchaus machbar erschien. Sie plante einen Nachtflug und würde nur zwei Tage und eine Nacht in Istanbul bleiben. Dieses Zeitfenster müsste für ein erstes Kennenlernen mit Frank reichen. Und ihre Abwesenheit würde weder im Job noch zuhause kaum auffallen, so dass sie sich umständliche Erklärungen ersparte. Maren fand ihre Idee genial!

16:35 Frank: Mach dir keine Umstände.

16:36 Frank: Du kannst mich jetzt nicht besuchen. Gib mir noch ein bisschen Zeit, bis ich meine Arbeit hier erledigt habe, und ich werde bei dir sein. Das verspreche ich dir.

16:37 Maren: Wo ist das Problem? Ich lande am Montag früh und fliege am Dienstagabend spät wieder zurück.

16:38 Frank: Nein, Schatz, bitte komm nicht. Ich werde so gut wie keine Zeit für dich haben. Und die weite Reise, der ganze Aufwand für eine so kurze Dauer – das ist zu viel.

16:41 Maren: Ich werde nicht lange bleiben und dich nicht stören. Ich möchte nur einmal in deine Augen blicken. Wir können uns dann immer noch später in Deutschland treffen.

16:43 Frank: Mein Engel, bleib zu Hause und warte auf mich. Wir werden uns bald sehen.

16:53 Frank: Ich weiß, ich kann dich zu nichts zwingen. Du hast deinen eigenen Kopf. Aber dieses Mal musst du auf mich hören.

16:56 Maren: Mein Bauch sagt mir, dass ich unbedingt nach Istanbul kommen muss, ganz gleich, was mich dort erwartet.

16:58 Frank: Bitte, hör nicht auf deinen Bauch. Höre auf deine Vernunft. Und auf mich. Ich möchte nicht, dass du die lange Reise auf dich nimmst und ich dann keine Zeit für dich habe.

17:05 Maren: Das macht mir nichts aus.

17:08 Frank: Warum musst du so starrköpfig sein?

17:08 Maren: Und was ist mit dir? Du bist auch ein Sturkopf. Zwei Dickköpfe: Das macht es nicht leichter.

17:09 Maren: Du musst doch essen oder dich ausruhen. Das können wir doch gemeinsam machen. Oder arbeitest du 24 Stunden am Tag?

17:11 Frank: Liebling, natürlich muss ich essen und schlafen. Aber ich stelle mir unser erstes Treffen anders vor. Ich möchte die Zeit mit dir genießen, etwas Schönes mit dir unternehmen und vor allem den Kopf für dich frei haben. Du bist etwas ganz Besonderes für mich und das möchte ich dir gerne zeigen. Ich würde es mir nie verzeihen, wenn ich in unserer ersten Nacht völlig übermüdet von der Arbeit komme und direkt in einen komaähnlichen Schlaf verfalle, oder wenn uns beiden zwischen meinen Terminen nur Zeit für einen kleinen Imbiss bliebe. Nein, das ist kein würdiger Beginn für eine wundervolle Beziehung. So können wir nicht starten. Wir würden es bereuen. Und ich weiß, auch du wirst das so nicht wollen.

17:11 Maren: Gib mir Zeit zum Nachdenken.

Wie Recht er hatte! Natürlich hatte er keinen Kopf für Maren, wenn seine Projekte ihn zu hundert Prozent in Anspruch nahmen. Da mochte die Liebe noch so groß sein. Sie kannte das. Manchmal steckte sie so tief in der Tretmühle drin, dass es keine Möglichkeit gab, auf die Bremse zu treten oder auszusteigen. Schwierig!

Maren suchte das Leergut zusammen und steckte einige Einkaufstüten ein. Sie wollte noch schnell den Wochenendeinkauf erledigen. Nur eine Viertelstunde später steuerte sie gezielt ihren Einkaufswagen von zu Regal zu Regal. Dabei hakte sie nach und nach ihre Einkaufsliste im Kopf ab. Rasch war der Wagen randvoll gefüllt und Maren stellte sich an der Kasse an. Vor ihr stand ein jüngeres Paar, ungefähr Ende 20, eng umschlungen. Maren konnte ihren Blick kaum von den beiden abwenden. Während er den Wagen schob, hatte sie ihren Arm auf seine Schultern gelegt. Immer wieder flüsterte sie ihm etwas in sein rechtes Ohr. Ihre Augen strahlten. Als der junge Mann den Einkauf bezahlte, konnte Maren sein Gesicht von der Seite sehen. Er lächelte die junge Frau an und in seinem Blick lag etwas sehr Herzliches und Warmes. Als die beiden an der Kasse fertig waren, nahm er im Weggehen seine Begleiterin in den Arm und küsste sie leidenschaftlich. Maren starrte den beiden immer noch hinterher und überhörte fast die Kassiererin: „Das macht 127,45 Euro." „Einen Moment." Unwillig wandte sich Maren der Rothaarigen an der Kasse zu. Sie brauchte einen kurzen Moment, um sich zu orientieren. Hektisch kramte sie aus ihrer Handtasche ihr Portemonnaie hervor, steckte die Kreditkarte in das Lesegerät und packte mit gewohnter Routine noch die restlichen Einkäufe in den Wagen. Sie schaute auf die Uhr. Punktlandung! In einer guten halben Stunde würde Jonas vom Training nach Hause kommen. Dann konnten sie zusammen essen.

20:37 Frank: Liebling? Ist alles in Ordnung?

20:39 Frank: Bist du verärgert?

21:47 Maren: Bitte, sag „Ja". Lass mich nach Istanbul reisen und dich dort treffen. Nur kurz. Ich sehne mich so sehr danach, von dir umarmt und geküsst zu werden. Ich muss dich endlich kennenlernen.

22:05 Frank: Deine Sturheit macht mich traurig. Warum vertraust du mir nicht?

22:08 Maren: Was meinst du, wie ich mich fühle?

22. September 2018

05:47 Frank: Mein Schatz, wir werden uns bald sehen. Ich werde nach Deutschland kommen und viel Zeit für dich haben.

05:47 Frank: Ich träume bereits davon.

06:33 Maren: Dann lass mich nächste Woche zu dir kommen.

06:43 Frank: Ich werde versuchen, so schnell wie möglich meine Arbeit hier zu beenden, um dich endlich treffen zu können.

06:43 Frank: Maren? Bitte?

Maren saß im Auto auf dem Weg nach Augsburg. Sie wollte eine alte Freundin besuchen. Andrea hatte heute Geburtstag und zu einem Brunch eingeladen. Als die Einladung kam, hatte Jan direkt abgewunken. Wie immer. Maren war allein gefahren. Nun stand sie im Stau. Seit mehreren Minuten bewegte sich nichts. Vermutlich war die Autobahn aufgrund eines Unfalls komplett gesperrt. Sie stellte den Motor aus und das Radio etwas lauter, um die Verkehrsnachrichten nicht zu verpassen. Maren war immer noch verärgert. Erst hatte Frank sie versetzt, dann wollte er nicht, dass sie kam, und jetzt machte er ihr Versprechungen ohne konkrete Angaben. Sie hatte die Nase voll von dieser Hängepartie. Es war Zeit, die Dinge selbst in die Hand zu nehmen und voranzutreiben. Sie musste ihn so bald wie möglich treffen und Klarheit gewinnen. Sie konnte sich nicht Tag für Tag mehr und mehr in einen Unbekannten verlieben, Ausgang ungewiss!

Sie hatte richtig vermutet. Die Autobahn war für fast eine Stunde gesperrt. Es blieb ihr nichts anderes übrig, als zu warten. Mit einer zweistündigen Verspätung traf sie endlich bei ihrer Freundin ein. Das lange Warten und der sich anschließende Stopp-and-

Go-Verkehr hatten sie ermüdet. Auch das Brunch konnte Maren nicht richtig genießen. Zwar hatte Andrea lauter Köstlichkeiten zubereitet, doch kam das Gespräch unter den Gästen nur schleppend in Gang. Nach weniger als zwei Stunden entschuldigte sich Maren bei der Gastgeberin und machte sich wieder auf den Heimweg. Es war nicht ihr Tag.

21:37 Frank: Ich vermisse dich, Maren. Sprichst du nicht mehr mit mir? Ich verstehe, dass du verärgert bist. Aber es macht mich traurig. Es geht mir schlecht.

21:38 Maren: Ich melde mich.

Doch Maren dachte nicht daran, sich zu melden. Es war alles gesagt. Nun war er am Zuge. Sie steckten in einer Sackgasse, für die es nur einen Ausweg gab: Sie mussten sich nächste Woche sehen. Warum verstand er das nicht? Warum erlöste er sie nicht aus dieser Situation? Warum blieb er so stur? Ein kurzer Satz, wie etwa „Ich freue mich auf dich.", hätte den Konflikt im Nu aus der Welt geschafft. Stattdessen hielt er sie hin: vielleicht, bald, wenn der Job abgeschlossen ist. Wie lange sollte sie auf ihn warten?

21:49 Frank: Bist du da?

21:49 Frank: Schatz?

21:49 Frank: Mein Engel?

23. September 2018

Die Nacht war unruhig. Mehrere Gewitter zogen über die Stadt. Donner und prasselnder Regen weckten Maren immer wieder auf. Erst in den frühen Morgenstunden fand sie in den Schlaf und hatte direkt einen schweißtreibenden Traum. Sie war in Thailand und besichtigte ein historisches Gebäude, in dessen Mitte sich ein gewaltiges Treppenhaus aus weißem Kalkstein befand. Sie wollte die Treppe hinaufsteigen, doch jede Stufe war ca. anderthalb Meter hoch. Mit viel Mühen und körperlicher Anstrengung gelang es ihr schließlich, die Treppe zu erklimmen. Sie war völlig geschafft, hatte aber ihr Ziel erreicht.

Als sie am Morgen aus diesem anstrengenden Traum erwachte, zog sie ermattet die Bettdecke schützend bis unter das Kinn. Zum Glück war Samstag und es gab keinen Grund aufzustehen. Ob Frank ihr geschrieben hatte? Sie schaute kurz nach. Nichts. Die Zeit spielte gegen sie. Nun war es fast zu spät, um die Reise nach Istanbul anzutreten. Der Flug würde heute Nacht gehen und sie hatte nicht einmal ein Ticket. Er hatte gewonnen. Es war Zeit, das Kriegsbeil zu begraben.

10:42 Maren: Hallo Frank, wie geht es dir?

Maren stand auf. Sie erledigte einige Dinge im Haushalt und kümmerte sich um das Essen. Ansonsten vertrödelte sie den Tag. Sie hatte zu nichts richtig Lust. Die Enttäuschung steckte ihr in den Knochen.

19:38 Maren: Mein Lieber, wie war dein Tag? Was machst du?

22:21 Frank: Lass mich bitte in Ruhe.

22:27 Maren: Wie du willst …

22:28 Frank: Schreib mir nicht mehr.

22:29 Maren: Keine Sorge, ich komme nicht nach Istanbul und ich werde dich nicht mehr belästigen.

4. Oktober 2018

Es war zum verrückt werden. Wie ein bildhaftes Mantra tauchte Frank Tag für Tag in Marens Gedanken auf. Sie vermisste ihn. Mehr als ihr lieb war. Und mehr als sie sich eingestehen wollte. Es tat so weh, zu wissen, dass er nicht mehr zu ihrem Leben gehörte. Immer wieder landete sie auf seinem WhatsApp-Profil, las die alten Chats und schaute nach, ob er online war. Und manchmal starrte sie eine gefühlte Ewigkeit auf die Buchstaben „online", darauf wartend, dass sie sich endlich in „schreibt" verwandelten, was sie natürlich nicht taten. Maren war zutiefst erschrocken über sich selbst. War das Stalking, was sie da machte? Auf jeden Fall fühlte es sich nicht richtig an. Ihr Verhalten entsetzte und beschämte sie. So konnte es nicht weitergehen.

Vielleicht gab es doch noch ein Fünkchen Hoffnung für sie beide? Vielleicht vermisste er sie auch? Sie hatte versprochen, ihn nicht mehr zu belästigen. Doch es war wie eine Sucht, wie ein zwanghaftes Verlangen, das sie schwer unterdrücken konnte.

07:04 Maren: Letzte Nacht habe ich von dir geträumt. Dein Gesicht war unscharf. Ich spürte die Wärme deiner Haut und deines Atems an meiner rechten Wange und wie deine Lippen sanft die meinen suchten.

23:02 Maren: Du bist meine Inspiration.

5. Oktober 2018

18:39 Maren: Ich weiß, ich wollte dich nicht mehr belästigen. Aber ich vermisse dich so sehr. An dich zu denken und dir zu schreiben, hilft mir ein wenig.

6. Oktober 2018

11:51 Maren: Mein Schatz, du hast ein Feuerwerk der Emotionen in mir entfacht. Doch ich habe so viele offene Fragen und unerfüllte Wünsche. Wir hatten nicht einmal die Chance, unsere Gefühle zu erleben, nicht ein einziges Mal. Mein Lieber, unsere Geschichte ist zu Ende, und irgendwie auch nicht.

8. Oktober 2018

Lieber Frank,

ich vermisse dich. Deine Textnachrichten haben mich in den letzten Wochen aus meinem Alltag katapultiert, erregt und amüsiert. Deine Worte haben mir das Herz gewärmt, meine Unsicherheit genommen und mir das Gefühl gegeben, so akzeptiert zu sein, wie ich bin, ohne Wenn und Aber, ohne permanente Kritik. Deine Stimme verschaffte mir inneren Frieden und Ruhe, tauchte mich in eine Wolke voller Liebe, ließ mich erröten.

Ich war ein jahrzehntelang verschlossener Tresor. Durch dich habe ich endlich wieder gefühlt. Ich habe Dinge gesagt und geschrieben, die ich noch nie gesagt oder geschrieben habe und die ich vielleicht nie wieder sagen und schreiben werde. Ich wünschte, diese Zeit mit dir wäre endlos gewesen. Doch bitte versteh mich. Ich muss dich endlich treffen und wissen, wer du bist. Ich muss wissen, ob unsere Liebe real oder nur eine Illusion ist. Leider ist es dazu nie gekommen.

Doch ich halte es nicht aus, ich muss dir schreiben, auch wenn du diese Briefe nie lesen wirst.

Maren

Maren speicherte das Briefdokument auf ihrem Laptop. Es tat ihr gut, ihre Gedanken, die ständig um Frank kreisten, aufzuschreiben. Wie von selbst flossen die Worte aus ihr heraus. Alle Versuche, mit ihm in Kontakt zu treten, waren gescheitert. Maren begriff: Es war vorbei. Schluss. Ende. Aus. Finito. Nun musste sie damit fertig werden und einen Weg finden, Frank aus ihrem Kopf und aus ihrem Herzen zu streichen. Als erstes blockte sie Franks WhatsApp-Profil. Quasi aus Selbstschutz. So kam sie nicht mehr in Versuchung ihn zu „stalken". Sie schrieb ihm weiterhin. Doch diesmal, ohne ihre Worte abzuschicken. Täglich. Über ihre Gefühle und Gedanken. Das Formulieren und Texten half ihr, gab ihr Gelegenheit, alles herauszulassen und sich Klarheit zu verschaffen. Es war wie eine Therapie für sie. Mit wem hätte sie darüber sprechen sollen? Keiner ihrer Freunde wusste von Frank.

Frankfurt, 9. Oktober 2018

Lieber Frank,

ich weiß, es führt nirgendwohin. Unsere Geschichte ist zu Ende. An diesen Gedanken muss ich mich erst gewöhnen. Dass es mich so gepackt hat, ist unglaublich. Ich habe so eine Sehnsucht nach dir.

Doch wie kann ich unsere Geschichte für mich gut enden lassen? Wie kann ich all die positiven Impulse in meinen Alltag retten? Wie bekämpfe ich meine Traurigkeit? Und die alles entscheidende Frage ist und bleibt für mich: Was habe ich bei dir gefunden, obwohl wir uns nicht einmal richtig kennen?

Ich habe mich so voller Liebe gefühlt. Liebe, die ich an meine Umgebung weitergeben konnte. Das war toll! Das hat mich angetrieben und motiviert. Dieses Gefühl will ich nicht aufgeben. Zum ersten Mal in meinen Leben weiß ich, wie sehr ich Liebe brauche. Oft dominieren Kritik, Provokation und Gleichgültigkeit mein Leben. Ich will das nicht mehr! Zu wenig Respekt, zu wenig gut gemeinte Worte, zu wenig „warme Duschen". Das macht das Herz kalt und spröde. Wo finde ich den Menschen, der mich wertschätzend und liebevoll behandelt, so wie du es in den letzten Wochen getan hast?

Als junger Mensch bin ich vor der Liebe immer geflohen. Verliebt hatte ich mich mehrfach. Doch wenn mir ein Mann zu viel Aufmerksamkeit schenkte, fühlte ich mich bedrängt und hatte Angst, nicht mehr diejenige sein zu dürfen, die ich war. Vielleicht war ich nie für die Liebe bereit gewesen? Vielleicht habe ich nie richtig geliebt? Vielleicht bin ich nie dem Menschen begegnet, der mich wirklich Liebe empfinden ließ?

Wenn du mir doch schreiben würdest. Ja, ich weiß. Ich habe dich bei WhatsApp geblockt. Inzwischen habe ich die Sperre wieder aufgehoben. Wie es dir wohl geht?

Küsse, Maren

Frankfurt, 10. Oktober 2018

Lieber Frank,

ein Tag mit dir und ohne dich: Ich werde nachts um drei Uhr wach und denke an dich, fühle mich warm und friedvoll. Dann schlafe ich wieder ein. Um halb sechs klingelt der Wecker, und ich denke als erstes an dich. So geht das den ganzen Tag. Beim Duschen, beim Training, im Büro und beim Abendessen – immer bist du in meinem Kopf. Und bevor ich einschlafe, denke ich an dich.

Bis heute habe ich niemandem von dir erzählt. Unsere Geschichte war so unglaublich. Wer könnte das verstehen? Seitdem du in meinem Leben gelandet bist, umhüllt mich deine Energie wie eine Wolke. Du flutest meinen Körper voller Wärme und Wohlgefühl. Du bist der rote Faden auf meinem Weg. Auch wenn du mir nicht antwortest, habe ich immer noch starke Gefühle für dich. Ich wäre glücklich, von dir zu hören, auch wenn ich weiß, dass meine Hoffnung vergeblich ist.

Ich umarme dich, Maren.

Frankfurt, 11. Oktober 2018

Lieber Frank,

ich kann es nicht lassen. Regelmäßig kontrolliere ich deine Kontaktdaten in unserem WhatsApp-Chat. Wenn ich sehe, dass du online bist, fühle ich mich dir nah. Ich suche deine Nähe, auch wenn es sie im wahren Leben nie gab. Ich hätte es nie für möglich gehalten, dass so ein starkes Gefühl der Nähe virtuell entstehen kann. Ich war immer davon überzeugt, dass nichts über eine persönliche Begegnung geht. Doch inzwischen habe ich meine Zweifel.

Nach unserem letzten Chat hatte ich ein untrügliches Bauchgefühl, das mir sagte: Vielleicht wolltest du mich gar nicht treffen? Warum nur? Was stimmt nicht bei dir? Wovor hast du Angst?

Ich habe mich entschieden: Ich werde versuchen, meinen Alltag von den positiven Gefühlen, die du mir gegeben hast, inspirieren zu lassen. Ich will die Liebe, die in mir ist, Menschen schenken, die mir nahe sind. Daher werde ich versuchen, meine Ehe wieder neu zu beleben, mit Wärme, Aufmerksamkeit, Verständnis und körperlicher Nähe. Ich möchte dieser Beziehung eine neue Chance geben. Wenigstens das.

Ich denke an dich, Maren

Maren lehnte sich in ihrem Bürostuhl zurück und blickte zufrieden aus dem Fenster. Das Schreiben war ihr eine große Hilfe. Kein Psychotherapeut der Welt hätte ihr einen besseren Ratschlag geben können. Voller Elan stand sie auf und ging in die Küche. Dort stand Jan an der Arbeitsplatte und schnitt Tomaten für das Mittagessen. Lächelnd steuerte sie auf ihn zu, legte eine Hand auf seinen Rücken und küsste ihn sanft hinter sein Ohr. Jan hob den Blick und schaute sie schmunzelnd an: „Was ist los mit dir?" „Was soll mit mir los sein?", antwortete Maren und stellte sich betont sinnlich neben ihn. „Vielleicht können wir heute Nachmittag zusammen einen Kaffee trinken gehen? Du weißt schon, wie früher, ‚An der alten Streuobstwiese'". „Musst du nicht arbeiten?" wandte Jan ein. „Ich habe heute nicht so viel zu tun. Da kann ich etwas eher Schluss machen", erklärte Maren. „Was meinst du? Das Wetter ist gut. Hast du Zeit und Lust? Komm schon!" Jan gab sich geschlagen.

„An der alten Streuobstwiese" war ein kleines, am Stadtrand von Frankfurt gelegenes Lokal mit einem wunderschönen Biergarten, der mitten in einer bunten Wiese voller knorriger niederstämmiger Apfel- und Birnenbäume lag. Maren und Jan mochten diesen Ort. Der Biergarten lag etwas versteckt, so dass es dort nur wenige Gäste gab und man immer einen freien Tisch bekam.

Als Jan seinen alten Volvo auf den Parkplatz des Cafés lenkte, standen dort nur vereinzelt einige Fahrzeuge vor dem Fachwerkhaus. Maren freute sich auf das Kaffeetrinken und auf den leckeren Apfelkuchen. Die Wirtin war bekannt für ihren selbstgemachten Kuchen. Die meisten Gäste kamen nur deswegen hierher. „Na, wir haben uns aber schon lange nicht mehr gesehen", begrüßte die Wirtin Maren und Jan. „Wie geht es euch?" In der Tat: ihr letzter gemeinsamer Besuch in der „Streuobstwiese" lag Monate zurück. Maren wusste nicht recht, was sie antworten sollte und brummelte etwas, wie „wir hatten viel tun". „Es ist schön, mal wieder hier zu sein. Diese Idylle, dieser Ausblick und natürlich dein köstlicher Kuchen, Marianne", schwärmte Maren und meinte jedes Wort genauso, wie sie es sagte. „Darf ich euch ein Stück Apfel- und ein Stück Käsekuchen bringen?" Maren und Jan nickten und lächelten sich dabei an. Es war schön, mal wieder gemeinsam etwas Vertrautes zu erleben.

„Was hältst du davon, wenn wir zusammen wegfahren?", hörte Maren sich sagen. Es durchfuhr sie wie ein Geistesblitz. „Mmh!" Jan klang wenig begeistert. Doch Maren wollte nicht aufgeben: „Wir wäre es mit Paris oder vielleicht Amsterdam, nur für ein

Wochenende." „Und was ist mit Jonas?" „Der wird die beiden Tage bei einem Freund verbringen. Du weißt doch, wie gerne er woanders übernachtet. Komm schon, lass uns nächstes Wochenende fahren. Ganz spontan!" Jan dachte kurz nach: „Na gut." Dass sie Jan so schnell für ihr Vorhaben gewinnen konnte, überraschte jetzt wiederum Maren. Sie beeilte sich, den Sack zu zumachen und wollte, dass Jan das Reiseziel festlegte: „Paris oder Amsterdam, was gefällt dir besser? Oder möchtest du woanders hinfahren?" „Amsterdam klingt gut!"

Frankfurt, 12. Oktober 2018

Lieber Frank,

es waren so prickelnde Tage und Wochen mit dir. Du hast mich glücklich gemacht. Du hast mich durch den Tag tänzeln lassen. Du hast mir ein Lächeln ins Gesicht gezaubert, sodass sich all die kleinen Widrigkeiten des Alltags wie von selbst in Luft auflösten.

Ich vermisse dich, Maren

Frankfurt, 13. Oktober 2018

Lieber Frank,

ich lese immer wieder deine Worte. Ich sauge sie in mir auf, analysiere und interpretiere sie. Ich will endlich wissen, was passiert ist? Hattest du vielleicht nie vor, mich zu treffen? Hast du mich angelogen? Oder bin ich zu weit gegangen?

Maren – immer noch verliebt

Frankfurt, 14. Oktober 2018

Lieber Frank,

diese Briefe sind der einzige Weg, den Kontakt zu dir zu halten, auch wenn sie dich nicht erreichen. Es fällt mir so schwer, dir nicht mehr zu antworten, dich nicht mehr anzurufen. Disziplin ist nicht meine Stärke. Aber wozu wieder den Kontakt mit dir aufnehmen?

Wie konntest du mich von einem auf den anderen Tag im Stich lassen? Warum um alles in der Welt wolltest du mich nicht kennenlernen? Mir nicht in die Augen schauen und meine Umarmung spüren? Nein, du kannst es nicht ernst gemeint haben. Aber wie konnte ich das glauben? Besser gesagt, es waren mein Herz und meine Seele, die sich dir nicht entziehen konnten.

In Liebe, Maren

Frankfurt, 15. Oktober 2018

Lieber Frank,

wenn ich an dich denke, füllt sich mein ganzer Körper mit einer wohligen Wärme, wie aufgeschäumte Milch in einem Glas. Abends vor dem Schlafengehen lese ich unsere Chats und ich fühle wie damals, als du noch bei mir warst. Das beruhigt mich und lässt mich gut schlafen. Du meinst, ich müsste wütend und sauer auf dich sein? Nein, dazu habe ich nicht das Recht. Du gehörst mir nicht. Du gehörst nur dir selbst und hast eine Entscheidung getroffen. Ob ich enttäuscht und traurig bin, dass du nicht mehr in meinem Leben bist? Natürlich. Aber vor allem bin ich sehr glücklich über die Gefühle, die du in mir ausgelöst hast. Ich quelle über vor Emotionen. Das ist erregend und beängstigend zugleich. Ich möchte dieses starke Gefühl um keinen Preis verlieren. Wie kann ich es aufrechterhalten, während du mich zurückweist?

Meine Worte an dich fließen nur so aus mir, wie aus einer heißen Quelle, die niemals versiegt. Ich bemerke nicht einmal die Tränen in meinem Gesicht. Du berührst mich – immer.

Du fehlst mir, Maren

Am liebsten wäre Maren heute Morgen gar nicht erst aufgestanden. Sie hatte weder die notwendige Energie noch Lust, um die Bettdecke aufzuschlagen. Alles fühlte sich schwer an, so als ob eine Last auf ihren ganzen Körper drückte. Auf der Seite liegend zog sie die Knie bis unter die Brust, machte sich so klein wie möglich und drückte sich tief in die Matratze. Dabei lag jede Menge Arbeit auf ihrem Schreibtisch. Seit Tagen fühlte sie sich wie eine Getriebene, hatte am Wochenende durchgearbeitet und es war immer noch kein Ende in Sicht. Sie quälte sich durch die Tage und konnte sich nur schlecht konzentrieren. Maren gab sich einen Ruck. Sie stand auf, machte Frühstück, weckte Jonas und saß eine gute Stunde später an ihrem Schreibtisch. Sie war unruhig. Immer wieder klingelte das Telefon und sie musste ihre Arbeit unterbrechen. Gefühlt trat sie auf der Stelle.

Gegen 10 Uhr steckte Jan seinen Kopf durch die Tür. Er grinste. Maren stand der Stress ins Gesicht geschrieben. Sie fühlte sich gestört. „Hi, was willst du?" Ohne ihren Blick vom Bildschirm abzuwenden, begrüßte sie ihren Mann mit knappen Worten. Jan war beleidigt: „Entschuldigung, ich wollte dir nur einen guten Morgen wünschen. Aber nett verstehst du ja nicht." Mist, sie hatte es schon wieder vermasselt. Aber sie stand so unter Strom. Sie fühlte sich erschöpft und ausgelaugt. Und sie war immer noch so unglaublich traurig. Die Tage ohne Frank waren für sie grau und leer. Sie ging ins Wohnzimmer und öffnete die Anrichte. Dort lagerten ihre Schokoladenvorräte. Zartbitterschokolade mit Chili- oder Orangengeschmack oder lieber doch ein Riegel Edelbitter? Orange mit Mandelsplittern! Genüsslich spürte sie, wie der intensiv-aromatische Kakaogeschmack sich auf ihrer Zunge ausbreitete. Sie schloss die Augen. Das tat gut.

Frankfurt, 16. Oktober 2018

Lieber Frank,

heute ist kein guter Tag. Es macht mich traurig, nichts mehr von dir zu hören. Du fehlst mir so. Deine Nähe, deine Wertschätzung, dein Verständnis, dein Respekt. Mir fehlen deine Worte, die wie Balsam auf meiner Seele waren. Du bist mein Bluebird!

So langsam fängt es an, weh zu tun. Das war absehbar. Wer emotional im siebten Himmel schwebt, kann tief fallen. Wie es dir ergehen mag? Vielleicht hast du längst meinen Kontakt aus deinem Telefonbuch gelöscht?

Küsse, Maren

Frankfurt, 17. Oktober 2018

Lieber Frank,

letzte Nacht habe ich schlecht geschlafen. Die Sehnsucht nach dir war unermesslich. Im Laufe des Tages ging es mir wieder etwas besser. Immer und immer wieder lese ich deine Nachrichten und deine Mails. Sie haben mich mitten ins Herz getroffen. Wie behutsam und liebevoll du mir geschrieben hast, das war wirklich großartig.

Ich wüsste zu gerne, wie es dir geht und was du wirklich für mich empfunden hast. Nein, lieber nicht. Es würde mir das Herz brechen, wenn all deine Worte nur eine Inszenierung gewesen wären. Ich sollte mich wieder mehr auf mich konzentrieren. Doch glaube mir, lieber Frank, wenn es diesen Mann, der mein Herz in Sekundenschnelle gewonnen hat, wirklich gibt, dann würde ich ihn sehr gerne kennenlernen. Du hast Sehnsüchte in mir geweckt. Ich bin von oben bis unten durchtränkt von dir. Und nun willst du nicht mehr weichen!

Maren

Frankfurt, 18. Oktober 2018

Lieber Frank,

in vino veritas! Gestern war ich zu einer italienischen Weinprobe eingeladen, die von einer wunderbaren Liebesgeschichte gekrönt wurde. Leckere italienische Weine, köstliche italienische Antipasti und bestes Olivenöl. Und dazu erzählten die Gastgeber, wie sie sich per Zufall auf einem Weinfest in den USA kennengelernt hatten, in kürzester Zeit ein Paar geworden waren, und wie diese Liebe in einer prachtvollen Hochzeitsfeier im Piemont ihren Höhepunkt erreichte: Sie in einem champagnerfarbenen Kleid unter einem 500 Jahre alten Olivenbaum vor einem alten italienischen Gehöft. Das schönste Fest ihres Lebens.

Mein Bluebird, das Leben ist zu kurz für einen schlechten Wein. Genieße es, lass dich berühren, lass es uns spüren, lass deine Gefühle zu. Liebe ist das Wichtigste im Leben. Sie kann alles verändern. Und es lohnt sich, für sie zu kämpfen.

Wer nichts riskiert, der nicht gewinnt. Spring über deinen Schatten. Ich tue es.

Ich umarme dich, Maren

NICHT MIT DIR, UND NICHT OHNE DICH

19. Oktober 2018

11:40 Frank: Maren, Liebes, es tut mir leid, dass wir uns so gestritten haben und ich dir nicht mehr geantwortet habe. Aber die Wahrheit ist: ich habe in den letzten Tagen ständig an dich denken müssen. Du fehlst mir.

Maren konnte es kaum fassen und war wie versteinert. Sie stand in ihrer Lieblingsbuchhandlung an der Kasse und wollte gerade mit ihrer Smartphone-App bezahlen, als sie Franks Nachricht las. Sie traute ihren Augen kaum. Nach und nach hellte sich ihre Miene auf und sie verspürte Erleichterung. Endlich. Wie sie sich freute. Endlich. Sie war vom Bann seines Schweigens erlöst. Die Traurigkeit der letzten Tage fiel wie eine schwere Last von ihr ab. Sie las die Zeilen noch einmal und erstrahlte. Währenddessen wartete die Verkäuferin ungeduldig darauf, dass sie den Bezahlvorgang endlich abschloss. An der Kasse hatte sich schon eine kleine Schlange gebildet. Nicht einmal das bemerkte Maren. Noch ganz in Gedanken packte sie die zwei Bücher, die sie gekauft hatte, in ihre Tasche und verließ das Geschäft. Kaum war sie vor der Tür, beeilte sie sich Frank zu antworteten.

11:45 Maren: Frank, wo warst du nur solange? Wie geht es dir? Ich habe dich vermisst.

11:46 Frank: Bitte sei mir nicht böse. Es tut mir so leid. Ich stand beruflich enorm unter Druck. Deswegen wollte ich nicht, dass du mich besuchst. Du musst mir glauben.

11:46 Maren: Was bleibt mir anderes übrig?

11:47 Frank: Ich wusste nicht, wo mir der Kopf stand. Einige Dinge liefen völlig aus dem Ruder. Ich war nur noch damit beschäftigt, die Kohlen aus dem Feuer zu holen.

Maren schämte sich. Und sie hatte die ganze Zeit über nur an sich gedacht und daran, Frank so schnell, wie möglich, kennenzulernen. Sie war völlig verblendet gewesen. Sie hatte sich nicht einmal ernsthaft bemüht, ihn zu verstehen. Stattdessen hatte sie ihm unterstellt, dass er sie nicht sehen wolle. Sie hatte an seinen Absichten gezweifelt und ihm nicht vertraut. Zugegebenermaßen hatte sie durch ihr stures Verhalten den Streit noch befeuert.

11:49 Maren: Das tut mir leid. Ich ahnte nicht, dass deine berufliche Situation so dramatisch war. Sorry. Ich hoffe, du konntest alle Probleme lösen und es geht dir jetzt besser.

11:51 Frank: Ja, mein Liebes. Seit gestern ist alles auf einem guten Weg. Die Wochen davor stand ich wie unter Strom. Ich habe sehr viel gearbeitet und hatte keinen Moment Ruhe.

11:52 Maren: Es ist schön, wieder von dir zu hören. Ich habe mir das so sehr gewünscht.

11:53 Frank: Mir geht es genauso.

20. Oktober 2018

07:21 Frank: Guten Morgen, mein Schatz. Ich möchte jetzt gerne neben dir liegen. Ich würde dich wärmen und lieben, wenn möglich den ganzen Tag.

Maren war glücklich, wieder von Frank zu hören. Sie hatte ihn so sehr vermisst. Ihn und seine Worte, die sie so geschmeidig durch den Tag gleiten ließen. Sie hielt beim Bürsten ihrer Haare inne. Was sollte sie ihm antworten? Sie zögerte.

07:26 Maren: Liebster, ich bin schon wach. Ich fahre heute nach Amsterdam und verbringe dort das Wochenende.

7:27 Frank: Oh, du verreist! Das freut mich. Amsterdam? Eine interessante Stadt! Da wäre ich gerne dabei.

7:28 Maren: Das nächste Mal fahren wir zusammen. Versprochen. Smile. Ich muss jetzt los. Ich bin auf dem Sprung. Pass bitte auf dich auf!

7:29 Frank: Du auch! Gute Reise! Und schick mir Fotos!!!

Während Jan den Wagen steuerte, machte Maren es sich auf dem Beifahrersitz bequem. „Soll ich die Route auf dem Navi eingeben?" Jan nickte. Maren öffnete die Navigations-App auf ihrem Handy, wählte das Ziel aus und legte das Gerät auf die Mittelkonsole. Dann streckte sie ihre Beine aus und legte den rechten Arm entspannt auf die Ablage in der Beifahrertür. Sie mochte es, sich von Jan fahren zu lassen. Es war wie ein Rollentausch. Jetzt trug er die Verantwortung und sie brauchte sich nur daneben zu setzen. Schweigend bog Jan auf die Autobahn. Doch diesmal war es ein einvernehmliches und verbindendes Schweigen, das zwischen ihnen herrschte. Die Stille tat beiden gut. Zu dieser Uhrzeit war selbst Maren nicht besonders gesprächig. Zudem mochte Jan es nicht, wenn sie beim Autofahren ständig auf ihn einredete.

Es war ein vertrautes Gefühl, neben Jan im Auto zu sitzen. Zudem freute sie sich auf den Tapetenwechsel. Mal wieder etwas zu unternehmen, tat ihr gut. Das hatte sie schon lange nicht mehr gemacht, geschweige denn gemeinsam mit Jan. Dabei hatten sie das früher geliebt: Einfach loszufahren und sich von dem Rhythmus einer Stadt mitnehmen zu lassen. Da konnte es schon mal vorkommen, dass sie die Sehenswürdigkeiten gar nicht zu Gesicht bekamen. So durchorganisiert Maren beruflich war, so sehr genoss sie es, ihre freie Zeit dem Zufall zu überlassen. Meist pickten sie sich auf ihren Reisen spontan nur einige wenige Programmpunkte heraus, die ihnen am Herzen lagen. Jan liebte Zoos und Tierparks und war immer auf der Suche nach neuen Anregungen und Ideen für sein Café. Maren hingegen genoss es, durch die Straßen zu schlendern und die Architektur einer Stadt auf sich wirken zu lassen, oder sich einfach in ein Straßencafé zu setzen, einen Cappuccino oder Aperitif zu trinken und das Treiben und Leben um sich herum zu beobachten. Am liebsten war sie irgendwo am Wasser, ganz gleich ob Fluss, See oder Meer. Für dieses Wochenende hatten sie noch keine festen Pläne. Erst einmal ankommen. Der Rest würde sich schon ergeben.

Sie lehnte ihren Kopf an die Lehne des Autositzes und versuchte abzuschalten. Während sie ihren Blick schweifen ließ, schickte sie ihre Gedanken auf die Reise. Sie musste an Frank denken. Sie war so glücklich, dass er sich wieder gemeldet hatte. Endlich war er zurück in ihrem Leben. Sie hatte ihn so sehr vermisst. Das war ihre erste Beziehungskrise gewesen. Dabei kannten sie sich kaum, nicht einmal persönlich. Aber Krisen schweißen bekanntermaßen zusammen und so fühlte Maren sich Frank jetzt noch stärker verbunden.

Als sie von der Hotellobby aus an die Gracht traten, waren Marens Haare im Nu vom Wind zerzaust. Selbst auf dem geschützten Kanal brachte der Luftstrom das Wasser in Wallungen und formte es zu winzigen Wellen. Die Temperaturen waren für Oktober noch mild, so dass Jan und Maren trotz des kräftigen Windes beschlossen, zu Fuß durch das traditionelle Viertel Amsterdams zu schlendern. Dies war nicht ihr erster gemeinsamer Besuch der niederländischen Hauptstadt. Sie hatten schon das ein oder andere Wochenende hier verbracht. Beide fühlten sich in der Stadt sehr wohl: Die prächtigen alten Häuser, die pittoresken Gassen, die vielen Kanäle, Brücken, Shops und Clubs wie auch der Marihuana-Rauch an vielen Straßenecken sorgten für eine ganz besondere Atmosphäre. Automatisch griff Maren nach Jans Hand. So, wie sie es früher oft getan hatte. Ohne Nachzudenken, ganz selbstverständlich, und immer noch eine Geste einer über viele Jahre hin gewachsenen Verbundenheit. Trotz aller Differenzen, trotz aller Krisen und Streitigkeiten konnten sie sich stets aufeinander verlassen. Das wusste Maren sehr zu schätzen.

Sie passierten Unzählige der urig schmalen Wohnhäuser mit liebevoll bepflanzten Blumentöpfen vor der Tür. Manche Hausgiebel zierten kleine Kräne, mit denen man wie vor Jahrhunderten sperrige Gegenstände in die oberen Etagen hieven konnte. Schnell stellte sich bei Maren ein Gefühl der Geborgenheit und Vertrautheit ein. Nachdem sie das Wege- und Brückenlabyrinth entlang der Grachten eine Weile durchstreift hatten, kamen sie an ein kleines Café. Maren stoppte abrupt: „Ist das nicht das Café mit dieser überaus charmanten und freundlichen Bedienung, die ursprünglich aus Frankfurt kam, und wo ich diesen fantastischen Apfelkuchen gegessen habe? Jan erinnerte sich: „Wenn du möchtest, setzen wir uns und bestellen Kaffee und Kuchen. Ich glaube zwar nicht, dass die junge Frau noch hier arbeitet, aber den Kuchen sollten wir uns nicht entgehen lassen." Schon lange hatten Maren und Jan nicht mehr einen so entspannten Tag miteinander verbracht.

Nach der Kaffeepause setzten sie ihre Route über den Büchermarkt fort und nahmen hinter dem Bahnhof Amsterdam Centraal die Fähre zur NDSM-Werft. Maren war schon etwas pflastermüde. Doch Jan wollte sich unbedingt das stillgelegte Werftgelände mit seinen alten Fabrikhallen und Schiffscontainern, coolen Bars und Cafés, Streetart, Ateliers und Galerien ansehen. Es wäre unfair gewesen, ihn allein gehen zu lassen, nachdem er den ganzen Nachmittag sich nach ihren Wünschen gerichtet hatte. Maren dachte an Frank. Auf dem verwahrlosten Gelände gab es viele spannende Fotomotive. Das würde ihm gefallen. Vielleicht wäre Amsterdam ein guter Treffpunkt für ihr erstes Date? Für den Alles-Entscheidenden-Lackmustest? Dann wären beide fernab ihres Alltags und könnten sich quasi auf der grünen Wiese beschnuppern. Die Stadt bot ideale Rahmenbedingungen für eine frische Liebe: Nicht zu laut oder zu anstrengend, bot sie viele kleine malerische Winkel und intime Plätze. Eine prima Idee!

Nach einem kurzen Streifzug über das Werftgelände wurde Jan fündig und kaufte für das „Fridolin" ein kleines, mint-farbenes Kofferradio der Marke Graetz für 20 Euro. Zum Glück! Denn Maren war nicht nur müde, sondern inzwischen hungrig. Ihre gute Laune drohte zu kippen. „Wie wäre es, wenn wir etwas essen?" „Du weißt doch, dass ich abends nichts esse", erwiderte Jan. „Kannst du nicht einmal eine Ausnahme machen?" quengelte sie. „Ich finde es etwas seltsam, wenn wir in ein Lokal gehen und nur ich etwas bestelle und du mir beim Essen zusiehst." Jan zuckte mit den Achseln. Maren gab sich geschlagen. Sie wusste, dass jede weitere Diskussion zwecklos war. So begnügte sie sich damit, ihren Hunger unterwegs mit einem Matjes-Brötchen zu stillen.

Es dämmerte bereits, als Maren und Jan an einer schmalen Wasserstraße das offene Boot bestiegen. Sie wollten den Tag auf einer Grachtenfahrt ausklingen lassen und hatten sich für eines der kleineren Boote entschieden. Zufrieden machten sie es sich auf einer mit großen Kissen und Decken ausgestatten Bank bequem. Auf dem Tisch vor ihnen stand je ein kühles Blondes. Während Jan sich über sein Bierglas beugte, kuschelte Maren sich in die Kissen. Jan starrte auf sein Glas und schien weit, weit weg zu sein. Wie auf Knopfdruck war jeder von ihnen wieder mit sich und seiner Welt beschäftigt.

Vom Boot aus, das rund ein bis zwei Meter unterhalb der Bordsteinkante lag, bot sich ihnen ein völlig anderer Blickwinkel auf die Stadt. Nun waren sie nicht mehr Teil des bunten Treibens, sondern nahmen eine Beobachterrolle ein. Während das Boot sanft die Kanäle entlang schaukelte, gewährten die von Kronleuchtern und Deckenflutern erhellten Innenräume einen Blick in das heimelige Innenleben der Wohnhäuser. „Wissen Sie eigentlich, warum die Niederländer ihre Fenster nicht mit Gardinen dekorieren?" fragte der Bootsführer, der seine Fahrgäste von Zeit zu Zeit mit einigen touristischen Informationen über Amsterdam versorgte. In der Tat, das interessierte Maren. Sie hatte sich immer schon gewundert, warum die Holländer so freizügig Einblicke in ihre privaten Wohnungen gewähren. „Im 19. Jahrhundert gab es in Holland eine Gardinensteuer. Um diese zu umgehen, haben die Niederländer nur kurze oder gar keine Gardinen verwendet. Diese Tradition hat sich bis heute gehalten, auch wenn keine Gardinensteuer mehr erhoben wird." Betäubt von der Flussfahrt und diesem zauberhaften Ambiente mäanderten Marens Gedanken. Sie vermisste Frank. Schade, dass er jetzt nicht bei ihr war.

Als die zwei später am Abend ihr Hotelzimmer betraten, umfasste Jan Marens Hüften und kniff sie zärtlich in ihren Po. „Hey, lass das. Du tust mir weh", wies Maren ihn in einem leicht verärgerten Ton zurecht und machte einen kleinen Schritt nach vorne, um Jan auszuweichen. Der Tag war schön, aber anstrengend gewesen. Sie wollte einfach nur ins Bett. Jan folgte ihr und startete einen erneuten Versuch, indem er sanft ihren Nacken küsste. Maren ließ ihren Kopf seitlich nach vorne fallen und raunte nun leise und etwas versöhnlicher: „Was soll das? Willst du Sex?" Jan fasste Maren an den Schultern und drehte sie zu sich, so dass sie sich gegenüberstanden. „Du etwa nicht?" entgegnete er mit lüsterner Stimme und öffnete gekonnt die Knöpfe ihrer Bluse, schob die hauchdünne BH-Spitze, die ihre Brüste bedeckte, zur Seite und griff zielstrebig nach ihren blassrosafarbenen Brustwarzen. „Gefällt dir das nicht?"

Maren nahm seine starken Hände und versuchte sie sanft, aber bestimmt von ihren Brüsten zu lösen. Doch Jan ließ nicht davon ab, mit seinen Fingern ihre Vorhöfe zu umkreisen, ihre Knospen zwischen Daumen und Zeigefinger zum Blühen zu bringen, und als sie fest waren, mit seinen Lippen gierig daran zu saugen. Maren verspürte einen leicht ziehenden Schmerz in ihren Brüsten. Keine seiner Berührungen löste ein Lustgefühl in ihr aus. Ihr ganzer Körper schien sich innerlich zu verweigern. Sie wollte nicht mit ihm schlafen, zumindest jetzt nicht. Ob es an ihrer Müdigkeit lag, oder ob es vielleicht etwas mit ihren Gefühlen für Frank zu tun hatte, das wusste sie nicht. Aber das war in diesem Moment auch nicht wichtig.

Maren nahm Jans Kopf in beide Hände und zog ihn sanft von ihrem Busen weg, so dass sie sich nun tief in die Augen blickten: „Weißt du, ich bin total geschafft." Jan drehte sich verärgert um und ließ Maren stehen. „Immer bist du müde! Immer wenn ich Lust auf dich habe, verweigerst du dich! Du bist so etwas von langweilig und spröde. Wenn ich Glück habe, haben wir einmal im Monat Sex, und dann immer das gleiche Programm. Kein anderer Mann würde es mit dir aushalten. So langsam habe ich die Nase voll davon." Maren hörte diese Standpauke nicht zum ersten Mal. Sie wusste, dass er im Grunde Recht hatte. Ihr Sexleben kam im Alltag viel zu kurz. Irgendwie passte es nie. Mal musste sie arbeiten, mal er. Selten waren sie ungestört. Und wenn sie dann doch mal allein waren, war einer von ihnen gestresst, schlecht gelaunt, müde oder einfach nicht in der Stimmung. Aber der Vorwurf, dass es immer nur an ihr lag, war unberechtigt. Und seine Kritik, dass sie im Bett eine Langweilerin sei, empfand sie als Beleidigung. Zum Sex gehörten immerhin zwei. Doch während sie sich seine Worte sonst zu Herzen nahm, prallten sie dieses Mal an ihr ab.

Maren knöpfte ihre Bluse wortlos wieder zu und verschränkte ihre Arme vor der Brust. Ihr war plötzlich kalt und sie fröstelte. Indessen stapfte Jan wütend ins Bad. Maren setzte sich auf die Bettkante und wartete, bis das Bad frei wurde. Schade, der Tag hatte so gut begonnen.

21. Oktober 2018

Obwohl sie ausschlafen konnte, wachte Maren früh am Morgen auf. Jan rührte sich nicht und lag mit dem Rücken zu ihr in einer beachtlichen Entfernung auf der anderen Seite des Bettes. Trotz ihres Streits war Maren gestern Abend sofort eingeschlafen. Hoffentlich würde Jan sich bald wieder beruhigen. Denn Maren hatte wenig Lust, auf der Rückfahrt mehrere Stunden mit ihm in frostiger Atmosphäre zu verbringen.

7:27 Frank: Guten Morgen, Liebes, ich hoffe es geht dir gut. Bitte schaue in deinen E-Mail-Ordner. Ich habe dir eine Mail geschickt.

Maren war überrascht. Warum schickte er ihr eine E-Mail? Rasch warf sie die Bettdecke zur Seite, stand auf und ging mit ihrem Smartphone in der Hand ins Bad. Während sie sich auf den Rand der Badewanne setzte, öffnete sie ihren Mailordner.

7:26 Uhr, schrieb Frank Andreas, fand@gmail.com: Hallo mein Engel, ich habe letzte Nacht von dir geträumt. In meinem Traum saß ich auf der Couch und du standst neben mir. Ich streichelte deine Beine, bis hinauf zu deinem Po. Voller Leidenschaft hast du dich über mich gebeugt, um mich zu küssen. Je mehr wir uns küssten, desto heißer wurden wir. Meine Hände suchten deinen ganzen Körper, streichelten zärtlich über deinen Hals und dein Gesicht, als ich mit meiner Zunge in dich eindrang und dich sanft küsste. Ich spürte dein leichtes Stöhnen in meinem Mund, als du bemerktest, wie erregt ich war. Du zogst mein T-Shirt aus. Deine Hände fuhren über meine Brust. Ich umfasste deine Hüften, um dich näher an mich heranzuziehen, und berührte dich überall. Plötzlich warst du nackt. Ich ließ mir Zeit, um deine Brüste zu betrachten. Du setztest dich auf meinen Schoß, deine Beine umschlungen meinen Körper und deine Arme meinen Hals. Deine seidige Haut raubte mir den Verstand. Zärtlich knabberte ich an deinen Ohren und brachte dich damit zum Stöhnen. Dann kniete ich mich vor die Couch und massierte und küsste deinen Fuß. Bei dem Gedanken daran wird mir wieder ganz heiß. Ich streichelte deine Beine und fuhr mit meiner Zunge in kleinen Kreisen nach oben…

Ich küsse dich, Frank

Sie hatte Gänsehaut. Das war Hormondusche pur! Maren schloss die Augen. Bilder voller Zuwendung, Wärme und Zärtlichkeit entstanden in ihrem Kopf. Sie war wie gelähmt von dieser Vorstellung und wünschte sich, dass die Zeit stillstehen möge und die Erde aufhörte, sich zu drehen. Was dieser Mann in ihr auslöste, war unglaublich. Mit jedem Wort berührte er sie tief in ihrem Innersten und trug sie auf einer Woge an Emotionen davon. War das nur ein Strohfeuer? War das ein Traum? Oder war es Liebe? Sie musste das herausfinden. Das war das Mindeste. Ihn einfach weiterziehen zu lassen, war keine Option. Erst dann würde sie wissen, ob er zukünftig eine Rolle in ihrem Leben spielen könnte. Erst dann war es Zeit, Jan über Frank in Kenntnis zu setzen. Erst dann musste sie sich über die Zukunft ihres Familienlebens Gedanken machen. Aber feststand: Sie mussten sich treffen.

07:52 Maren: Hi Frank, was für ein wunderschöner Traum. Der hat mich sehr berührt. Kann ich dich anrufen? Passt es dir jetzt?

07:55 Frank: Kein Problem. Ich bin zuhause.

Vielleicht war Jan inzwischen schon aufgewacht und konnte sie hören. Maren versuchte möglichst leise zu sprechen: „Wir müssen uns sobald wie möglich sehen, bitte. Ich kann nicht länger warten. Auch wenn ich nicht weiß, was das genau mit uns ist, verspüre ich in meinem Herzen ein großes Vertrauen. Wir müssen uns eine Chance geben. Versprich mir das." Frank versuchte sie zu beruhigen: „Wir werden uns bald sehen, Liebes. Alles wird gut. Melde dich, wenn du wieder zuhause bist."

Maren legte das Smartphone auf die Ablage vor dem Spiegel und warf einen längeren Blick in die reflektierende Glasfläche. Ihre Haare waren noch wild zerzaust und zeigten in alle Richtungen, derweil ihre Gesichtszüge ungewöhnlich weich wirkten. Sie lächelte ihr Spiegelbild an. Sie fühlte: alles wird gut. Maren entschied sich, nicht mehr zu Jan ins Bett zurückzukehren. Sie duschte, putzte ihre Zähne, kämmte sich und zog sich an. Dann schlich sie sich leise aus dem Raum. Bis Jan aufwachte, würde sie einen Spaziergang machen. Nach gut einer Stunde kehrte sie uns Hotel zurück. Doch Jan war nicht mehr auf ihrem Hotelzimmer. Forsch steuerte sie den Frühstücksraum an. Dort saß ihr Ehemann an einem Zweiertisch, der mit benutzten Tellern, Schälchen und Gläsern übersät war. „Du bist schon fertig mit dem Frühstücken?" fragte Maren fassungslos. „Na klar, du warst ja nicht da!" entgegnete Jan schulterzuckend. „Aber du hättest mich doch anrufen können. Ich hatte mein Handy dabei." Jan stellte sich dumm: „Das wusste ich nicht." Doch Maren spürte, dass dies eine faule Ausrede war. Er war immer noch sauer auf sie und auf ihre Gesellschaft nicht sonderlich erpicht. Nun denn. Das Beste, was sie jetzt tun konnte, war ihre Emotionen zu drosseln und auf Vermittlungsmodus umzustellen. „Okay. Dann hole ich mir einen Milchkaffee. Soll ich dir noch etwas mitbringen? Wie wäre es mit einem Saft oder einem Tee?"

4. November 2018

07:43 Maren: Ich bin gerade aufgewacht und liege in meinem Bett. Durch das leicht geöffnete Fenster kann ich den Regen und das Zwitschern der Vögel hören.

07:57 Frank: Awwwww. Das klingt romantisch. Ich wünschte, ich könnte ganz nah bei dir sein.

Maren zögerte. Sie hätte ihn jetzt gerne gefragt, wann sie sich endlich sehen. Seit Tagen schon übte sie sich in Geduld. Doch sie scheute sich regelrecht, dieses sensible Thema anzuschneiden. Sie spürte, dass sie mit dieser Frage unwegsames Gelände betreten würde und fürchtete ein wiederholtes Vertrösten oder gar ein weiteres Nein. Irgendwie hatte sie ein ungutes Bauchgefühl. Aber das war nicht der einzige Grund für ihre Zurückhaltung. Im Herbst boomte die Eventbranche und das bedeutete für Maren jede Menge Arbeit. So auch in diesem Jahr. Sie arbeitete gefühlt rund um die Uhr. Einige Veranstaltungen fanden zudem am Wochenende statt. Freizeit hatte sie so gut wie keine. Und abends schlief sie meist schon während der Nachrichten auf dem Sofa ein. Wenn sie ehrlich war, hatte sie im Moment überhaupt keine Zeit Frank zu treffen.

07:59 Frank: Ich möchte jetzt so gerne deine vollen Lippen küssen.

08:02 Maren: Das wäre wunderschön.

08:03 Frank: Wenn ich auf deinen Fotos deine Lippen sehe, möchte ich dich einfach nur küssen.

08:05 Frank: Ich will dich küssen, streicheln, massieren...

08:05 Frank: Ich möchte mit dir Liebe machen.

08:08 Maren: Küss mich! Lieb mich!

08:09 Frank: Ich will deinen Körper lieben, wie nie eine Frau zuvor.

08:10 Frank: Ich werde mit meinen Lippen sanft deinen Nacken berühren, deine Brüste...

Maren verschlug es fast den Atem. Sie fühlte eine wollüstige Wärme in sich aufsteigen. Wohltuend und voller Emotionen. Sie spürte es so tief in sich: Sie wollte ihn! Sie sehnte sich danach, von ihm geküsst und berührt zu werden. Sie wollte ihn riechen, fühlen und schmecken. Doch bevor sie sich gestattete, sich diesem Gefühl hinzugeben, überkam sie eine verlegene Scham. Was um Himmelswillen tat sie hier? Entwickelte sich das Gespräch nun zu einem Sex-Chat? Sie trat auf die Bremse. Jetzt galt es, die richtigen Worte zu finden. Sie konnte diesen erotischen Dialog nicht ohne schlechtes Gewissen fortzusetzen. Sie wollte aber auch nicht die Spielverderberin sein. Trocken antwortete sie.

08:11 Maren: Das fühlt sich gut an.

08:11 Frank: Ich begehre dich. Ich möchte meine Haut an deiner reiben.

08:13 Maren: Ich genieße deine Nähe.

08:15 Frank: Ich möchte jeden Morgen mit dir Liebe machen, und jede Nacht.

08:15 Frank: Ich werde mit dir Sex unter der Dusche haben, wann immer du willst.

08:17 Maren: Du fehlst mir.

08:19 Frank: Ich vermisse dich auch so sehr, mein Schatz. Meine Gefühle für dich wachsen von Tag zu Tag.

16. November 2018

21:53 Maren: Ich vermisse dich. Du bist immerzu in meinem Kopf. Du bist das Beste, was mir je passiert ist.

21:58 Frank: Du fehlst mir. Ich muss ständig an dich denken. Du bist sehr wichtig für mich. Ich möchte nicht länger allein sein. Ich möchte dich gerne in meinen Armen halten.

22:11 Maren: Glaub mir: Das willst du nicht. Ich bin immer eiskalt: meine Hände, meine Füße, sogar meine Brüste.

22:13 Frank: Ich habe genug Wärme für uns beide. Ich sehne mich nach einer Partnerin. Seitdem ich in Istanbul bin, bin ich selten mit jemanden zusammen, mit dem ich wirklich reden kann.

22:15 Maren: Fühlst du dich einsam?

22:14 Frank: Ja.

22:15 Maren: Kann ich dich anrufen?

22:15 Frank: Gerne, wenn du nicht zu müde bist.

Treffer. Sie war müde. Die vielen Meetings heute. Das hatte seine Spuren hinterlassen. Doch Maren wollte sich keine Blöße geben. Sie spürte, dass Frank das Gespräch suchte. Und ohne weiter über ihre Müdigkeit nachzudenken, wählte sie direkt seine

Nummer. „Schön, dass wir uns noch sprechen", seine tiefe Stimme klang so, wie sie sie kannte: warm und freudig, auch wenn eine leichte Mattigkeit in seinen Worten mitschwang. „Das finde ich auch. Wie geht es dir?" fragte Maren. „Jetzt besser." „Und sonst?" „Ich fühle mich einfach nicht wohl hier. Ich bin nicht glücklich. Es fehlen mir meine Freunde. Aber auch diese Freundschaften bröckeln, seitdem ich beruflich häufig im Ausland bin. Wenn man nie vor Ort ist, ist es schwierig alte Beziehungen aufrecht zu erhalten. Es gibt immer weniger Anknüpfungspunkte. Die Kontakte verlieren sich." „Ich verstehe." „Hätte ich das vorher gewusst, hätte ich mich nie um diesen Job beworben. Nun hoffe ich, dass ich in der Firma möglichst schnell eine andere Aufgabe übernehmen und nach Wien zurückkehren kann."

Einsamkeit. Das kannte Maren nicht. Manchmal wünschte sie sich einen Partner, mit dem sie mehr gemeinsam unternehmen könnte. Aber es gab Schlimmeres, als allein unterwegs zu sein! Nein, einsam fühlte sie sich eigentlich nie. Sie hatte gute Freundinnen, mit denen sie reden konnte. Manchmal machte sie die Dinge, die sie bewegten, aber auch mit sich selbst aus. Dazu gehörte auch Frank. Immer noch hatte sie niemandem von ihm erzählt. Keiner Menschenseele. Was hätte sie sagen sollen? Sie wusste selbst nicht einmal, was zwischen ihnen war und was daraus werden sollte. Zudem war sie sich sicher, dass niemand verstanden hätte, warum sie sich zu ihm hingezogen fühlte und wie man sich in jemanden verlieben konnte, den man nicht einmal persönlich kennt. Das tat sie nicht einmal selbst. Jede ihrer Freundinnen hätte ihr geraten, die Finger von Frank zu lassen. Was wollte sie mit einem Mann in Istanbul oder Wien? Ihr Leben war doch in Frankfurt. Und dann war da noch Jonas.

„Ich dachte immer, die Türken seien sehr kommunikativ und offen und Istanbul sei eine weltoffene Stadt", setzte Maren das Gespräch fort. „Ich kenne natürlich einige Einheimische. Aber das sind alles nur sehr oberflächliche Kontakte. Nein, es liegt nicht an den Menschen, die hier leben. Es passt einfach nicht. Ich fühle mich nicht wohl hier!" „Dann sollten wir daran schleunigst etwas ändern." Das war mal wieder typisch Maren und ihr Helfersyndrom. So hatte sie sich schon häufiger in Situationen hineinmanövriert, für die sie weder die Kompetenzen, noch die Möglichkeiten oder die Zeit hatte. Und jetzt das: Wollte sie wirklich der rettende Engel sein, der Frank aus seiner Einsamkeit erlöste? Und konnte sie das überhaupt? Immerhin lebte sie in einer Beziehung mit Jan und hatte Verantwortung für ihren Sohn zu tragen. Sie war nicht allein. „Ich möchte dich gerne bei mir haben, Maren. Ich fühle mich dir so nah. Es gibt so viele Fragen, die ich mir stelle." „Welche? Vielleicht kann ich dir bei der Beantwortung helfen. Ich bin jetzt da, nur für dich."

„Ich möchte wissen, ob du mit mir zusammen sein möchtest. Ob dein Sohn mich mögen wird? Aber für diese Fragen ist vielleicht noch nicht der richtige Zeitpunkt gekommen." Maren fühlte sich etwas überrumpelt. Das Tempo, das Frank vorlegte, war atemberaubend. Ob Jonas ihn mögen würde? Natürlich nicht. Kinder lehnen die neuen Partner ihrer Eltern grundsätzlich erst ab. Sie wünschen sich in fast hundert Prozent aller Fälle, dass ihre Eltern weiterhin ein Paar bleiben. Mit der Zeit kann sich das natürlich ändern, aber meistens ist es für den neuen Partner schwierig, die Herzen der Kinder zu erobern. Aber nein, Frank hatte recht, es war nicht der richtige Zeitpunkt, sich diese Fragen zu stellen. Maren suchte nach einer Antwort: „Deine Worte berühren mich.

Doch einen Schritt nach dem anderen, Frank. Zunächst sollten wir uns kennenlernen."

„Selbstverständlich, meine Liebe. Lass dich umarmen. Du hörst dich müde an. Lass uns morgen weitersprechen."

Das Gespräch ging Maren nicht aus dem Kopf. Gerne wollte sie für ihn da sein. Und sie sehnte sich nach einem Partner, der sie wertschätzte und wirklich liebte. Wenn nur nicht dieses verdammte „Aber" wäre. Maren ging ins Badezimmer, zog ihr Negligé an und putzte sich die Zähne. Dann ging sie ins Schlafzimmer und machte es sich im Bett gemütlich.

22:30 Maren: Hältst du mich noch in deinen Armen?

22:30 Maren: Wirst du mich immer unterstützen?

22:31 Maren: Wirst du mich beschützen?

22:31 Frank: Ja, das werde ich.

22:32 Maren: Wirst du stark sein, wenn ich schwach bin?

22:32 Frank: Ich werde dich immer unterstützen und dir Halt geben. Ich werde immer stark für dich sein. Du bist für mich da und ich bin für dich da.

22:34 Maren: Das beruhigt mich. In meinem Leben musste ich immer stark sein. Ich bin stark, aber manchmal brauche ich eine Schulter zum Anlehnen.

22:41 Frank: Du wirst dich auf mich verlassen können.

22:54 Maren: Küss mich.

22:56 Frank: Ich möchte dich mit all meinen Sinnen spüren. Ich möchte dich immer begehren.

22:59 Frank: Das ist so, weil ich dich liebe. Ich möchte, dass du dich immer gut fühlst, und ich möchte, dass du weißt, dass du mir so gefällst wie du bist.

23:18 Frank: Ich habe das Gefühl, als ob wir uns schon ewig kennen.

23:19 Maren: Mir geht es ähnlich.

23:30 Frank: Ich küsse dich. Gute Nacht meine Königin.

10. Dezember 2018

06:25 Frank: Herzlichen Glückwunsch, mein Engel. Alles Gute zu deinem Geburtstag. Mögen all deine Wünsche in Erfüllung gehen. Wie geht es dir? Wie fühlst du dich?

06:32 Maren: Danke, mein Schatz. Das ist lieb von dir. Ich fühle mich so jung und lebendig wie nie zuvor, dank dir.

06:33 Frank: Das freut mich. Das Alter ist nur eine Zahl. Du weißt doch, Liebe kennt kein Alter. Genieß den Tag, Liebes, und vergiss nie, dass du so besonders für mich bist.

Maren lag wach in ihrem Bett. Sie hörte Jan und Jonas in der Küche hantieren. Das war Familientradition. Während das Geburtstagskind noch schlief, stellte der Rest der Familie den Geburtstagskuchen, Blumen und Geschenke auf den Tisch, zündete Kerzen an und bereitet alles für das gemeinsame Frühstück vor. Endlich ging die Tür auf und das Flurlicht erhellte das dunkle

Schlafzimmer. Jan und Jonas betraten den Raum und sangen mit noch etwas brüchigen Stimmen: „Happy Birthday to you". Maren blinzelte mit den Augen und lächelte. Sie freute sich und wartete bis die beiden verstummten. Dann prusteten alle vor lauter Lachen los. „Du hast schief gesungen!" „Nein, du warst das." So ging es eine Weile hin und her, bis Maren die Diskussion beendete: „Kommt schon und gratuliert mir lieber!" Maren stand auf und drückte Jonas herzlich an sich. Dann umarmte sie Jan. Einen Moment lang. Vielleicht zu lang für eine flüchtige Umarmung. Sie hielt ihn fest und immer fester. Sie empfand tiefe Dankbarkeit. Dafür, dass sie drei eine Familie waren und dafür, dass Jan Jonas stets ein guter Vater war. Jan verharrte. Es brauchte keine Worte. Es reichte, dass ihre Körper sich spürten. Dafür kannten sie sich schon so lange. Und es war gut so, wie es war. Sich aus der Umarmung lösend, drückte Jan Maren einen raschen Kuss auf die Wange: „Alles Gute für dich und vor allem bleib gesund. Komm wir gehen rüber und stoßen auf dein neues Lebensjahr an." Nach dem Frühstück brachte Jan seinen Sohn zur Schule und fuhr dann weiter zum Großmarkt. Maren hatte sich heute freigenommen und freute sich auf einen entspannten Tag allein zuhause. Wie gewohnt, meldeten sich den ganzen Tag über Freunde und Verwandte telefonisch, um ihr zu gratulieren. Abends ging sie mit Jan und Jonas essen. Leicht beschwipst von Sekt und Wein und zufrieden mit dem Tag ging sie zu Bett.

22:16 Frank: Bist du zuhause? Du fehlst mir. Ich möchte jetzt deine Wärme spüren und den süßen Duft deiner Haut riechen.

23:33 Maren: Ja, ich liege bereits im Bett.

23:37 Frank: Ich möchte mit dir schlafen.

23:38 Maren: Das wäre sehr schön.

23:39 Frank: Mein Schwanz ist ganz hart.

Maren verschlug es den Atem und sie spürte eine innere Erregung. Was sie jetzt tat, hatte sie noch nie zuvor gemacht. Unsicher betrat sie dieses gefährliche Neuland und ließ alle Hemmungen fallen.

23:39 Maren: Ich möchte dich spüren.

23:39: Frank: Meine Küsse bedecken deinen ganzen Körper. Meine Hände und meine Latte berühren dich sanft. Dein Atem wird heftiger. Du stöhnst, zunächst leise. Du bist erregt.

23:39 Frank: Ich spüre, wie dein Körper aufheizt und deine Muschi feucht wird.

23:44 Maren: Bitte, nimm mich!

23:44 Frank: Ich halte deine Hüften und stoße meinen Schwanz hart und tief in deine Vagina.

23:45 Frank: Jedes Mal, wenn ich in dich eindringe, höre ich dich stöhnen.

23:46 Maren: Wie werde ich heute Nacht schlafen können?

23:47 Frank: Ich möchte, dass du mich die ganze Nacht tief in dir spürst. Intensiv und so nah.

23:47 Frank: Ich weiß nicht, ob dir mein gutes Stück gefällt.

23:48 Maren: Du weißt, dass ich alles an dir mag und alles, was du mit mir machst, mögen werde.

23:49 Frank: Ich werde mein Bestes geben, dich glücklich zu machen.

23:49 Frank: Keine Sorge. Ich werde dir deine Wünsche von den Augen ablesen.

23:49 Maren: Ich vertraue dir.

23:51 Frank: Ich vertraue dir auch.

23:51 Frank: Ich werde sehr gefühlvoll sein und mit meinem Schwanz langsam tief in deine Muschi eindringen.

23:53 Frank: Du sollst dich begehrt und unwiderstehlich fühlen.

23:53 Frank: Du bist eine ganz besondere Frau, meine Frau.

23:54 Maren: Ja, ich mag es zartfühlend und sanft. Du bist ein ganz besonderer Mann für mich.

23:55 Frank: Ich dringe jetzt langsam und liebevoll zwischen deine weit geöffneten Beine in dich ein.

23:56 Maren: Ich bin dein.

23:56 Frank: Soll ich dir meinen Schwanz zeigen? Und du löschst das Bild dann sofort wieder.

Oh, Nacktfotos! Das ging Maren nun doch eine Spur zu weit.

23:57 Maren: Nein, Liebster, ich habe genug Fantasie, ihn mir vorzustellen. Du musst mir kein Foto schicken.

23:57 Frank: Okay, mein Schatz.

23:58 Maren: Ich habe ihn in seiner ganzen Pracht bereits vor meinem inneren Auge.

23:58 Frank: Awwww. Liebling, du bist so süß. Ich verzehre mich nach dir.

00:04 Maren: Wir werden viel Zeit haben, uns gegenseitig zu entdecken.

Frank war nicht mehr zu bremsen, so dass Maren sich unweigerlich von seinem Rausch mitreißen ließ.

00:04 Frank: Ich will dich lecken und schmecken.

00:07 Frank: Wenn wir uns treffen, werden wir jede Nacht Liebe machen. Ich werde deine Beine spreizen und deine hübsche Klitoris verwöhnen. Lass dich fallen, genieße es und entspanne dich.

00:08 Maren: Oh... ich schmelze. Du ziehst mir den Boden unter den Füßen weg.

00:09 Maren: Ich bin mir sicher, dass ich heute nicht schlafen kann. Ich werde die ganze Nacht an dich denken müssen.

00:11 Frank: Bitte meine Süße, du musst schlafen. Mach dir keine Gedanken. Ich bin für dich da.

23. Dezember 2018

In der ganzen Wohnung roch es nach frisch gebackenen Plätzchen. Maren zog gerade das letzte Backblech mit Vanillekipferln aus dem Ofen. Nun musste es schnell gehen. Sie siebte den Puderzucker in eine Schüssel und vermischte ihn mit dem Vanillinzucker. Dann wälzte sie die noch warmen Kipferln in dem süßen Gemisch, so dass eine Schicht aus weißem Zuckerstaub das mondförmige Gebäck bedeckte. Maren konnte nicht widerstehen

und biss in einen der mürb-knusprigen Kekse, die beim Hinein-
beißen leicht blätternd auseinanderfielen. Es war Göttlich! Diesmal waren ihr Jans Lieblingskekse besonders gut gelungen. Sie
liebte es zu backen, und ganz besonders an Weihnachten. Sie
mochte die vielfältigen Aromen und Düfte von Vanille, Zimt, Anis,
Nelken und Schokolade. Sie genoss es ihre Hände in das Gemisch
aus Eiern, Butter, Zucker und Mehl einzutauchen, um daraus einen glatten weichen Teig zu kneten. Sie freute sich jedes Mal
über das köstliche und herrlich duftende Gebäck. Das war für sie
fast das Schönste an der ganzen Weihnachtszeit. Maren war zufrieden. Vor ihr stapelten sich Blechdosen mit Spekulatius, Ko-
kosmakronen, Mailänderli und Kipferln. Das würde für die Feier-
tage reichen. Einige der Plätzchen verpackte sie in transparente
Cellophan-Beutel, die sie mit rotem Schleifenband verschloss.
Diese wollte sie verschenken. Der Rest der Kekse waren für Jonas, Jan, ihre Gäste und sie selbst natürlich. Außer für dunkle
Schokolade hatte sie für Weihnachtskekse eine angeborene
Schwäche. Die konnte sie schon zum Frühstück vernaschen.

Maren machte sich daran, die Küche aufzuräumen und die Schüsseln und Geräte zu spülen. Nach dem Backen herrschte in ihrer
Küche regelmäßig ein unüberschaubares Chaos. Gerne hätte sie
Frank ein paar Kekse geschickt, aber jetzt war es dafür zu spät.
Sie hatte zunächst darüber nachgedacht, ihm ein richtiges Weih-
nachtsgeschenk zu machen. Aber dann fand sie die Idee deplat-
ziert und unangemessen. Eventuell hätte er sich unter Zugzwang
gesetzt gefühlt und ihr etwas geschenkt. Doch was sollte sie mit
einem Geschenk, von dem niemand etwas wissen durfte? Wann
sollte sie es benutzen? Oder wem sollte sie es zeigen, ohne lügen
zu müssen? Jetzt war nicht der richtige Moment, um sich

Geschenke zu machen. Das hatte Zeit. Zudem legte Maren grundsätzlich keinen großen Wert auf Präsente.

16:20 Maren: Du fehlst mir. Ich vermisse dich. Gerne möchte ich dich umarmen und den Geruch deiner Haut einatmen, die für mich so verführerisch nach aromatischem Zimt duftet wie ein knuspriger, frisch gebackener Apple Crumble. Wie kann ich da widerstehen?

16:30 Frank: Gar nicht. Umarme mich, rieche mich, küsse mich! Lass deiner Fantasie freien Lauf, mein Engel. Ich wäre jetzt liebend gerne bei dir.

16:31 Frank: Gerne würde ich Weihnachten mit dir verbringen.

16:34 Maren: Ja, es wird Zeit, dass wir uns endlich sehen. Hoffentlich kannst du bald kommen.

16:36 Maren: Auch wenn wir uns nur aus der Distanz kennen, bin ich froh, dass du Teil meines Lebens bist. Du hast mich in den vergangenen Monaten mit deiner Liebe reich beschenkt. Ich weiß, ich wiederhole mich ständig. Es tut mir leid, aber das ist genau das, was ich für dich empfinde.

16:40 Frank: Ich kann nicht genug davon bekommen, diese Worte von dir zu hören. Frank: Sie halten mich am Leben. Ich empfinde so viel für dich. Du gibst mir Kraft.

16:41 Frank: DU

16:41 Frank: BIST

16:41 Frank: MEIN

16:42 Frank: ENGEL

Da platzte Jonas in die Küche und tat einen tiefen Atemzug: „Huh, das riecht aber gut hier." Er blickte irritiert auf die aufgeräumte und inzwischen wieder blitzblanke Arbeitsfläche. „Wo sind die Kekse?" Maren nickte mit dem Kopf in Richtung Theke. Dort standen wie an einer Perlenkette aufgereiht die Blechdosen. Sofort machte sich Jonas an den Dosen zu schaffen. Er öffnete die Deckel, stopfte einige Plätzchen in sich hinein und inspizierte den nächsten Behälter. „Halt! Stopp!" versuchte Maren ihn aufzuhalten. „Lass noch etwas übrig." Doch zur Antwort bekam sie nur: „Sind lecker!" Jonas öffnete den Kühlschrank: „Haben wir noch Cola?" „Nein, aber ruf doch Papa an. Dann kann er für heute Abend aus dem Café noch einige Flaschen mitbringen."

Bevor Maren es sich versah, griff Jonas nach ihrem Handy. Der Junge stutzte bei dem Blick auf ihr Display: „Ha, ha, wer ist denn Frank?" Maren errötete und stotterte: „Wieso fragst du?" „Du hast eine neue WhatsApp-Nachricht von ihm." Maren wurde es plötzlich heiß. Was sollte sie tun? Ihm das Smartphone einfach aus der Hand reißen? Ihn bitten, ihr Telefon nicht zu benutzen? Sie entschied sich, möglichst unbeteiligt zu wirken und die weiteren Dinge auf sich zukommen zu lassen. Sie nahm einen Kochtopf aus dem Schrank, füllte ihn mit Wasser und stellte ihn auf den Herd. „Er schreibt dir: Du bist mein Engel." Puh, dachte sie. Zum Glück war die Nachricht einigermaßen unverfänglich. Doch Jonas ließ nicht locker: „Warum bist du sein Engel? Und wer ist Frank?" „Schatz, Frank ist ein Freund. Er hatte mich um Rat gebeten. Und nun bedankt er sich. Das ist alles." Doch Jonas hatte schon längst wieder das Interesse an Frank verloren. Er wählte Jans Kurzwahlnummer und sagte mit gespielt tiefer Stimme: „Hi Dad, kannst mir aus dem Café eine Flasche Whiskey mitbringen?" Dabei grinste er seine Mutter verschmitzt an. Maren schüttelte erleichtert den Kopf. Solange Jonas Faxen machte und andere auf den Arm nahm, war seine Welt in Ordnung.

24. Dezember 2018

Maren hatte für die Bescherung am Abend alles vorbereitet. Der Baum war geschmückt und die Geschenke verpackt. Für das Menü war heute Jan zuständig. Sie würde erst wieder an den Weihnachtstagen in der Küche Regie führen. Maren saß an ihrem Schreibtisch, um noch die letzten Weihnachtsgrüße an Freunde und Verwandte zu schicken. Und an Frank.

Lieber Frank,

du bist wie ein Geschenk für mich, auch wenn ich immer noch nicht deinen Blick, deine Lippen, deine Hände, deinen Körper spüren konnte.

Ich möchte dir gerne noch näherkommen und mehr über dich erfahren, aber manchmal bleiben meine Fragen unbeantwortet. Bestimmt hast du gute Gründe dafür. Und gehe davon aus, dass deine Schweigsamkeit nichts mit mir zu tun hat. Sonst würdest du mir nicht täglich schreiben. Außerdem muss ich nicht alles über dich wissen, um dich lieben zu können. Ich vertraue dir. Was mir viel wichtiger ist: Du behandelst mich immer respektvoll und wertschätzend. Und davon handelt die eigentliche Weihnachtsbotschaft: von bedingungsloser Liebe und Barmherzigkeit. Mein Bluebird, danke, dass du in mein Leben gekommen bist. Du tust mir so gut. Du hast immer einen Platz in meinem Herzen. Frohe Weihnachten! Maren

25. Dezember 2018

Maren war früh aufgestanden und hatte den ganzen Vormittag in der Küche gestanden. Wie jedes Jahr kam am ersten Weihnachtstag ihre Freundin Judith samt Familie zu Besuch. Maren war den ganzen Tag mit ihren Gästen beschäftigt. Erst am Abend kam sie dazu Franks Weihnachtsbrief zu lesen.

Meine liebste Maren,

jeden Morgen bringst du mein Herz zum Strahlen. Du bedeutest für mich Stärke, Frieden, Freude, Unterstützung und Liebe. Du bist meine Liebe und meine Inspiration. Ich danke dir für deine Zuneigung, Herzenswärme und Leidenschaft. Es ist mehr als ich verdiene.

Du bist zu einem Zeitpunkt in mein Leben getreten, der nicht besonders leicht für mich war. Ich habe mich oft allein gefühlt. Doch mit dir ist alles anders geworden. Ich fühle mich so leicht und lebendig.

Als ich das erste Mal mit dir telefonierte – du weißt, wegen der geplanten Veranstaltung, hatte ich das Gefühl, dich schon ewig zu kennen. Wir hatten uns gesucht und gefunden. Und dieses Gefühl hat sich seitdem verstärkt. Ich fühle mich dir zutiefst verbunden.

Ich habe mich in die beste Frau der Welt verliebt. Frohe Weihnachten, mein Schatz. In Liebe, Dein Frank

31. Dezember 2018

11:45 Maren: Ich habe heute noch nichts von dir gehört. Ist alles in Ordnung bei dir?

12:14 Frank: Hallo Liebling, ich bin erkältet und fühle mich furchtbar.

Eine Erkältung war lästig, aber nicht wirklich besorgniserregend. Doch von Jan wusste Maren, dass er unter Erkältungssymptomen immer stark litt, zumindest mehr, als sie sich vorstellen konnte. Ein paar mitfühlende Worte bewirkten da manchmal Wunder. Und viel mehr konnte sie jetzt für Frank nicht tun.

12:16 Maren: Wenn ich jetzt bei dir wäre, würde ich dich pflegen, dir Tee mit Honig ans Bett bringen, eine kräftigende Hühnersuppe kochen, das Bett frisch beziehen, mit dir einen Film anschauen oder dir etwas vorlesen, was immer dir guttut. Versuche zu schlafen, mein Lieber. Schlaf ist die beste Medizin. Ruh dich bitte aus.

Während fast jeder mit den Vorbereitungen für die Silvesterfeier beschäftigt war, hatte Maren nichts zu tun. Zwar waren Jan und sie zu einer Silvesterparty eingeladen, doch sie hatten abgesagt. Jan hatte keine Lust, sich ins Getümmel zu stürzen, und Maren wollte ihn am Silvesterabend nicht allein lassen. Das brachte sie nicht über das Herz. Dabei hätte sie die Einladung sehr gerne angenommen. Ins neue Jahr zu tanzen, das wäre ganz nach ihrem Geschmack gewesen. Ob Frank gerne tanzte? Sie hatte ihn nie danach gefragt.

Nach dem Essen entschied Maren sich, Schwimmen zu gehen. Etwas Bewegung würde ihr guttun. Im Schwimmbad war nicht viel los. Sie konnte ungestört ihre Bahnen ziehen. Sie fühlte sich leicht – fast schwerelos. Schwimmen ging immer, egal zu welcher Jahreszeit, ob allein oder mit Freunden. Und wenn sie wollte, konnte sie sich dabei so richtig auspowern, ohne ins Schwitzen zu geraten. Auf dem Rücken liegend tauchte Maren wechselseitig die Arme über den Kopf ins Wasser und beobachtete dabei, wie die aufspritzenden Wassertropfen glitzernd durch die Luft wirbelten. Um verlässlich den Kurs zu halten, orientierte sie sich an den Dachfenstern, die direkt über ihrer Bahn lagen. Der Himmel war bewölkt und grau. Aber das war gut so. Dann würde es heute Nacht nicht so bitterkalt werden. Jonas hatte sich bereits vor dem Mittagessen mit einer Tüte voller Feuerwerkskörpern und Chinaböllern von ihr verabschiedet. Er wollte Silvester mit einigen Freunden bei Tim verbringen. Die Hauptattraktion war für die Jungen natürlich das Feuerwerk.

Als Maren nach Hause kam, lag Jan schon auf dem Sofa und schaute fern. „Und was machen wir zwei heute Abend?" fragte sie ruhig. „Wieso fragst du? Was sollen wir schon machen?" entgegnete Jan. Maren resignierte: „Okay, wie du willst." Normalerweise hätte sie die Aussicht auf einen eintönigen Fernsehabend an Silvester fürchterlich wütend gemacht. Aber sie war es leid, sich ständig über dieselben Dinge aufzuregen. Jan war so, wie er war, und sie würde ihn nicht ändern können. Statt ihre Energie sinnlos zu verpulvern, wollte sie sie lieber für etwas Schönes nutzen. Sie dachte an Frank. Wie es ihm ginge? Was er machte? Da er krank war, war er bestimmt zu Hause. Und sie ließ ihre gemeinsame Zeit Revue passieren, die erste Kontaktaufnahme, seine liebevollen Nachrichten, die Telefonate, ihr Streit, die Nähe und Vertrautheit, die sie bei ihm verspürte, die Lebendigkeit und Sicherheit, die er ihr gab.

Um Mitternacht öffneten Jan und Maren eine Flasche Sekt und wünschten sich Glück für das neue Jahr. „Sollen wir Jonas anrufen?" fragte Jan. „Eine gute Idee, aber ich vermute, dass er damit beschäftigt sein wird, Feuerwerkskörper in die Luft zu jagen", gab Maren zu bedenken. Schließlich hinterließen die beiden Jonas eine Sprachnachricht mit Neujahrswünschen. Und dann war der Abend auch schon zu Ende. Jan stürzte seinen Sekt herunter, wünschte Maren eine gute Nacht und ging in das Gästezimmer. Als Maren in ihrem Bett lag, hatte Frank ihr schon geschrieben.

1. Januar 2019

00:01 Frank: Ich wünsche dir ein frohes neues Jahr und alles Glück der Welt, mein Engel.

00:18 Maren: Das wünsche ich dir auch, mein Bluebird of Happiness.

00:36 Maren: Jan ist schon ins Bett gegangen. Kann ich dich anrufen?

00:37 Frank: Mein Engel, ich bin schrecklich müde. Ich bin immer noch nicht richtig fit. Was hältst du davon, wenn wir im Laufe des Tages telefonieren?

00:39 Maren: Oh, entschuldige. Na, klar. Die Erkältung steckt dir bestimmt noch in den Knochen. Träume etwas Schönes. Das neue Jahr wird uns Gutes bringen. Ich fühle das!

Maren mochte den Neujahrstag. Es gab nichts zu tun. Trotzdem verging er meist spielerisch wie im Flug. Nach einem späten Frühstück mummelte sie sich in ihren Wintermantel. Sie wollte trotz des ungemütlichen Wetters einen langen Spaziergang durch die Stadt machen. Als sie am Kaiserdom vorbeikam, entschied sie sich kurzfristig, den Kirchenraum zu betreten. Schon lange hatte sie keine Kirche, geschweige denn einen Gottesdienst besucht. Während sie als Kind jeden Sonntag zur Kirche ging, stand sie der Institution schon lange kritisch gegenüber. Erst seitdem sie Frank kannte, hatte sie über das Thema Kirche und Glaube noch einmal nachgedacht. Er war gläubig. Maren hielt für einen Moment inne und ließ ihren Blick durch das gotische Gotteshaus gleiten. Dann ging sie in das rechte Seitenschiff und zündete zwei Kerzen an. Eine für Jonas und eine für Frank.

Zurück von ihrem Spaziergang wartete Maren auf Franks Anruf. Sie sehnte sich nach ihm und seiner Stimme, wollte ihn aber nicht stören. Er war immer noch nicht ganz gesund und musste sich ausruhen.

18:30 Frank: Hallo mein Schatz, ich hoffe, du hattest einen schönen Neujahrstag. Kann ich dich jetzt anrufen?

Maren nahm ihr Smartphone, ging rüber in ihr Arbeitszimmer und machte es sich auf dem Sofa bequem, um ungestört mit Frank sprechen zu können. Statt ihm zu antworten, wählte sie seine Nummer: „Hi, wie geht es dir? Konntest du heute schon wieder aufstehen?" Franks Stimme hörte sich noch etwas geschwächt an: „Danke, Liebes, ich habe fast den ganzen Tag geschlafen. Aber ich glaube, ich habe jetzt das Schlimmste überstanden. Wie geht es dir?" Maren fühlte sich durch Franks Stimme sofort wie elektrisiert. Ihre Worte schwebten leicht wie bunte Seifenblasen durch den Raum: „Ich bin glücklich, mein Schatz. Ich habe heute Morgen im Bett viel an dich gedacht. Das wirkt bei mir wie eine Droge." Maren lachte. „Später habe ich dann einen langen Spaziergang gemacht. Es war zwar bitterkalt, aber inzwischen bin ich wieder auf Wohlfühltemperatur." „Ich habe auch viel an dich gedacht. Du weißt doch, wenn man krank ist, hat man viel Zeit", erwiderte Frank sanft. „Du bist wie Medizin für mich." Maren schmunzelte verlegen und spürte, wie es ihr warm wurde. Es freute sie, dass er so empfand. Und Frank ergänzte fürsorglich: „Liebling, bitte halte dich warm. Ich möchte nicht, dass du auch noch krank wirst." „Keine Sorge, ich achte auf mich", beruhigte Maren Frank und ging rasch zum nächsten Thema über: „Heute Nachmittag haben Jonas und ich uns im Fernsehen eine Dokumentation über Präriehunde angesehen. Wusstest du, dass sie sich küssen, um sich Mut zu machen, besonders wenn sie Angst haben." Frank lachte amüsiert: „Diese Tiere sind mir sympathisch. Ich möchte dich jetzt auch gerne küssen." „Dann mache es doch einfach", antwortete Maren ausgelassen. Und schon hörte sie wie seine Küsse ihr durch das Telefon entgegenflogen. Sie lachte: „Das ist zu viel. Stopp. Ich bekomme keine Luft mehr." Frank musste auch lachen. Es tat gut, herumzualbern.

Dann wurde Maren plötzlich ernst: „Du bist für mich der beste Mutmacher, den ich kenne. Ich vertraue dir. Bitte bleib bei mir. Ich glaube, ich kann nicht mehr ohne dich sein." „Du kannst mir vertrauen. Ich bin für dich da. Ich werde es nicht wagen, dein Herz zu brechen." „Frank bitte sag mir, wann werden wir uns endlich sehen?" Von seinen Worten ermutigt, fühlte sich Maren stark genug für eine Antwort auf diese Frage, die sie Tag für Tag beschäftigte. Frank sagte nichts. Pause. Als Maren gerade wieder das Wort ergreifen wollte, hörte sie ihn sagen: „Noch diesen Monat. Ich gebe dir Bescheid, sobald ich etwas Genaueres weiß." Das war immerhin eine Perspektive. Doch so richtig freuen, konnte sich Maren nicht. Zu tief saßen der Schmerz und die Enttäuschung, dass sie es seit Monaten nicht geschafft hatten, sich zu sehen. Sie sagte nichts und es entstand eine unangenehme Stille zwischen ihnen. Frank spürte ihr Zögern und versuchte sie zu beruhigen: „Alles wird gut, meine Seele. Mach dir keine Gedanken."

Und sie musste zugeben, je länger sich das erste Treffen mit Frank hinauszögerte, desto surrealer erschien es ihr. Sie wagte es kaum, sich vorzustellen, wie es wäre, Frank gegenüberzustehen oder mit ihm einen Tag zu verbringen. Sie hatte Angst, dass Realität und Fantasie inzwischen zu weit auseinanderklafften. Über all die Monate hatte sie inzwischen eine sehr genaue Vorstellung von ihm gewonnen: Wie er aussah, wie er sich bewegte, wie er sprach, was er sagte, wie er sie anschaute, wie er sich anfühlte und wie er roch. Und so sehr sie sich wünschte, dass er diesem Bild zu hundert Prozent entsprach, leuchtete ihr ein, dass das Bild dieser Person, der sie sich so eng verbunden fühlte und nach der sie sich so sehnte, bislang nur in ihrem Kopf existierte. Doch wie war Frank wirklich? Konnte er diesem Bild genügen? Sie musste sich endlich Gewissheit verschaffen. Auch wenn es ihren ganzen Mut erfordern würde, der Realität nach Monaten des emotionalen Ausnahmezustands entgegen zu treten.

19. Januar 2019

07:17 Maren: Fühlst du wie meine weichen Lippen sanft deinen Mund, deine Augen und deinen Hals küssen? Guten Morgen mein Special Man. Ich wünsche dir einen schönen und inspirierenden Tag!

07:46 Frank: Guten Morgen meine liebenswerte sexy Königin. Ich möchte an deinen Nippeln lecken. Spüre, wie ich sie in meinen Mund nehme und gierig daran sauge. Ich kann nicht genug bekommen.

08:10 Maren: Ich mag es, wenn du meinen Busen liebkost. Ich bin jetzt schon feucht. Ich sehe wie dein Penis groß und steif wird. Ich möchte deinen wunderschönen Schwanz liebkosen.

08:11 Frank: Ich kann es nicht erwarten... ich fühle mich so lebendig mit dir.

08:14 Maren: Fühl dich lebendig und geliebt, mein Bluebird. Wann kommst du endlich? Du fehlst mir so.

12:03 Frank: Ich versuche, am 27. Januar da zu sein.

12:28 Maren: Oh Schatz, ich brauche einen Mann aus Fleisch und Blut, kein Phantom. Bitte versetze mich nicht noch einmal.

12:28 Frank: Liebling, ich verstehe dich. Dieses Mal wird es klappen. Wir werden uns in zehn Tagen sehen.

Die nächste Nachricht von Frank verwirrte Maren. Wenige Sekunden später war sie wieder gelöscht. Anscheinend hatte er ihr die Nachricht versehentlich geschickt. Maren runzelte die Stirn und setzte sich. Hatte sie richtig gelesen? Hatte er geschrieben: „Du kannst bei mir duschen." Was sollte das? Wer sollte bei ihm duschen?

12:43 Frank: Diese Nachricht wurde gelöscht.

12:43 Frank: Wenn wir uns sehen, möchte ich mit dir duschen.

12:44 Maren: ???

12:45 Frank: Ich meine, wenn ich dich besuche, dann buche ich mir ein Hotelzimmer und wir könnten zusammen duschen.

12:45 Maren: Was schreibst du da? Ich habe deine Nachricht gelesen, bevor du sie gelöscht hast. Sie war nicht für mich, oder?

13:02 Frank: Die Nachricht war für meinen Kollegen Adam.

13:03 Frank: Er sagte, er könne sich nicht mit mir treffen, weil er noch nicht geduscht habe.

13:03 Frank: Ich habe ihm angeboten, bei mir zu duschen.

13:03 Maren: Du möchtest mit Adam duschen???

13:03 Frank: Nein!

13:04 Frank: Ich habe bereits geduscht.

13:04 Frank: Er wird allein duschen.

13:04 Frank: Ich habe ihm angeboten, BEI mir zu duschen.

13:07 Frank: Wir wollen uns gleich zusammen ein Fußballspiel im Fernsehen anschauen.

13:08 Frank: Das ist ein Missverständnis, Schatz. Ich dusche doch nicht mit Adam. Er ist ein Kollege von mir. Was ist so verkehrt daran, wenn ich mit Adam Fußball gucke und er vorher bei mir duscht?

Maren musste lachen. Frank hatte recht. Nichts war schlimm daran. Sie musste ihm nur vertrauen. Und diese Situation zeigte ihr einmal mehr, wie brüchig das Eis war, auf dem sie sich bewegten. Ein falsches Wort genügte und sie wurde misstrauisch.

13:15 Frank: Maren, es gibt hier keine andere Frau in meinem Leben. Falls du dir deswegen Sorgen machst.

13:25 Maren: Ich weiß nicht, was du in Istanbul machst und ich muss es nicht wissen. Ich kontrolliere dich nicht, und werde es nie tun. Das steht mir nicht zu. Alles, was zwischen uns ist, basiert auf Vertrauen. Und ich habe mich bewusst dazu entschieden, dir zu vertrauen. Denn sonst, wäre das, was zwischen uns ist, nicht möglich.

13:28 Frank: Adam und ich schauen Chelsea gegen Leicester und es ist keine andere Frau hier.

13:28 Frank: Du bist die einzige Frau in meinem Leben, die mir wichtig ist.

14:06 Maren: Es ist okay. Ich trainiere jetzt auf dem Hometrainer.

14:17 Frank: Bitte sei nicht länger böse auf mich. Es tut mir leid, dieses Missverständnis verursacht zu haben.

15:00 Maren: Sorry, dich missverstanden zu haben.

25. Januar 2019

07:03 Frank: Schatz, es geht mir nicht gut. Ich habe Fieber, schon seit ein paar Tagen. Der Arzt hat mir Bettruhe verordnet.

07:28 Maren: Oh nein, ausgerechnet jetzt, wo du kommen wolltest! Dann werde schnell wieder gesund. Das ist jetzt wichtig.

Maren saß an ihrem Schreibtisch, als sie Franks Nachricht las. Sie starrte auf das Display. Klar, war sie enttäuscht. Aber krank war krank. Mit Fieber konnte Frank nicht reisen. Das war gar keine Frage. Sie waren wie zwei Königskinder, die einfach nicht zusammenfanden. Sie fühlte wie die Energie aus ihrem Körper wich. Die Situation mit Frank frustrierte sie. Am liebsten hätte sie ihren Arbeitstag direkt beendet und sich wieder in ihr Bett gelegt. Doch da klingelte das Telefon, und das Gespräch brachte sie wieder mitten in ihren Arbeitsalltag zurück.

26. Januar 2019

Bis zum Mittagessen hatte Maren immer noch nichts von Frank gehört. Das irritierte sie, auch wenn es nicht das erste Mal passierte. Als sie am Abend immer noch keine Nachricht von ihm hatte, begann sie, sich Sorgen zu machen. Er hatte nicht einmal ihre Nachricht vom Morgen geöffnet.

18:25 Maren: Frank, ist alles in Ordnung mit dir?

Maren lag in ihrem Bett und konnte nicht einschlafen. Ihre Gedanken drehten sich im Kreis. Ob er einen Unfall hatte? Blödsinn. Ob sie ihn verärgert hatte? Sie durchforstete die Chats der letzten Tage. Doch es fiel ihr nichts Besonderes auf. Sie legte ihr Smartphone auf den Nachttisch und versuchte zu schlafen.

23:47 Frank: Hallo Liebling, ich bin okay. Wie geht es dir?

27. Januar 2019

Als Maren die Augen aufschlug, griff sie sofort nach ihrem Smartphone. Sie war erleichtert. Es ging ihm gut.

6:03 Uhr Maren: Ich bin froh, von dir zu hören. Mir geht es gut. Ich bin heute den ganzen Tag unterwegs. Ich habe eine Veranstaltung im Hotel Heinz in Frankfurt. Pass gut auf dich auf!

Als Maren gegen 21 Uhr das Hotel verließ, hatte sie immer noch keine Nachricht von Frank. Sie verstand es nicht. Aber heute war sie einfach zu müde, um sich weiter Gedanken darüber zu machen. Erschöpft fiel sie in ihr Bett.

28. Januar 2019

05:19 Frank: Guten Morgen, mein Liebling!

Guten Morgen! Guten Morgen? Was sollte das? Mehr hatte er ihr nicht mehr zu sagen? Maren war verärgert. Ob er eine andere Frau kennengelernt hatte und die Beziehung mit ihr einfach so ausklingen lassen wollte. Was für ein Feigling! Konnte er nicht Farbe bekennen? Dann wüsste sie wenigstens, woran sie war. Sie warf das Smartphone wütend aufs Bett und stand auf, um das Frühstück vorzubereiten. Doch ließen sie die Gedanken an Frank nicht los. Dann entschied sie sich, ihm eine Nachricht zu schreiben.

07:05 Maren: Frank, ich weiß nicht, was du da machst und was mit dir los ist. Aber ich fühle, dass irgendetwas nicht stimmt. Sag mir doch einfach, was los ist.

Im Laufe des Tages ebbte Marens Wut ab. Doch fiel es ihr schwer, sich zu konzentrieren. Was wäre, wenn er wirklich eine andere Frau kennengelernt hatte? Dieser Gedanke bedrückte sie den ganzen Tag und ließ sich nicht abschütteln. Er lag wie eine schwere Bleischürze auf ihren Schultern. Warum meldete er sich nicht? Gefühlt alle paar Minuten schaute sie auf ihr Smartphone. Es war zermürbend.

21:59 Maren: Frank, ich bin irritiert. Du lässt nichts von dir hören.

22:11 Frank: Das tut mir leid. Ich war frustriert. Dass ich mich nicht gemeldet habe, hat nichts mit dir zu tun. Ich bin glücklich mit dir.

Maren fiel ein Stein vom Herzen.

22:13 Maren: Warum warst du frustriert?

22:13 Frank: Manchmal überkommt es mich und ich fühle mich total einsam, selbst wenn ich unter Menschen bin.

22:14 Maren: Ja, ich weiß. Wir haben schon einmal darüber gesprochen. Das klingt ein wenig nach einer Depression.

22:15 Frank: Das kann sein. Aber es geht mir jetzt schon wieder etwas besser.

22:16 Maren: Das freut mich. Aber du solltest das im Blick behalten. Zu oft solltest du solch dunkle Tage nicht durchleben.

22:18 Frank: Ich weiß. Du hast recht. Danke für dein Verständnis.

13. April 2019

19:00 Maren: Ich weiß nicht, ob es an dir oder am Frühling liegt. Den ganzen Tag über habe ich schon Schmetterlinge im Bauch.

19:04 Maren: Ich sehne mich nach der Sonne, der Wärme, der Natur und dir. Draußen blüht alles auf. Nur du fehlst.

21:20 Frank: Schatz, ich bin da für dich. Hast du Lust zu telefonieren?

Natürlich hatte Maren Lust. Sie war gerade im Badezimmer, streifte sich noch schnell ihr Nachthemd über und rief ihn an. „Du hast Frühlingsgefühle", begrüßte Frank Maren am Telefon. „Das trifft sich gut, denn ich fühle genauso. Hier in Istanbul ist es schon fast sommerlich. Die Menschen sitzen draußen im Schatten, trinken Tee und halten ein Schwätzchen. Heute habe ich eine längere Mittagspause gemacht, war spazieren und habe am Bosporus ein kleines Café aufgesucht." Maren ging in ihr Schlafzimmer und machte es sich auf ihrem Bett gemütlich. Sie hörte Frank aufmerksam zu. „Während ich einen türkischen Mokka trank, habe ich drei 10-Jährige dabei beobachtet, wie sie flache Steine im Wasser titschen ließen. Das Wasser glitzerte in der Sonne und ich hatte große Lust, es ihnen gleich zu tun und mich mit ihnen zu messen." Marens Kopfkino setzte sich sofort in Gang. Vor ihrem inneren Auge liefen direkt die passenden Bilder ab: der Bosporus, über den sich die Brücke spannte und darunter die vielen Frachtschiffe, Fähren und Boote. Die Jungen, die auf dem Kieselstrand herumtollten und lachten, wenn sie den anderen übertrumpften. „Und hast du sie gefragt?" wollte Maren wissen. „Leider nein, ich musste wieder zurück ins Büro. Ich hatte eine Telefonkonferenz."

„Das ist schade", bedauerte ihn Maren. „Ich liebe dieses Frühlingsgefühl und das Beste ist: man sieht es mir an. Ich spreche und lache mit Menschen, die ich noch nie zuvor getroffen habe. Ich unterhalte mich mit einer fremden Frau, die hinter mir an der Kasse steht, über die Geburtstagsfeier ihrer Tochter. Ich mache der Bäckereiverkäuferin ein Kompliment, woraufhin sie mich über das ganze Gesicht anstrahlte." Maren konnte Frank am anderen Ende der Leitung lächeln hören: „Das ist toll. Du bist ein ganz besonderer Mensch in meinem Leben. Wenn ich an dich denke, fühle mich ich glücklich und lebendig." Maren schloss die Augen und fühlte sich Frank auf einmal so nah:" Ich weiß, wenn wir zusammen sind, werden sich alle Türen öffnen."

Sie legte auf. Maren liebte Franks weiche und warme Stimme. Sie ging ihr gar nicht mehr aus dem Kopf. Immer, wenn sie daran dachte, bekam sie Gänsehaut.

14. April 2019

13:47 Frank: Ich komme gerade aus dem Fitness-Studio. Das Training war sehr intensiv, aber es hat sich gelohnt. Vielleicht gehe ich gleich ans Wasser und lasse ein paar Steine titschen. Hahaha.

Maren freute sich, dass Frank gut gelaunt war. Das Wetter und der Sport taten ihm gut. Sie machte sich immer Sorgen, wenn er in so einer düsteren Stimmung war. Sie kannte das von sich selbst so gut wie gar nicht. Natürlich hatte sie mal einen schlechten Tag, aber die trübe Stimmung hielt meist nicht lange an.

15:14 Maren: Ich war heute Vormittag aktiv und habe eine Fahrradtour am Main entlang gemacht. Kurz nachdem ich die Stadt hinter mir gelassen hatte, hörte ich eine Mundharmonika spielen. Ein paar Meter weiter sah ich ihn. Ein alter Mann saß allein auf einer Bank am Fluss und spielte „Moon River". Ich musste anhalten, weil der Moment sehr berührend war. Mir liefen Tränen die Wangen hinunter. Der Mann geht mir nicht aus dem Kopf. Warum spielte er dort mutterseelenallein dieses melancholische Lied? Nach wem sehnte er sich? Ich habe diese Melodie immer noch im Ohr.

15:17 Frank: Wow, vielleicht hat der alte Mann sehnsüchtig an die Liebe seines Lebens gedacht? Vielleicht an seine verstorbene Frau, mit der er an Sommerabenden immer auf der Bank vor dem Haus gesessen hatte und manchmal auf der Mundharmonika diesen Evergreen spielte. Oder er dachte an die legendäre Audrey Hepburn, wie sie dieses Lied auf der Feuerleiter sitzend in „Frühstück bei Tiffany" sang. Und woran hast du gedacht, als du den Mann spielen hörtest?

15:18 Maren: Ich war einfach nur berührt und musste an dich denken.

15:20 Frank: Du hast ein gutes Herz. Ich gehe jetzt Schwimmen.

15:22 Maren: Du warst doch schon im Fitnessstudio. Jetzt gehst du noch schwimmen? Du übertreibst! Du möchtest wohl in der kommenden Badesaison glänzen?

Doch Frank war schon unterwegs und antwortete nicht mehr.

15. April 2019

07:43 Maren: Ich schlage die Augen auf und denke an dich. Und sofort muss ich Lächeln. Es ist, als ob du ein Ventil öffnest und meinen Körper mit Wärme und Liebe füllst.

07:43 Maren: Lass mich der Sonnenschein in deinem Rücken sein. Lass mich dein Wasserbassin sein, in das du seine Probleme gießen kannst, damit sie sich mit frischem und klarem Wasser vermischen. Lass mich dein Vogel des Glücks sein, der mit dir zu neuen Horizonten aufbricht.

08:53 Frank: Du bist großartig.

09:19 Maren: Vielleicht etwas kitschig, was meinst du? Ich weiß nicht, was mit mir passiert ist. Diese Worte entstehen einfach in meinem Kopf und ich muss sie herauslassen.

10:02 Frank: Wie schön, dass ich dich derart inspiriere. Vielleicht schlummert ein literarisches Talent in dir?

10:17 Frank: Meine Mutter und du, ihr seid die wichtigsten Menschen in meinem Leben.

Es waren Osterferien. Jonas, Jan und Maren saßen im Auto auf dem Weg zur holländischen Küste. Wie jedes Jahr wollten sie einige Tage in Egmond am See verbringen. Auch wenn Frank Marens Gefühlsleben entscheidend verändert hatte und inzwischen eine wichtige Rolle in ihrem Leben spielte, lief das Leben der Familie Berger wie gewohnt weiter. Maren sah bislang keinen Anlass, dies zu ändern. Denn die Familie gab nicht nur Jonas Struktur und Halt im Leben, sondern auch Jan und ihr selbst. Trotz aller Differenzen in ihrer Beziehung, war sie sich dessen bewusst und stets um ein gutes Familienleben bemüht.

17:42 Maren: Mein Schatz, wir sind gut in Holland angekommen. Ich freue mich auf fünf ruhige Tage. Da du mich leider nicht begleiten kannst, möchte ich dich zu einer ganz besonderen Reise durch meinen Körper einladen. Ich schicke dir ein Foto von meinem Auge. Das ist der Beginn unserer Reise.

17:50 Maren: Meine Augen sind grün. Als junges Mädchen haben mir viele Menschen gesagt, dass ich einen verträumten Blick habe. Heute lasse ich meine Augen lieber strahlen. Ich bin etwas kurzsichtig und trage schon seit vielen Jahren eine Brille. Ich freue mich darauf, eines Tages in deine Augen blicken zu können.

19:44 Frank: Du hast schöne Augen!

19:45 Frank: Du bist unglaublich. Solch eine Art der Reise habe ich noch nie unternommen. Ich freue mich auf die Tour mit dir. Ich kann die nächste Etappe kaum erwarten.

21:55 Maren: Ich habe solch eine Reise noch nie gemacht. Aber du inspirierst mich. Nie zuvor habe ich für einen Mann so viel empfunden wie für dich.

21:56 Maren: Schlaf gut, mein Bluebird.

22:40 Frank: Ich liebe dich so sehr, mein Salat.

16. April 2019

08:08 Maren: Salat? So hat mich noch nie ein Mann genannt! Aber die Worte, die wir nutzen, sagen etwas über uns selbst aus. Und „Salat" als Kosewort zu verwenden, ist genau so außergewöhnlich, wie du es bist.

08:59 Frank: Guten Morgen, mein Salat. Dieser Name ist nur speziell für dich. Du bist genau wie Salat: bunt, frisch und fancy.

Seit Monaten hatte sich nichts in ihrer Beziehung verändert. Sie traten auf der Stelle. Maren war es inzwischen leid, ihn immer wieder um ein Treffen anbetteln zu müssen, das nie zustande kam. Vielleicht gehörten sie einfach nicht zusammen und würden niemals ein Paar werden? Trotz ihrer Zweifel entschloss sie sich, ihre Gedanken erst einmal für sich zu behalten. Maren schickte Frank jeden Tag ein weiteres Foto: von ihren Lippen, ihrer Hand, ihrer rechten Brust — die schönere, wie sie fand, ihrem

Bauchnabel und einem Fuß. Diese intime Reise führte sie auf eine besondere Art zusammen. Noch nie hatte sie sich ihm so nahe gefühlt.

22. April 2019

07:18 Maren: Frank, wann werden wir uns sehen? Ich sehne mich nach dir.

08:13 Frank: Ich plane im Mai zu kommen. Ich möchte dich endlich sehen.

Doch Marens Frage war eher rhetorischer Natur. Wie erwartet, fiel Franks Antwort sehr vage aus. Doch das wollte Maren nicht länger akzeptieren. Sie wollte nicht mehr fragen, ob, wann und wie sie sich sehen würden. Seitdem ihr letztes Date Ende Januar geplatzt war, hatte sie das Thema nicht mehr angesprochen. Dafür gab es mehrere Gründe. Der wichtigste war vielleicht, dass sie sich mit der Art der Fernbeziehung, die sie mit Frank führte, inzwischen arrangiert hatte. Ihre Chats und Telefonate waren so lebendig und voller Emotionen. Sie gingen ihr unter die Haut. Sie waren das Sahnehäubchen auf dem Kuchen ihres Lebens. Und an manchen Tagen fragte sie sich, warum sie daran etwas ändern sollte. Dieses Lebensmodell bot ihr – zumindest für den Moment – alle Vorzüge auf einmal, ohne sich für etwas entscheiden zu müssen: Von Frank fühlte sie sich wertgeschätzt und geliebt. Er bot ihr Raum, sich neu zu entdecken und zu erfinden und kompromisslos so zu sein, wie sie war. Gleichzeitig konnte sie zuhause in Frankfurt, wie gewohnt, ihren Rollen als Mutter, Ehefrau, berufstätige Frau und Freundin gerecht werden. Sie musste sich nicht erklären und brauchte niemanden zu verletzen. Alles war gut. Aber irgendwie auch nicht. Ihre Sehnsucht nach Frank wuchs und wuchs. Sie wollte, nein, sie durfte die Gelegenheit nicht verpassen, dieser Beziehung eine reale Chance zu geben. Das schuldete sie sich und ihm.

Basta! Es reichte. Sie wollte endlich Fakten schaffen. Sie hatte bereits einen fixen Plan im Kopf. Maren durchforstete ihren Kalender. Das nächste Wochenende wäre perfekt für einen Kurztrip nach Istanbul. Sie könnte ihren Laptop mitnehmen und wäre so für ihre Kunden verfügbar. Maren suchte im Internet nach einem Flug und einer Unterkunft. Prima! Das könnte klappen. Bevor sie die Reise buchte, wollte sie sicher gehen. Vielleicht hatte Frank sich bereits um ein Ticket gekümmert und würde schon bald nach Frankfurt kommen?

18:14 Maren: Sehen wir uns im Mai? Versprichst du es mir?

18:14 Frank: Ich werde am 20. Mai nach Deutschland kommen. Ich werde das Ticket spätestens nächste Woche kaufen.

Okay, Test durchgeführt und durchgefallen.

18:47 Maren: Ich werde dieses Wochenende nach Istanbul kommen. Wenn du möchtest, können wir uns sehen.

18:48 Maren: Liebe braucht Mut.

18:49 Frank: Das ist wahr.

Marens Entschluss stand fest. Doch wie sollte sie Jan erklären, warum sie ausgerechnet jetzt nach Istanbul reisen wollte? Sie dachte nach und hatte plötzlich eine Idee. Ihre Studienfreundin Leyla lebte mit ihrer Familie seit einigen Jahren in der türkischen Metropole. Leyla und Maren hatten zusammen in Bonn deutsche

Literatur studiert. Während Maren sich nach Studienabschluss einen Job gesucht hatte, war Leyla am Lehrstuhl geblieben, um zu promovieren. Heute unterrichtete sie an der Istanbul Marmara Üniversitesi deutsche Literatur. Die beiden Frauen verband eine lange Freundschaft, auch wenn sie im Moment nur sporadisch Kontakt hatten. Ihr letztes Treffen lag schon lange zurück. Mit einem Besuch bei Leylas Familie könnte sie gleich mehrere Fliegen mit einer Klappe schlagen: Sie würde Leyla nach langer Zeit wiedersehen und könnte Zeit mit ihrer Freundin verbringen. Sie müsste nicht allein in einem sterilen Hotelzimmer nächtigen. Und das Wichtigste: Sie müsste Jan nicht anlügen. Eine geniale Idee!

Umgehend rief sie ihre Freundin an und überrumpelte sie: „Leyla, ich weiß, es ist etwas kurzfristig, aber ich fliege nächstes Wochenende nach Istanbul. Wenn es euch passt, würde ich dich und deine Familie gerne besuchen." Die Begeisterung, die ihr aus dem Lautsprecher ihres Smartphones entgegenschlug, räumte sämtliche Bedenken aus der Welt: „Maren, wir haben uns schon so lange nicht mehr gesehen. Wann wirst du kommen?" „Am Samstag, geht das? Oder habt ihr schon etwas anderes vor?" „Du bist uns immer herzlich willkommen! Außerdem ist es schon Jahre her, seitdem du uns das letzte Mal in Istanbul besucht hast. Unsere Wohnung in Cihangir kennst du noch gar nicht." Das war typisch Leyla: Sie war immer spontan und offen. Maren schätzte und bewunderte das an ihr. Sie selbst tat sich oftmals schwer mit unerwarteten Ereignissen und Veränderungen.

Leyla war schon als junges Mädchen eine Art Rebellin gewesen. Sie tat stets das, was sie für richtig hielt und was ihr ihr gesunder Menschenverstand und ihr Bauchgefühl sagten, unabhängig und selbstbewusst, und ohne Rücksicht darauf, was andere von ihr erwarteten. Aufgewachsen in einer traditionellen fünfköpfigen türkischen Gastarbeiterfamilie in Frankfurt hatte sie nach dem Abitur Literatur studiert, und dies gegen den Willen ihres Vaters, der meinte, dies sei eine brotlose Kunst. Doch Leyla sah das völlig anders. Sie war der Meinung, dass Literatur und Geschichten eine wichtige Rolle in unserem Leben spielen. Sie erweitern unser Bewusstsein, unser Mitgefühl und unser Wissen und sind einer der wichtigsten Wege, die Welt zu verstehen. Das Lesen war immer schon ihre große Leidenschaft.

Dabei nahm Leyla sich selbst nie zu wichtig. Maren mochte ihre unkomplizierte Art. Selbst schwierigen Situationen begegnete ihre türkische Freundin meist mit einer gewissen Gelassenheit. Sie versuchte immer, aus jeder Situation das Beste zu machen. Auch wenn es mal nicht gut lief. Als sie mit ihrem Ehemann Emre vor einigen Jahren nach Istanbul zog, war sie zunächst sehr enttäuscht. Sie hatte sich das Leben in der Megacity völlig anders vorgestellt und, was noch viel schlimmer war, sie fand keine passende Anstellung an der Universität. Aber sie hatte durchgehalten, sich auf die neue Situation und die Menschen eingestellt und letztlich, wenn auch auf Umwegen ihr Ziel erreicht.

„Passt es euch wirklich?", fragte Maren. Ihr kamen Zweifel, ob es richtig war, Leyla als Vorwand für ihre Reise zu benutzen. „Vielleicht besprichst du das erst mit Emre und wir telefonieren noch einmal", versuchte sie sich ein Hintertürchen offen zu halten. Sie hätte einfach ein Hotel buchen und sich ganz auf die Geschichte mit Frank konzentrieren sollen. Doch jetzt war es zu spät. Sagte Leyla zu, gab es kein Zurück mehr. Dann war sie Gast in ihrem Haus. „Ich bitte dich, meine Gäste sind auch Emres Gäste. Er wird sich freuen, dich wiederzusehen. Nächsten Samstag, sagtest du? Das ist der 27. April." „Ja, ich fliege um die Mittagszeit los." „Liebes, schick mir deine genauen Ankunftsdaten per WhatsApp. Ich werde am Flughafen sein und dich abholen." „Ist das wirklich okay für dich?" „Yeter artik! Schluss jetzt damit! Du wirst ab Samstag unser Gast sein."

23. April 2019

Maren saß gerade am Frühstückstisch, als Jan in die Küche kam. „Komm, setz dich und trink einen Kaffee mit mir", begrüßte sie ihn. Noch während sie sprach, stand sie auf, um eine saubere Tasse aus dem Schrank zu holen. Jan blickte mürrisch auf die Uhr und brummelte: „Ich wollte eigentlich sofort los." „Ohne Frühstück? Trink wenigstens einen Kaffee." „Wieso? Was gibt es?" Jan ahnte, dass Maren etwas auf dem Herzen hatte. Dazu kannte er sie zu lange und zu gut. Manchmal glaubte er, jede Mimik und Gestik von ihr zu durchschauen. Sobald sie den Kopf leicht schief legte, sich auf die Unterlippe biss und seinen Blick suchte, wusste er, dass sie irgendetwas von ihm wollte. Als Jan ihr gegenübersaß, stieg Maren ohne große Umschweife direkt in das Gespräch ein: „Du weißt, dass ich eine anstrengende Phase hinter mir habe. Ich könnte gut eine Auszeit gebrauchen."

„Du willst wegfahren? Wann denn?" „Schon dieses Wochenende. Ich möchte Leyla in Istanbul besuchen." Noch bevor Jan eine Chance hatte, überrascht zu sein, setzte sie ihren Redefluss fort: „Wir haben uns lange nicht mehr gesehen. Außerdem sind die Flüge im Moment günstig und das Wetter soll am Wochenende sehr schön werden. Das ist eine gute Gelegenheit. Ich würde noch zwei oder drei Tage an das Wochenende dranhängen. Wäre das okay für dich? Kommt ihr klar ohne mich?"

Jan nickte. Insgeheim freute er sich auf ein paar gemeinsame Tage allein mit Jonas. Marens Reise war für ihn eine willkommene Auszeit: „Kein Problem. Hast du schon mit Jonas gesprochen?" „Nein, ich wollte das erst mit dir besprechen." Jan nickte wieder. Es herrschte Einvernehmen zwischen den beiden. Das gab Maren ein gutes Gefühl. Eine Auszeit, es war nur eine Auszeit. Und das war für Jan und Jonas in Ordnung. Damit hatte sie alles geklärt. Nur Frank hatte sich immer noch nicht zu ihren Reisplänen geäußert.

14:59 Maren: Du hast immer noch nichts zu meiner Istanbul-Reise gesagt. Das ist so verdammt verletzend. Möchtest du mich überhaupt sehen? Hast du ehrliche Gefühle für mich?

18:11 Frank: Liebling, sei nicht traurig. Du brichst mir das Herz.

Warum nicht ein „Ich freue mich auf dich. Schön, dass wir uns endlich sehen."? Es könnte so einfach sein, dachte Maren. Aber das war es nicht. Franks Antwort war tröstend und besorgniserregend zugleich. Er zeigte sich verständnisvoll und machte Mut. Gleichzeitig ließ er sie über ein mögliches Treffen immer noch im Dunkeln. Der Ball lag wieder in ihrem Feld. Was konnte sie tun? Sollte sie ihn ins Aus schlagen? Oder ihn weiter im Spiel halten?

19:04 Maren: Ich möchte dir vertrauen, aber bitte spiel nicht mit meinen Gefühlen. Das bricht mir mein Herz.

19:54 Frank: Ich verspreche dir, dass ich das nie tun werde.

20:20 Maren: Die Wahrheit ist: ich kann nicht ohne dich sein. Ich brauche dich.

20:22 Frank: Ich kann nicht ohne dich sein, Maren. Tief in meinem Herzen bist du die einzige Frau in meinem Leben.

26. April 2019

08:23 Frank: Letzte Nacht habe ich viel über dich nachgedacht. Du hast ein gutes Herz. Und ich bin mir sicher, was zusammengehört, wird auch zusammenwachsen.

08:26 Maren: Frank, mein Glücksbringer, meine Inspiration, mein Schatz, lass mich dich deine Hand halten und dich spüren. Ich fliege Samstag nach Istanbul und werde für einige Tage bleiben. Sobald ich da bin, melde ich mich.

15:46 Frank: Vielleicht können wir uns am Sonntag sehen.

15:47 Maren: Das klingt super!

15:49 Frank: Aber vielleicht ist es besser, wenn du eine Woche später kommst?

15:52 Maren: Was meinst du damit? Ich werde morgen fliegen. Entweder wir werden uns sehen, oder nicht. Was passieren soll, wird passieren. Was nicht geschehen soll, wird nicht geschehen.

Marens Mut sank. Sie hatte die Nase voll von diesem Hin und Her. Sie musste endlich handeln. Ausgang offen.

27. April 2019

Maren war aufgeregt, wie immer, wenn sie verreiste. Doch diesmal war da noch etwas anderes als das ihr so wohlbekannte Reisefieber, die leichte Unruhe und Nervosität, die sie jedes Mal am Tag der Abreise verspürte. Sie war verunsichert, fast ein wenig eingeschüchtert und befangen. Immer wieder strich sie sich ihre blonde Haarsträhne aus dem Gesicht und versuchte, sich noch tiefer in den Beifahrersitz des alten Volvos zu drücken. Jan saß neben ihr. Starr blickte er auf die weiße Fahrbahnmarkierung der Autobahn, während er Richtung Frankfurter Flughafen fuhr. Der Himmel war trüb. Tiefhängende Gewitterwolken kündigten bereits den nächsten Wolkenbruch an. Trotz des unfreundlichen Wetters hatte Jan das Fenster einen schmalen Spalt breit geöffnet. Ihm war heiß, wie immer. Der Luftzug wirbelte seine kurzen Haare durcheinander. Maren fand, dass es zog. Aber sie hatte es sich abgewöhnt, solche Befindlichkeiten ihm gegenüber zu erwähnen. Er reagierte meist sofort genervt und beleidigt und fühlte sich kritisiert. Sie solle sich nicht so anstellen.

Maren war nicht ganz wohl in ihrer Haut. Lieber wäre sie mit dem Taxi zum Flughafen gefahren. Aber sie hatte sich nicht getraut, Jans Angebot, sie zu chauffieren, abzulehnen. Wenn sie allein auf Reisen ging, brachte er sie immer zum Flughafen. Das war ein festes Ritual. Und daran wollte sie nicht rütteln. Alles sollte seinen gewohnten Gang nehmen, zumindest solange bis sie wusste, wie es mit Frank weiterginge. Sie wollte niemanden unnötig verletzen oder gar ihre Familie auf's Spiel setzen für etwas, was möglicherweise nur in ihrer Fantasie existierte. Sie wusste nicht, was sie in Istanbul erwartete. Und je länger Maren darüber nachdachte, desto mehr fühlte sie sich von dieser Reise überfordert. Sie musste verrückt sein! Warum tat sie sich das an? Und was immer auch sie in der Türkei erwartete, wie würde es weiter gehen? Das Gedankenkarussell drehte sich schon seit Tagen unentwegt in ihrem Kopf. Doch alles Abwägen half nichts. Sie wusste, sie musste fahren. Und zwar jetzt. Denn Frank war einer der wichtigsten Menschen in ihrem Leben geworden. Maren holte tief Luft, und versuchte, ihre Zweifel wie Blätter von einem Baum abzuschütteln und wieder in ihr gewohnt sicheres Fahrwasser zu gelangen. „Im Tiefkühlfach ist noch etwas Lasagne, und von der selbst gemachten Pizza ist noch etwas da", versuchte sie, die Fahr- und Windgeräusche zu übertönen. „Das müsst ihr nur auftauen." Jan sagte nichts. Irgendetwas stimmte nicht mit ihm. Seit gestern herrschte zwischen ihnen beiden eine frostige Atmosphäre. Einen direkten Anlass dafür gab es nicht, zumindest konnte Maren sich nicht mehr richtig daran erinnern. Wie so oft, hatte ihr Gespräch eine unvorhersehbare Entwicklung genommen, und plötzlich war Jan eingeschnappt gewesen. Seitdem tauschten sie untereinander nur Belanglosigkeiten aus. Gespräche kamen kaum zustande.

Marens Gedanken schweiften ab. Endlich Istanbul! Aber warum musste es ausgerechnet Istanbul sein? Zwar kannte sie die Stadt von früheren Besuchen, doch das war lange her. Die Zeiten hatten sich geändert. Nachdem Istanbul vor wenigen Jahren Ziel eines terroristischen Anschlags geworden war, galt die Sicherheitslage immer noch als angespannt. Zudem war der Einfluss des Islam spürbar gewachsen. Nun war sie befangen. Was erwartete sie in der türkischen Metropole? Maren musste sich eingestehen, dass sie sich mit dieser Reise außerhalb ihrer Komfortzone katapultierte. Schnell versuchte sie, das mulmige Gefühl, das sich in ihrem Magen ausbreitete, wegzudrücken. Sie war froh, bei Leyla eine sichere Anlaufstelle zu haben.

Eine ruckartige Erschütterung riss Maren aus ihren Gedanken. Kleine, schnelle Stöße rüttelten sie in ihrem Sitz auf und ab. Zwar hatte Jan die Fahrt verlangsamt, doch passierte der Volvo die gelben Temposchwellen vor dem Flughafengebäude immer noch mit leicht erhöhter Geschwindigkeit. „Dort", sagte Maren und wies mit ihrer Hand auf eine freie Parklücke. Während Jan vor dem Terminal anhielt, zog sie den Reißverschluss ihrer Handtasche zu und umfasste den Henkel fest mit ihrer linken Hand. Als der Wagen zum Stehen kam, beugte sie sich zu Jan hinüber und drückte ihm einen Kuss auf die Wange. Seine Hände ruhten immer noch auf dem Lenkrad. Er verzog keine Miene. „Pass auf dich und auf Jonas auf", sagte sie mit gesenkter und betont fester Stimme, die ihre Unsicherheiten überspielen sollte. „Ich schreibe euch, sobald ich angekommen bin." Jan nickte wortlos. Wie immer blieb er bei laufendem Motor im Auto sitzen. Maren stieg aus und lud den Trolley aus dem Kofferraum. Auf ihrem Weg zur Drehtür hörte sie noch, wie er hinter ihr herrief: „Gute Reise und schöne Grüße an Leyla und Emre." Sie hob kurz zum Gruß die Hand. Doch Jan war bereits damit beschäftigt, sich in den fließenden Verkehr einzufädeln.

Gezielt steuerte Maren auf die Sicherheitskontrolle zu. Sie hatte bereits am Vortag online eingecheckt und nur ihren Kabinen-Trolley dabei. Nach der Passkontrolle suchte sie sich einen freien Sitzplatz und stellte ihr Gepäck neben sich ab. Ungeduldig zog sie ihr Smartphone aus der Tasche. Eine Nachricht von Frank.

Ohne nur ein Wort gelesen zu haben, lächelte sie unvermittelt und ihre Gesichtszüge entspannten sich wie auf Knopfdruck.

07:28 Frank: Mein Liebling, ich möchte jetzt neben dir liegen, die Wärme deines Körpers spüren und den Duft deiner Haut riechen. Stelle dir vor, wie meine Fingerkuppen langsam über deine Hände, deine Arme, deine Brust, den Hals hinauf bis zu deinen Lippen fahren. Ich beobachte, wie sich die zarten blonden Härchen auf deinem Arm aufrichten und dein Gesicht sich entspannt. Wie hast du geschlafen mein Engel?

Franks Worte versetzten Maren sofort in einen Rausch. Sie konnte seine Berührungen förmlich spüren. Es prickelte wie Brause. Sinnlich. Gänsehaut-Feeling. Fast ein wenig beschämt, diesen intimen Moment in der Öffentlichkeit zu erleben, senkte sie den Kopf und ließ die Schultern nach vorne fallen. Am liebsten hätte sie sich unsichtbar gemacht, um mit ihrer Fantasie allein zu sein.

07:47 Maren: Das hört sich gut an! Gerne wäre ich jetzt bei dir. Wie geht es dir?

08:21 Frank: Ich bin heute mit einem Kunden zum Tennisspielen verabredet. Aber irgendwie fühle ich mich nicht fit. Ich habe letzte Nacht nicht gut geschlafen. Ich bin ständig aufgewacht.

08:29 Maren: Kannst du das Tennisspielen noch absagen? Ansonsten übertreibe es nicht. Ruh dich aus und tanke etwas Energie. Ich wünsche dir einen schönen Tag, mein Schatz! Küsse.

Maren war ernüchtert. Er hatte mit keinem Wort ihr Kommen erwähnt! Er hatte seinen Tag bereits ohne sie verplant. Ihre Stimmung verwandelte sich schlagartig in Bitternis und

Enttäuschung. Ihre Augen füllten sich mit Tränen, die ihr die Sicht verschleierten. Die Konturen der in der Abflughalle stehenden Sitzreihen wurden unscharf und verschwammen zusammen mit den Fluggästen zu einem trüben Farbenbrei. Jetzt bloß nicht heulen. Sie zog ihre Sonnenbrille aus der Tasche und setzte sie auf. Langsam gewann sie ihre Fassung wieder. Da wurde schon ihr Flug aufgerufen. Maren blickte nervös auf das Rollfeld, wo die Maschine der Turkish Airlines wartete. Leichter Regen setzte ein. Sie wartete die Aufforderung zum Boarden dreimal ab, dann gab sie sich einen Ruck, setzte die Sonnenbrille wieder ab, zupfte ihr Kleid zurecht, kramte ihren Reisepass aus der Tasche hervor und rief das elektronische Ticket auf ihrem Smartphone auf. Mit erhobenem Blick streckte sie das Kinn nach vorne, nahm die Schultern zurück und atmete tief durch die Nase ein. Sie griff nach dem Trolley und ging mit festen Schritten in Richtung Gangway. Diesmal würde sie sich nicht vertrösten lassen. Nicht schon wieder.

Maren hatte Glück: Der Flieger war nicht voll besetzt und die zwei weiteren Plätze in ihrer Sitzreihe blieben frei. Eigentlich mochte sie es, mit Mitreisenden ins Gespräch zu kommen und sich auszutauschen. Das war manchmal sehr unterhaltsam und mitunter inspirierend. Heute aber war sie froh, sich hinter ihrer Zeitung verschanzen zu können. Das gab ihr Raum, über Frank, sich selbst und die bevorstehenden Tage nachzudenken. Gewärmt von dem gleißenden Sonnenlicht, das sie über den Wolken empfing, schloss sie die Augen und ließ ihre Gedanken fliegen. Rund acht Monate waren seit ihrem ersten Chat vergangen. Seitdem erlebte sie mit Frank eine nie enden wollende Achterbahnfahrt der Emotionen. Ein ständiges Auf und Ab immer bis an die Grenze des Erträglichen. Dabei war ihr vom ersten Augenblick an klar, dass sie sich auf ein unkalkulierbares Abenteuer eingelassen hatte. Ein Abenteuer, in das sie sehenden Auges tiefer und tiefer hineinsteuerte. Sie hatte sich bewusst dafür entschieden, nichts ahnend, was sie erwartete. Sie hatte alles gegeben, sich ganz auf diese Fernbeziehung eingelassen. Volle Kraft voraus! Und das Gaspedal immer bis zum Anschlag. Sie wusste ja, wo die Bremse war: nur wenige Zentimeter weiter links. Sie hätte jederzeit aussteigen können. Selbst eine Vollbremsung traute sie sich zu. Soweit ihre Überlegungen. Soweit die Theorie. Mit Frank hatte sie völlig neue Seiten an sich entdeckt, die sie sehr schätzte. Mit ihm traute sie sich, das gesamte Spektrum an Gefühlen zuzulassen und sie zu zeigen. Das entlastete sie enorm. Sie, die es immer gewohnt war, die Starke zu sein, die vieles aushalten und kompensieren konnte. Sie, die sich nicht unterkriegen ließ und stets Herrin der Lage blieb, und wenn sie mal die Kontrolle verlor, schnell wieder in die richtigen Bahnen kam. Großhirn sei Dank! Nach jedem Sturz sich schnell wieder aufrappeln und weitermachen. Rücken gerade, den Kopf hoch und das Krönchen zurechtgerückt. Ihre Familie, ihre Freunde – alle konnten auf sie zählen, auch wenn es mal schwierig war. Doch seit einiger Zeit war ihr die Geschichte mit Frank entglitten. Vielleicht sogar direkt von Anfang an, ohne dass sie es bemerkt hatte. Sie konnte sich ihm nicht entziehen. Mit ihm war sie ganz bei sich selbst. Sie war wie verwandelt. Emotion pur.

Als sich die Schiebetüren zur Ankunftshalle am Flughafen Sabiha Gökcen öffneten, stand Leyla schon winkend hinter der Absperrung. Wie elegant sie aussah in ihrem knielangen, azurblauen Sommerkleid und den hochhackigen offenen Schuhen! So kannte Maren ihre Freundin: Sie war stets sehr gepflegt. Wachsen, zupfen, peelen: das gehörte fest zu ihrem Alltag. Das dunkle, lange

Haar fiel wallend über die Schultern. Mit ihren 47 Jahren und den unübersehbaren Kurven war sie nach wie vor eine sehr attraktive Frau. Leyla hatte es immer verstanden, ihren Körper gekonnt in Szene zu setzen und sich mit einer großen Selbstverständlichkeit zu bewegen. Sie war eine Erscheinung. Maren hingegen kam sich neben Leyla immer etwas unscheinbar vor. Aber das war ihr egal. Sie kleidete sich meist schlicht und bequem, trug nur wenig Schmuck und verzichtete weitgehend auf Make-up. Ihre Haare hatte sie meist zu einem Zopf zusammengebunden. Das ging schnell und war unkompliziert. Nie wäre es Maren in den Sinn gekommen, Stunden vor dem Spiegel zu verbringen.

Leylas Augen strahlten, als sie ihre Freundin in dem Menschenpulk entdeckte. Doch binnen Sekunden verloren sich die beiden Frauen wieder aus den Augen. Nach einer Weile konnte sich Maren einen Weg durch die Menge bahnen, vorbei an Familien, die überbordende Gepäckwagen vor sich her schoben, zwei jungen Männer mit großen Rucksäcken sowie einer alten Frau, die ihre Liebsten in die Arme schloss. Die beiden Freundinnen fielen sich freudig in die Arme. „Schön, dass du da bist. Lass dich anschauen! Gut, siehst du aus", begrüßte Leyla ihre Freundin.

„Hast du abgenommen?" Maren lachte. Sie hatten sich mindestens zwei Jahre nicht gesehen, aber Leyla hatte wie immer einen guten Blick für Veränderungen. Wenn ihre türkische Freundin Menschen begegnete, scannte sie sie förmlich Zentimeter für Zentimeter. Zudem war sie sehr sensibel und hatte ein gutes Gespür für die Ausstrahlung und Körpersprache ihres Gegenübers. Bevor alle anderen wussten, was los war, hatte sie oft schon verstanden, in welchem Gemütszustand die Person sich befand. Manchmal genügte ein Blick in die Augen und Leyla wusste bereits, ob sie diesen Menschen mochte, oder nicht, und vor allem warum. In der Tat, Leyla hatte recht. Mehr als acht Kilo hatte Maren in den letzten Monaten verloren, einfach so, und dass, obwohl sie schon vorher schlank war. Insbesondere in den ersten Wochen mit Frank hatte es ständig in ihrem Bauch geprickelt und sie war nur so durch den Tag geschwebt. Da war das Essen zur reinen Nebensache geworden. „Leyla, du bist unglaublich. Dir entgeht gar nichts! Aber, meine Liebe, du siehst fantastisch aus. Das Kleid steht dir ausgezeichnet. Die Farbe ist toll. Wie geht es dir?" Leyla strahlte: „Es ist alles bestens. Ich hatte eine anstrengende Woche, aber nun bist du da und wir werden uns eine schöne Zeit machen." Maren spürte gleich nach der ersten herzlichen Umarmung wieder das vertraute Gefühl zwischen ihnen. Es war die richtige Entscheidung gewesen, Leyla zu besuchen. Sie tat ihr gut. Auch wenn sie nicht so recht wusste, wie alles werden würde und ob sie Leyla in die Geschichte mit Frank einweihen sollte. Bis heute hatte sie mit niemandem über ihn gesprochen, selbst nicht mit Judith. Frank und Maren: das ging bislang nur sie zwei etwas an.

Leyla war eine laute Frau. Stets schien ihr Körper zu beben, zu brodeln und in Bewegung zu sein. Sie steckte voller Energie. Wenn sie sprach, dann mit lauter Stimme, einer ausdrucksstarken Mimik und ausladenden Gesten. Immer suchte sie den Körperkontakt zu ihrem Gegenüber, berührte ihn an der Schulter oder der Wange. Leyla fasste Maren am Arm und lotste sie zum Taxistand. „Wir fahren zunächst zu uns nach Hause. Heute Abend essen wir gemeinsam mit Emre und Yasemina. Eventuell bringt Emre einen Geschäftspartner mit. Das ist dir doch recht, oder?" Maren wusste, dass das eine rein rhetorische Frage war. Aber natürlich war es ihr recht. Was diese Dinge anging, war sie sehr unkompliziert. Schließlich war sie zu Gast. Außerdem war sie froh, dass Leyla ihr die Planung des Abends und die Entscheidung darüber, was sie machen wollten, abnahm. Diese Rolle spielte sie schon zuhause oft genug. Apropos zuhause. Sie musste Jan schreiben, dass sie gut angekommen war.

15:03 Maren@Familie: Hallo ihr Lieben, ich bin gut gelandet und wir sind auf dem Weg zu Leylas Wohnung. Ich hoffe, es geht euch gut. Viele Grüße auch von Leyla.

15:05 Jan@Familie: Viel Spaß und schöne Grüße an Leyla und Emre.

15:05 Maren@Familie: Danke und euch einen schönen Tag noch. Ich melde mich morgen wieder.

15:10: Jonas@Familie: Yep.

Der Taxifahrer hupte. Wie immer waren die Straßen in Istanbul völlig verstopft. Inzwischen war es schon früher Abend geworden. Fast eine Stunde hatte die Fahrt in den Stadtteil Cihangir gedauert. Er lag im westlich geprägten, europäischen Teil Istanbuls. Gelegen zwischen Taksim-Platz und Kabataş und durchzogen von vielen engen Gassen, Parks und Straßencafés war dieser Stadtteil ein Mikrokosmos der gehobenen Mittelschicht. Seit ungefähr fünf Jahren lebten Leyla und ihre Familie in einer großzügigen Altbauwohnung mit Blick auf den Bosporus. Emre war Tuchhändler in der Nähe des Grand Basar. Er hatte den Betrieb vor Jahren von seinem Vater übernommen. Die Geschäfte liefen gut. Viele Touristen kauften hier ein. Insbesondere reiche Russen und Besucher aus den Arabischen Emiraten ließen die Kasse klingeln. Aber Emre arbeitete auch hart dafür. Er öffnete den Laden an sieben Tagen die Woche. Neben den Geschäftsräumen in Eminönü besaß er noch einen Direktvertrieb für Textilien in einem Istanbuler Randbezirk. Dort leitete ein Angestellter die Geschäfte. Das entlastete Emre. Nichtsdestotrotz musste seine Familie damit leben, dass er viel Zeit in seinem Unternehmen verbrachte und abends meist erst spät nach Hause kam.

Das Taxi hielt vor einem typischen Stadthaus aus dem 19. Jahrhundert. Leyla bezahlte den Fahrer. Dann stiegen die beiden Frauen aus und betraten das Gebäude. Leylas Wohnung lag in der vierten Etage. „Wir können den Aufzug nehmen", sagte Leyla und öffnete die Haustür schwungvoll. Ihre Absätze hallten bei jedem ihrer Schritte durch das Treppenhaus. „Yasemina müsste eigentlich zu Hause sein." Leyla und Emre hatten zwei Töchter. Selin, die Ältere, studierte seit einigen Monaten Schauspiel in Paris. Die 16-jährige Yasemina ging zur Schule und stand noch unter der strengen Obhut ihrer Eltern. „Wow, was für eine schöne Wohnung", entfuhr es Maren, als Leyla die Wohnungstür öffnete und sie ins Wohnzimmer führte. Der stilvolle Altbau hatte viel Atmosphäre und Charakter. Das war genau ihr Geschmack. Nichts war perfekt, aber alles harmonierte. Und während Leyla es sonst gerne sehr üppig mochte, mutete die Einrichtung fast minimalistisch an. Neben einer modernen Wohnlandschaft in edlem Grau stand ein nußholzfarbener Buffetschrank aus dem 19. Jahrhundert. Die rechte Wand schmückte eine riesige Bücherwand. Direkt davor dominierte in seiner Schlichtheit ein Barcelona Chair von Mies van der Rohe den Raum.

Yasemina hatte eine Freundin zu Besuch. Die beiden Mädchen begrüßten Maren. Yasemina war eine hoch gewachsene, schmale junge Frau. Selbst die kindlichen Gesichtszüge waren inzwischen verschwunden. Trotzdem hatte sie sich eine gewisse Unbekümmertheit bewahrt. Wie gut der Name und seine Bedeutung doch zu dem Mädchen passten, dachte Maren. Yasemina hatte sich zu einer wirklichen „Fee der Nachtträume" gemausert. Maren schloss das Mädchen in ihre Arme. Auch wenn sie sich nur selten sahen, fühlte Maren sich ihr und Selin stets eng verbunden, so als ob sie eine Familie wären. „Und du bist Yaseminas Freundin?", wandte sich Maren nun das andere Mädchen, das am Türrahmen lehnte. „Ja, ich bin Ayda. Guten Tag!" Und schon waren die zwei wieder in Yaseminas Zimmer verschwunden.

Leyla zeigte Maren nun das Highlight der Wohnung: Die große Dachterrasse bot einen sagenhaften Blick auf den Bosporus und das Marmara-Meer. Maren war überwältigt. Das Wasser funkelte in der tiefstehenden Abendsonne. Große Tanker, Schlepper, Fährschiffe und Boote glitten in alle Himmelsrichtungen durch das Wasser. Wie kleine bunte Tupfen tanzten sie über den breiten Fluss, zogen tapfer ihre Bahnen und unterquerten die erste Bosporus-Brücke auf ihrem Weg zum Schwarzen Meer beziehungsweise Marmara-Meer, je nachdem aus welcher Richtung sie kamen. Hin und wieder ertönte das laute Hupen eines Schiffhorns. Um die Minarette der nahegelegenen Moschee kreisten mehrere Möwen, die mit ihren unverwechselbaren Rufen das Verkehrsrauschen der Straße durchbrachen. Maren atmete tief durch. Genau das liebte sie an Istanbul. Überall bestimmte das Wasser das Leben in der Stadt. Es verband den asiatischen mit dem europäischen Kontinent, es sicherte Existenzen, bot Entspannung und Vergnügen. Die Wellen des Marmara-Meers, die Strömung des Bosporus, das sanfte Licht auf den Wogen des Goldenen Horns, all die Tanker, Fährschiffe, Ausflugsboote und Fischerbarken vermittelten ihr ein Gefühl von Lebendigkeit und

Frische, von Hoffnung und Ausweg. Schon auf ihrer allerersten Reise vor fast zwanzig Jahren hatte Istanbul ihr Herz erobert. Maren hatte damals für einen Kunden auf dem Messegelände eine große Veranstaltung organisiert. Obwohl die Wochen anstrengend gewesen waren, hatte sie genügend Zeit Istanbul zu entdecken. Schon damals hatte sie sich in das rege und belebte Treiben am Wasser verliebt.

„Wir können später auf der Terrasse essen, dann kannst du den Ausblick noch etwas genießen", sagte Leyla lächelnd. „Komm, ich zeige dir jetzt dein Zimmer und das Bad, falls du dich ein wenig ausruhen oder frisch machen möchtest. Du übernachtest in Selins Zimmer. Sie ist noch in Paris und wird erst im Juli wieder zu Hause sein." Als Maren sich umdrehte, war Leyla schon in der Wohnung verschwunden. Maren konnte sich kaum von dem Panoramablick trennen und ließ ihren Blick noch für wenige Sekunden in die Ferne schweifen. Dann folgte sie ihrer Freundin, um ihr Zimmer zu beziehen. Während Leyla das Abendessen vorbereitete, zog Maren sich in ihr Zimmer zurück. Ein wenig erschöpft von der Reise, aber glücklich endlich in Istanbul zu sein, ließ sie sich auf das Bett fallen. Bis zum Abendessen hatte sie noch etwas Zeit.

15:18 Frank: Wie geht es dir, meine Königin?

18:29 Maren: Ich bin gut in Istanbul gelandet und nun bei meiner Freundin in Cihangir. Es geht mir gut. Istanbul hat mich mit einer wunderschönen Abendstimmung empfangen. Ich hatte völlig vergessen, dass es um die Stadt herum so grün ist. Aber der Verkehr ist wie immer eine Katastrophe.

18:30 Maren: Ich möchte dich gerne treffen. Können wir uns Morgen sehen?

18:33 Frank: Wow, mein Schatz, willkommen in der Türkei! Ich freue mich, dich hier zu haben. Wie lange bleibst du?

18:33 Maren: Bis Mittwochabend.

18:39 Frank: Okay, komm erst einmal an. Lass uns direkt morgen früh darüber sprechen, wann wir uns sehen können. Ich rufe dich an, Frau meines Herzens.

18:47 Maren: Küsse.

18:48 Frank: Dir einen schönen Abend! Küsse für dich.

Ein warmes, butterweiches Gefühl breitete sich von der Körpermitte her über ihren ganzen Korpus aus. Ihre Arme und Beine fühlten sich plötzlich leicht wie Federn an und ihr Gesicht strahlte und strahlte. Wenn dieser Zustand doch nie enden würde. Doch gleichzeitig keimte das zartbittere Gefühl der Sehnsucht in Maren auf, dieses heftige Verlangen nach seiner Wärme, seinen Berührungen und Küssen und danach, ihn endlich zu treffen. Hatte sie jemals stärker für einen Mann empfunden? Maren rollte sich auf die Seite, machte sich rund und zog beide Knie unter die Brust, so als wolle sie diese emotionale Nähe in ihrer Mitte einfangen und nie wieder freigeben. Sie schloss die Augen und gab sich dem Sog ihrer duftig weichen Gefühle hin. Alles Körperliche schien sich aufzulösen. Sie war nur noch Emotion. Sie konnte sich nicht vorstellen, dass dieses Gefühl jemals enden würde. Ihre Liebe schien schier grenzenlos, kopflos und von einer großen Tiefe. Sie hatte etwas Unmittelbares und Natürliches. Wie selbstverständlich strömte dieses Gefühl aus ihr: pur, rein und vollkommen. Wie konnte sie jemals etwas anderes für Frank empfinden? Ihr Herz gehörte ihm.

Doch nach all diesen Monaten des Sehnens und Begehrens wollte sie ihn endlich in die Arme schließen. Die Enttäuschung darüber, dass er ihre Ankunft kaum wahrnahm, ließ ihre Leichtigkeit verschwinden. Doch was hatte sie erwartet? Dass er heute Abend vor der Haustür stand und sich mit ihr treffen wollte. Wie hätte sie das Leyla erklärt, die bislang gar nichts von Frank wusste? Eine irrwitzige Idee. Das hätte selbst Leyla überfordert. Hatte sie wirklich damit gerechnet, dass er auf Abruf für sie bereitstand? Und das nach all seinem Zögern. Dabei hatte er sie dieses Mal gebeten, Geduld zu haben und auf ihn zu warten. Doch Maren hatte ihren eigenen Kopf gehabt. Zu oft hatte er sie schon vertröstet. Immer hatte er seine Gründe, gute Gründe. Bestimmt war es dieses Mal genauso.

Maren setzte sich auf die Bettkante und schaute aus dem geöffneten Fenster auf den Bosporus. In der sich senkenden Dämmerung waren nur noch die Umrisse der sich in Richtung Schwarzes Meer bewegenden Tanker und Fährschiffe zu erkennen. Wie kleine Lichter tanzten sie über den breiten Strom, über den sich die bunt erleuchtete Bosporus-Brücke spannte. Frank war sehr verständnis- und liebevoll zu ihr. Er war immer für sie da und behandelte sie respektvoll und wertschätzend. „Also, meine Liebe", sprach Maren zu sich selbst. „Pack deine Enttäuschung in die unterste Schublade. Hier hat sie nichts zu suchen." Sie holte noch einmal tief Luft, schüttelte ihre Arme und fühlte sich gleich besser. Dann kramte sie den Kulturbeutel und ihre cremefarbene Sommerbluse aus ihrem Koffer. Sie ging sie in das kleine Bad, das direkt an ihr Zimmer angrenzte, um sich vor dem Essen etwas frisch zu machen.

Doch die Gedanken an Frank ließen sie nicht los. Unentwegt musste sie an ihn denken. So sehr sie das erste Treffen herbeisehnte, verspürte sie gleichzeitig eine große Nervosität und Unsicherheit. Wie würde es sein, sich das erste Mal zu begegnen, sich zu fühlen, zu riechen und zu schmecken? Ständig hatte sie seine tiefe Stimme und dieses erfrischende Glucksen, wenn er lachte, im Ohr. Maren blickte in den Badezimmerspiegel. Ihr leicht gebräuntes Gesicht wirkte frisch und gesund. Nur die dunklen Augenränder zeugten noch von dem Reisefieber, das sie in der vergangenen Nacht um den Schlaf gebracht hatte. Rasch zog sie ihr T-Shirt aus und wusch sich. Anschließend cremte sie Gesicht, Hals und Dekolleté ein. Während sie nach der Bürste griff, warf sie einen prüfenden Blick in den Spiegel. Frank war rund zehn Jahre jünger als sie. Zwar kannte er sie vom Foto, aber das hieß noch lange nicht, dass sie ihm im wirklichen Leben gefallen würde. Auch wenn sie nach wie vor eine attraktive Frau war, musste sie selbstkritisch zugeben, dass 44 Lebensjahre nicht spurlos an ihr vorübergegangen waren.

Ein Klopfen riss Maren aus ihren Gedanken. „Kommst du? Wir können essen", hörte sie dumpf Leylas Stimme durch die Tür. Schnell strich sie mit der Bürste kräftig über ihr Haar und band es zu einem lockeren Pferdeschwanz zusammen. Dann schlüpfte sie in ihre Sommerbluse. Schnell noch den Lidstrich nachgezogen und ein wenig Gloss auf die Lippen und schon war sie bereit. Im Flur kam ihr Emre bereits mit offenen Armen entgegen. Er lachte und gab ihr zur Begrüßung einen Kuss auf jede Wange. „Meine liebe Maren, wir haben uns schon so lange nicht mehr gesehen."

Maren strahlte. „Ich freue mich sehr! Danke für eure Gastfreundschaft." „Ich hoffe, du hattest eine gute Anreise. Komm mit, ich
stelle dir einen guten Geschäftsfreund vor. Er wird heute mit uns
zu Abend essen." Emre führte Maren in den Wohnbereich. „Das
ist Dilan Yilmaz. Er kommt aus Ankara und ist ebenfalls im Tex-
tilhandel tätig. Wir arbeiten schon seit über zehn Jahren zusammen. Da er heute in Istanbul zu tun hatte, habe ich ihn spontan
zum Abendessen eingeladen."

Dilan gab Maren die Hand und verneigte sich leicht. Sofort fielen
ihr seine warmherzigen Augen auf. Er war von kleiner Statur,
hatte ein wenig Bauch, wirkte aber trotz seines Vollbartes sehr
gepflegt. Dilan war eher ein Mann für den zweiten Blick. „Freut
mich. Herzlich willkommen. Sind Sie das erste Mal in Istanbul?"
„Nein, ich war schon zweimal hier, aber das letzte Mal ist schon
einige Jahre her. Seitdem hat sich bestimmt viel verändert." „In
der Tat", erwiderte Dilan. „Die Stadt wächst und wächst. Ein
Stadtviertel nach dem anderen schießt hier aus dem Boden. Immer mehr Menschen ziehen nach Istanbul, um hier zu leben. Das
ist eine Herausforderung für die gesamte Infrastruktur der
Stadt." „Wie viele Einwohner hat Istanbul inzwischen?" fragte
Maren interessiert. „Laut offiziellen Zahlen sind es 15 Millionen.
Einige Organisationen sprechen sogar von 18." Maren war beein-
druckt. Die Zahlen überstiegen bei Weitem ihr Vorstellungsver-
mögen. Wie musste es sein, in so einer Megacity zu leben? „Auf
dem Weg vom Flughafen nach Cihangir sind wir an unzähligen
Großbaustellen vorbeigefahren. Anscheinend rechnet man in Istanbul mit noch weiterem Zuzug", schilderte sie ihre Beobach-
tungen vom Nachmittag. Dilan freute sich über Marens Interesse:
„Ja, die Stadt dehnt sich in alle Richtungen aus. Mit der Eröffnung
des neuen Großflughafens wird die Region im Nordwesten der

Stadt jetzt durch Autobahnen erschlossen und an die dritte Bosporus-Brücke angebunden. Wie es vor Jahren dem asiatischen Teil Istanbuls ergangen ist, sollen hier Satellitenstädte entstehen. Damit wird Istanbul demnächst nicht nur am Marmara-Meer, sondern auch am Schwarzen Meer liegen." Er schüttelte den Kopf. „Ich sehe das kritisch. Ich hoffe, dass sich die Verantwortlichen das alles gut überlegt haben."

Nach einer Weile erschienen Yasemina und Ayda. „Na, endlich", sagte Leyla, die schon mit dem Essen wartete. „Geht bitte raus auf die Dachterrasse. Heute essen wir draußen, damit Maren noch ein wenig die Aussicht genießen kann." Leyla grinste verschmitzt. „Eine gute Idee", sagte Emre. „Dilan, dir wird es dort gut gefallen. So einen Ausblick bekommst du nicht alle Tage geboten." Wenige Minuten später saßen alle am Tisch. Leyla servierte eine Köstlichkeit nach der anderen. Sie war eine außergewöhnlich gute Köchin. Es roch nach Kreuzkümmel, Muskat und Zimt, nach frischem Koriander und Minze. Das frische Gemüse und die Joghurt- und Fleischgerichte leuchteten appetitlich in allen Farben. Es war ein Festival der Sinne und das wirkte sich auf die Stimmung der Tischgesellschaft aus. Sie lachten, aßen und tranken. Der Gesprächsfaden schien nicht abreißen zu wollen. Maren fühlte sich in der Gegenwart ihrer Freunde sehr wohl und unterhielt sich angeregt.

Dilan erwies sich als unterhaltsamer Tischnachbar. Zudem war er ganz Gentleman. Sobald Marens Blicke suchend über den Tisch glitten, reichte er ihr Schüsseln und Platten mit türkischen Mezze an. Den ganzen Abend über achtete er darauf, dass ihr Glas gefüllt war und schenkte notfalls nach. Zudem war er ein aufmerksamer Gesprächspartner. Maren dankte es Dilan stets mit einem breiten Lächeln. Doch im Laufe des Abends verlor sich ihr Blick immer wieder für kurze Momente im Raum. Ihre Gedanken gingen ihren eigenen Weg und landeten wie fremdgesteuert immer wieder bei Frank. So bemerkte sie nicht, dass Leyla ihr noch etwas von dem türkischen Engelshaar anbot. Als Emre und Dilan in eine lebhafte Diskussion um den Grand Basar verstrickt waren, nahm Leyla Maren beiseite: „Du wirkst in dich gekehrt. Und dann noch dein friedliches Lächeln. Ist alles in Ordnung bei dir?" Maren fühlte sich ertappt und suchte nach einer passenden Antwort: „Ja, es ist alles okay. Es ist schön, hier bei euch zu sein und ein paar Tage entspannen zu können. Ich freue mich schon auf die Stadt und das quirlige Treiben hier. Ich bin gespannt."

Dilan verabschiedete sich direkt nach dem Abendessen. Er wollte noch einen Kunden in einer Bar treffen. Yasemina und Ayda zogen sich in ihr Zimmer zurück. Emre verschwand in seinem Arbeitszimmer. Nun waren die beiden Freundinnen unter sich. „Das war ein sehr schöner Abend", sagte Maren. „Und das Essen war hervorragend. Du bist eine begnadete Köchin." Leyla lachte. „Danke. Ich freue mich, dass es dir geschmeckt hat. Möchtest du ein Glas Wein oder einen Tee? Rot oder weiß?" Maren wurde langsam unruhig. Sie sehnte sich danach, mit Frank zu chatten. Hoffentlich war er noch wach. Aber Maren wollte nicht unhöflich sein. „Ich nehme gerne noch einen Tee zum Abschluss." Leyla stand auf und ging zur Anrichte. Dort nahm sie die kleine Teekanne vom Samowar und füllte zwei Teegläser halbvoll mit dem rötlich schimmernden herrlich duftenden Tee. Anschließend füllte sie die Gläser mit heißem Wasser auf. Maren war keine ausgesprochene Teetrinkerin, doch gefiel ihr die türkische Tradition, jederzeit und an jedem Ort gemeinsam Tee zu trinken. Das entspannte und schaffte Nähe.

Nachdem Leyla die beiden dampfenden Teegläser auf den Tisch gestellt hatte, setzte sie sich Maren gegenüber und sah sie an. „Wie geht es Jan und Jonas? Was machen die zwei ohne dich?" Maren hielt ihr Teeglas in der rechten Hand und beobachtete, wie die Flüssigkeit sich im Glas sanft hin und her wiegte. „Es geht ihnen gut. Jan arbeite im Café, Jonas hat Schule. Die beiden freuen sich über ihre Männerauszeit. Da mache ich mir keine Sorgen." „Und wie kommt es, dass du so spontan nach Istanbul reisen wolltest?", setzte Leyla ihre Befragung fort.

Maren hielt immer noch ihren Blick gesenkt. Was sollte sie antworten? Früher oder später musste sie Leyla einweihen. Doch wie würde sie reagieren? Würde Leyla sie verstehen? Manchmal verstand Maren sich ja selbst kaum. Diese Geschichte mit Frank… es war alles so unwirklich, kaum greifbar und doch so präsent. „Ich brauchte dringend einen Tapetenwechsel. Die letzten Monate habe ich sehr viel gearbeitet. Und ich dachte, es wäre eine gute Gelegenheit, dass wir uns mal wiedersehen. Das war in der letzten Zeit doch sehr selten, zu selten für meinen Geschmack." Leyla stimmte Maren zu: „Ja, du hast recht. Ständig lassen wir uns von Familie und Job vereinnahmen. Freundinnen kommen dabei meist zu kurz. Umso besser ist es, dass du nun hier bist. Ich habe mich wirklich gefreut, als du mich angerufen hast." Maren blickte direkt in Leylas Augen. Ihre Freundin schien zu spüren, dass das nur die Hälfte der Wahrheit war. „Okay, aber das ist nicht alles, oder?" Bei dieser Frage breitete sich ein verräterisches Lächeln auf Marens Gesicht aus. Ihre Wangen erröteten. Sie war eine schlechte Schauspielerin. Nervös griff sie nach dem kleinen Löffel und rührte hektisch in ihrem Teeglas herum. Ihre Stimme überschlug sich fast. „Istanbul ist so lebendig und inspirierend. Genau das brauche ich jetzt. Ich hatte Lust auf die Stadt und auf euch natürlich."

Leyla blickte sie nach wie vor fragend an. Maren befürchtete, dass ihre Freundin weiter fragen würde. Zu ihrer Erleichterung wechselte sie das Thema: „Und was wollen wir morgen unternehmen? Sonntag ist leider der einzige Tag, an dem ich frei habe. Ab Montag muss ich wieder in die Uni, zumindest für einige Stunden." Maren war froh, heute Abend nicht mehr über Frank sprechen zu müssen und antwortete schnell: „Das ist kein Problem, Leyla. Ich kann etwas allein unternehmen. Außerdem habe ich mein Laptop dabei und muss eventuell arbeiten. Aber schön, dass du morgen Zeit hast. Was schlägst du vor?" „Was hältst du von einem Ausflug zu den Prinzeninseln. Das Wetter soll auf jeden Fall gut werden. Aber am besten entscheiden wir das morgen früh. Vielleicht begleiten uns Emre und Yasemina." Maren war froh, den Sonntag nicht direkt verplant zu haben. So gab es eventuell noch ein Zeitfenster für ein Treffen mit Frank. Das wollte sie direkt am nächsten Morgen mit ihm klären. „Perfekt! Ist es okay für dich, wenn ich jetzt schlafen gehe? Ich bin von der Reise doch sehr müde." „Natürlich. Dann werde ich mich noch ein wenig zu Emre gesellen. Wir sehen uns unter der Woche nur selten. Er arbeitet einfach viel zu viel." Emre war Leylas große Liebe. In jedem Satz, jeder Geste und allem Tun war die innige Vertrautheit zwischen den beiden zu spüren. Maren kannte kaum ein anderes Paar, das so gut harmonierte.

In ihrem Zimmer suchte sie nach ihrem Smartphone. Ob er noch wach war?

23:26:28 Frank: Gute Nacht, meine Königin.

Sie seufzte. Schade, dann würde es wohl heute nichts mehr mit dem Chat werden.

PRINZEN-SUCHE

28. April 2019

07:57 Frank: Guten Morgen, mein Schatz!

08:12 Maren: Mein Bluebird. Wann sehen wir uns heute?

Ein Lächeln huschte über Marens Gesicht. Frank war schon wach. Das war gut. Dann konnte sie sich direkt mit ihm verabreden. Vielleicht erst für den späten Nachmittag oder abends. Dann könnte sie mit Leyla noch den Tag verbringen. Maren schaltete das Display des Smartphones wieder aus. Sie war zwar hellwach, hatte aber keine Lust aufzustehen. Den Moment auskostend zog sie das Laken noch einmal bis unter das Kinn und kuschelte sich in das Kopfkissen. Die Aufregung und die Reise – sie war gestern Abend sehr müde gewesen und schnell eingeschlafen. Maren schloss die Augen und dachte an Frank. Dabei versuchte sie ihm so nah wie möglich zu sein. Etwas später drangen aus dem Flur Geräusche zu ihr. Sie räkelte sich und griff nach ihrem Smartphone. Es war schon halb neun. Vielleicht sollte sie langsam aufstehen.

Maren schlug das weiße Laken zur Seite und setzte sich auf. Dann ging sie zum Fenster und schob die hellen Vorhänge zurück. Sie blickte in den strahlend blauen Himmel. Das war echtes „Gute-Laune-Wetter". Auf dem Bosporus steuerten bereits die schweren Hochseetanker in Richtung Schwarzes Meer, umgeben von unzähligen in der Sonne glitzernden Ausflugsschiffen. Maren freute sich auf den Tag. Von den Prinzeninseln hatte sie bislang nur Gutes gehört. Wenn nur Frank sich endlich melden würde. Sie suchte ihre weiße Hose und die blaugemusterte Tunika aus dem Koffer und verschwand im Bad. Als sie geduscht und angezogen war, warf sie einen Blick auf das Smartphone. Immer noch keine Nachricht von Frank. Warum antwortete er nicht? Er war schon über eine Stunde nicht mehr online gewesen. Ausgerechnet heute! Sie hätte sich gerne mit ihm abgestimmt, bevor ihr Tag begann.

Als Maren die Küche betrat, saßen Leyla und Emre bereits am Frühstückstisch und tranken Tee. Die bodentiefen Fenster waren weit geöffnet und ließen die Morgenfrische in den Raum strömen. „Günaydin canim!" Leyla stand auf und küsste Maren auf beide Wangen. Emre erhob sich und begrüßte sie mit einem süffisanten Grinsen. „Meine deutsche Lieblingsfreundin, ich hoffe, du hast gut geschlafen. Was kann ich für dich tun? Möchtest du einen Cay oder einen türkischen Mokka?" Maren musste lächeln. „Danke! Ich habe sehr gut geschlafen und dann dieses traumhafte Wetter, was will ich mehr?" Maren ließ sich von der guten Laune der beiden anstecken. „Wow, und dann dieser Frühstückstisch!" Der Tisch war mit zahlreichen Köstlichkeiten übersät. Oliven, verschiedene Sorten Käse, Rohkost, verschiedene Brotaufstriche und Dips, Sucuk und Pastirma-Dörrfleisch, Börek und Menemen, eine Art Rührei mit frischen Tomaten und grünem Spitzpaprika. Dazu gab es Fladenbrot und Simits, die türkischen Sesamringe. Maren entschied sich für einen Tee und setzte sich zu den beiden an den Tisch.

„Die zwei Mädchen schlafen noch", sagte Leyla und grinste. „Yasemina steht am Wochenende meistens erst am späten Vormittag auf. Wir werden jetzt schon frühstücken, damit wir gleich starten können. Wir werden versuchen, um elf am Anleger Kabatas zu sein. Dort nehmen wir dann die Fähre nach Büyükada."

Marens Augen strahlten. Das war ein Programm ganz nach ihrem Geschmack. Nach dem Frühstück packten die beiden Frauen ihre Badesachen ein und machten sich auf den Weg. Emre blieb zu Hause bei Yasemina. So konnten die Freundinnen den Tag in Ruhe genießen. Für den Abend planten sie einen gemeinsamen Restaurantbesuch.

Als sie das Haus verließen, hatte Maren immer noch nichts von Frank gehört. Das irritierte sie. Es war nicht seine Art. Sie geriet ins Grübeln. Ob sie sich überhaupt treffen würden? Aber ja, eigentlich hatte er gestern quasi zugestimmt. Maren war verunsichert. Eigentlich hatte sie wenig Lust, sich durch solche Grübeleien den Tag verderben zu lassen. Bevor sie die Zimmertür hinter sich zu zog, hinterließ sie Frank noch eine Nachricht. Sobald sie auf der Straße war und keinen WLAN-Zugriff mehr hatte, würde sie für ihn nicht mehr erreichbar sein.

10:31 Maren: Ist alles in Ordnung bei dir? Ich würde dich gerne heute treffen. Leyla und ich verbringen den Tag auf Büyükada und werden nicht vor dem Abend zurück sein. Ich würde mich sehr freuen, wenn wir uns dann sehen könnten. Gib mir einfach kurz Bescheid, wann und wo wir uns treffen. Mir ist alles recht. Küsse!

Sie überlegte noch kurz, ob Sie Jonas anrufen sollte. Aber sie wusste nicht, ob er schon wach war oder bereits auf dem Weg zu seinem Fußballspiel. Sie entschied sich, ihm eine Nachricht zu schreiben. Telefonieren könnten sie abends. Dann war er auf jeden Fall zuhause.

10:33 Maren: Guten Morgen mein Sohn, viel Erfolg beim Spiel! Ich drücke euch die Daumen.

„Weißt du eigentlich, woher die Prinzeninseln ihren Namen haben", fragte Leyla, als sie endlich auf der Fähre saßen. Das Schiff war voller Menschen: Familien mit Kindern, Pärchen, Gruppen mit Jugendlichen und älteren Menschen. Sie alle nutzten diesen sonnigen Tag für einen Ausflug. Leyla und Maren ergatterten mit Mühe und Not einen Platz ganz oben auf dem Freideck. „Ich vermute, dass die osmanischen Prinzen hier ihre Sommerresidenzen hatten, in denen sie mit ihrem Harem eine entspannte Zeit verbrachten." Maren grinste und vor ihrem inneren Auge tauchte bereits die Szenerie eines orientalischen Serails auf. In der Mitte des Bildes stand ein junger Mann mit goldfarbenem Turban und einem samtroten Umhang mit goldenen Paspeln, Knöpfen und blauglänzenden Pluderhosen. Sein Blick war auf mehrere in fließende Seide gehüllte schwarzäugige Schönheiten gerichtet, die anmutig um einen Springbrunnen herumtanzten.

Leyla erwiderte Marens Grinsen. „Das würde zu der Idylle, die uns auf den Inseln erwartet, gut passen. Leider nein, meine Liebe, die Geschichte ist etwas grausamer. Getrieben von dem Streben nach Herrschaft und Macht kam es unter den Söhnen der Sultane immer wieder zu Thronstreitigkeiten. Um dies zu vermeiden, wurden die jüngeren Brüder einfach ermordet, sobald ein Thronfolger die Regierung übernommen hatte. So konnte kein anderer Anspruch auf den Thron anmelden. Erst seit Sultan Mehmet III, also seit ungefähr Anfang des 17. Jahrhunderts, wurden die jüngeren Söhne entweder lebenslang eingesperrt oder auf die Prinzeninseln verbannt. Sie lebten demnach nicht freiwillig auf den Inseln, sondern in Verbannung. Die Inseln sind dafür nicht der schlechteste Ort, wie ich finde." „Oh, da hast du recht. Lieber dort verbannt sein, als ermordet zu werden", erwiderte Maren, die interessiert zugehört hatte.

Die Fähre legte inzwischen unter dem Krach der dröhnenden Schiffsmotoren und dem lautem Möwengeschrei ab. Der Geruch des Schiffdiesels stieg Maren scharf in die Nase. Kurze Zeit später wurde dieser durch die frische Meerbrise abgelöst. Die Fähre steuerte vom Bosporus aus in südöstliche Richtung. Während sie sich langsam vom Festland entfernte, genossen die beiden Frauen schweigend den Blick auf das historische Stadtpanorama: Ganz links die Blaue Moschee, daneben die dem Meer zugewandte Hagia Sophia und der Topkapi-Palast. Weiter hinten die ebenso prachtvolle Süleymaniye Moschee. Die Sonne schien ihnen ins Gesicht und der Fahrtwind sorgte für angenehme Frische an diesem jetzt schon heißen Tag. Maren stellte sich an die Reling, um eine bessere Sicht auf die im Marmara-Meer verstreuten Inseln zu haben. Die neun Prinzeninseln lagen rund 20 Kilometer vor Istanbuls Küste. Das Wasser zog Marens Blick wie magnetisch an. Es sprudelte, formte sich zu Wellen, sank wieder ab und umspülte den Schiffsrumpf mit weißer Gischt. Sie konnte sich einfach nicht satt daran sehen. Das aufgewühlte Gewässer, die sich ständig ändernde Perspektive auf die Landschaft, der Geruch nach Salz und Meer, die leichte Brise, all das ließ sie ganz ruhig werden und tief in ihre Gedankenwelt eintauchen. Erneut stieg diese Sehnsucht in ihr auf, dieses brennende Verlangen nach Franks Nähe, begleitet von einem Ziehen im Bauch und diesem kleinen Kloß im Hals. Diese Berg- und Talfahrt zwischen absoluter Nähe und unendlicher Unerreichbarkeit umhüllte sie wie eine Wolke und trübte ihre Sicht. Ihr Blick verlor sich wie von selbst in den Tiefen des sich wiegenden Wassers. Der bittersüße Schmerz der Nichterfüllung stieg in ihr hoch: Warum zögerte Frank ihr Treffen hinaus? Was hielt ihn davon ab?

Leyla gesellte sich zu Maren an die Reling und ließ sich für einen Moment von der Aussicht vereinnahmen. Dann schaute sie Maren von der Seite an: „Jetzt mal ehrlich: Gibt es einen besonderen Grund für deine Reise? Warum jetzt? Warum Istanbul? Irgendetwas stimmt mit dir doch nicht." Maren zuckte zusammen. Leyla riss sie abrupt aus ihren Gedanken. Schweigen breitete sich zwischen den beiden aus. Wie unter einer Vakuumglocke der Stille schienen sie plötzlich wie abgeschirmt zu sein vom Lärm und Betrieb des quirligen Ausflugtrubels auf Deck. Nervös strich Maren über ihren linken Unterarm und blickte zum Horizont, wo sich die Grenze zwischen Himmel und Meer in einer Unendlichkeit verlor. Sollte sie Leyla von Frank erzählen? Mit unsicherem Blick wandte sie sich ihrer Freundin zu. Sie zog ihre Augenbrauen hoch, als ob sie sich entschuldigen wollte.

„Ich habe mich verliebt!"

Jetzt war es raus. Die Bombe war geplatzt. Eine Nachricht, die viele andere in Mitleidenschaft ziehen konnte. Und wenn sie ehrlich war, deren Konsequenzen sie im Moment nicht absehen konnte. Wie sollte sie Leyla das nur erklären? Bislang hatte sie mit niemandem darüber gesprochen. Maren hatte geschwiegen - all die Monate, in denen sie so intensiv gespürt hatte: Ich will Liebe, ich will Lust, ich will Leidenschaft. September, Oktober, November, Dezember, Januar, Februar, März, April. Sie verstand sich selber nicht. Sie, die immer abgeklärt, pflichtbewusst und vernünftig war. Selbst kleine Zweifel an ihrer Beziehung zu Frank hatten eine extrem kurze Halbwertszeit. Ihre Gefühle zu ihm schienen so intensiv, so kompromisslos, so übermächtig.

Wie sollte jemand anderes verstehen, warum sie auf diese Achterbahn der Gefühle so mir nichts dir nichts aufgesprungen war?

Warum sie diese rasante Fahrt mit heftigen Adrenalinschüben, unerwarteten Talfahrten und dem unabsehbaren Ende so genoss? Und warum das Aussteigen auf einer der langsamen Streckenpassagen nie eine Option für sie gewesen war? „Du hast dich verliebt? Richtig verliebt?" Die Überraschung stand Leyla ins Gesicht geschrieben. „Ja, richtig verliebt!" Maren sprach laut und deutlich, um dem Gesagten noch mehr Nachdruck zu verleihen. Ja, diese Verliebtheit war inzwischen ein wichtiger Teil ihres Lebens, so wie Jan, Jonas und ihr Job. Sie durfte es nicht länger verschweigen. Endlich war der Planet „Frank und Maren" in die Umlaufbahn ihres wirklichen Lebens eingedrungen. Das, was für sie manchmal so surreal erschien, diese symbiotische Beziehung, gewann nun durch ihre Worte an Realität. Was jedoch alles nicht einfacher machte.

Pause. Leyla drehte ihren Kopf kurz zur Seite und schaute in die sprudelnde Gischt. Mit ihrem rechten Daumen und Zeigefinger kneteten sie unterdessen ihre linke Hand. Dann strich sie sich ihre vom Wind zerzausten Haare aus dem Gesicht, hob ihren Blick und griff mit beiden Händen beherzt nach Marens Schultern. Lächelnd zog Leyla ihre Freundin zu sich heran und drückte sie an ihren weichen Körper. „Mensch Maren, das freut mich für dich. Das ist unglaublich! Komm, wir setzen uns wieder. Ich hole uns einen Cay und dann erzählst du mir, was los ist." Zielstrebig lief Leyla die Treppe zur Kajüte hinunter und verschwand im Bauch der Fähre. Nach wenigen Minuten erschien sie mit zwei Teegläsern in der Hand wieder an Deck und setzte sich zu Maren. Mit verunsicherter Stimme begann Maren zu erzählen, wie sie Frank im Internet kennengelernt und sich nach anfänglicher Skepsis Hals über Kopf in ihn verliebt hatte. Verschämt berichtete sie von ihrer Beziehung und davon, dass sie sich regelmäßig schrieben, manchmal telefonierten, aber bislang noch nie getroffen hatten. Immer wieder musste sie nach den passenden Worten suchen. Im Laufe des Gesprächs wurde Maren offener und die Worte kamen ihr leichter über die Lippen. Ihre Augen strahlten. Das Lächeln auf ihrem Gesicht schien nicht mehr weichen zu wollen. Sie sprach immer schneller und schneller. Ihre Stimme sprühte nur so vor Enthusiasmus. Sie sprang in ihren Gedanken hin und her. Die Worte überschlugen sich. Es war eine wahre Kunst, ihr zu folgen. Zum Glück war Leyla eine geübte Zuhörerin.

„Ein Wort von ihm genügt, und ich fühle mich wie elektrisiert und betäubt. Ich sehne mich nach seiner Nähe, und er nach meiner. Es ist, als ob wir uns wie zwei winzige Glühwürmchen in der Dunkelheit des riesigen Universums Lichtsignale gesendet hätten, um einander zu finden. Ich spüre ein festes Band zwischen uns. Und das beruht auf Gegenseitigkeit. Dieses Band ist flexibel und dehnbar wie Gummi. Es entfernt uns voneinander, aber es bringt uns immer wieder zueinander zurück. Frank ist auf wundersame Weise in mein Leben getreten. Er lässt mich ganz ich selbst sein. Er ist meine „Wahrheit", mein Spiegel, auch wenn er vielleicht nicht der Wahrheit anderer entspricht. Er lässt sich nicht mit Stereotypen erfassen. Aber das ist nicht wichtig und das macht unsere Beziehung nicht aus." Leyla holte tief Luft. Sie war sichtlich berührt: „Wow, das sind große Worte und tiefe Gefühle, von denen du sprichst. Zwischen euch scheint etwas ganz Besonderes zu passieren."

Maren war nicht zu bremsen: „Ich genieße es, wenn dieses Gefühl des Verliebtseins in mir aufsteigt und meinen ganzen Körper mit einer prallen Wärme erfüllt. Ich bin voller Begierde und Emotionen. Dieses Gefühl einer bedingungslosen Liebe erfüllt mich mit einer großen Freude und Seelenfrieden. Ich fühle, ich werde für diesen Mann immer etwas empfinden, ganz gleich, ob er meine Liebe erwidert oder nicht, ganz gleich, ob er Teil meines Lebens ist oder nicht." Leylas Augen wurden immer größer. Ihre Stirn zog sich leicht in Falten. „So habe ich dich noch nie erlebt. Aber wie kannst du dich so heftig in jemanden verlieben, den du nur aus Chats und Telefonaten kennst? Wie kannst du über beide Ohren verliebt sein, obwohl ihr euch nie getroffen habt? Und dann geht das schon seit Monaten so." Die Ungläubigkeit stand Leyla ins Gesicht geschrieben. „Ich weiß, Leyla, dass da etwas ganz Entscheidendes fehlt. Und bereits nach den ersten Tagen unseres Kennenlernens war mir klar, dass wir uns schnellstens treffen müssen. Leider ist es dazu bislang nicht gekommen. Aber genau deswegen bin ich hier. Ich muss ihn sehen, um jeden Preis. Ich muss endlich wissen, woran ich bin und ob die Magie unserer Liebe in der Realität Bestand hat."

Nach insgesamt vier Zwischenstopps und rund anderthalb Stunden Fahrtzeit erreichte die Fähre Büyükada, die größte der Prinzeninseln. Helle Strände, grüne Pinienwälder und glasklares Wasser machten Maren neugierig auf ihr heutiges Ausflugsziel. Die Anlegestelle war sehr belebt. Auch wenn viele Passagiere bereits auf den anderen Inseln ausgestiegen waren, spuckte die Fähre nun Hunderte von Menschen gleichzeitig an Land. Maren und Leyla schlängelten sich durch die engen Straßen. Cafés, kleine Souvenirgeschäfte und Händler säumten den Weg zum Uhrturm auf dem Iskele Platz. Die meisten Ausflügler steuerten weiter zur „Droschken-Station". Auf den Prinzeninseln waren Autos – abgesehen zu dienstlichen Zwecken - verboten. Wer die Insel erkunden wollte, ging entweder zu Fuß oder mietete sich eine Pferdekutsche oder ein Fahrrad. Leyla und Maren entschieden sich für eine Fahrradtour und steuerten den nächsten Fahrradverleih an. Die Mountainbike-Räder waren zwar nicht im allerbesten Zustand, aber für die Strecke ausreichend. Ihre Badetaschen verstauten sie in den Körben, die am Lenker hingen. Maren freute sich auf die Tour mit Leyla. Und sie war fest entschlossen, sich durch Franks „Funkstille" nicht den Tag vermiesen zu lassen. Sobald sie zurück in Istanbul war, würde sie sich mit ihm verabreden. Genau! Vielleicht hatte er heute Morgen keinen WLAN-Empfang gehabt oder sein Smartphone war nicht aufgeladen. Es gab zig Erklärungen, warum er sich nicht gemeldet hatte. Warum sollte sie sich jetzt unnötig Sorgen machen?

Und dann ging es los in Richtung Luna Park, der nur wenige Kilometer vom Anleger entfernt lag. Maren und Leyla fuhren zunächst hintereinander her, da sie sich die Straße mit zahllosen Pferdekutschen teilen mussten. Im Ort säumten die für die Insel typischen weißen viktorianischen Holzhäuser die Straßen. Die meisten von ihnen befanden sich in einem verwitterten Zustand und hatten sicherlich schon glanzvollere Zeiten erlebt. Auch wenn viele der Gebäude und Grundstücke in einem schlechten Zustand waren, so hatten sie dennoch an ihrem leicht morbiden und wildromantischen Charme nichts eingebüßt. Je weiter die beiden Frauen sich von der Ortschaft entfernten, desto weniger Pferdedroschken begegneten ihnen. Schon bald fuhren sie vorbei an kleinen Bruchsteinmauern und durch schattige Kiefern- und Pinienhaine. Für kurze Momente gab die Böschung den Blick auf das tiefblaue Meer frei. Die Temperaturen waren mit gut 20 Grad Celsius ideal für eine Radtour. Trotzdem kamen die zwei durch das ständige Bergauf- und Bergabfahren ins Schwitzen. Bis zu ihrem ersten Etappenziel mussten sie gleich mehrere längere Steigungen bewältigen.

Am Lunapark stellten Maren und Leyla ihre Räder ab. Auch für die Kutschfahrer war dieser Ort ein beliebter Zwischenhalt. Familien mit Kindern besuchten den Vergnügungspark, andere Ausflügler picknickten oder machten sich von hier aus auf den Fußweg zum höher gelegenen St. Georgkloster. „So", sagte Leyla und nahm einen ordentlichen Schluck aus ihrer Wasserflasche. „Das war der anstrengende Teil unserer Radtour. Jetzt haben wir fast die höchste Erhebung der Insel erreicht." Maren hatte ebenfalls gerade die Flasche angesetzt und brauchte einen Moment, bis sie etwas sagen konnte: „Was heißt fast?" „Den Rest der Strecke bis zum Kloster gehen wir zu Fuß. Der Weg ist steil und steinig. Mit den Fahrrädern schaffen wir das nicht." Nach wenigen Metern war Maren klar, was Leyla meinte. Die Straße war nicht nur steil, sondern voller Geröll und mit tiefen Furchen durchzogen. Schweigend gingen die beiden nebeneinander her. Mit jedem Meter wurde das Atmen beschwerlicher. Immer wieder passierten sie Bäume, in denen farbige Bänder hingen. „Das sind Wunschbäume", erklärte Leyla. „Wenn du einen Wunsch hast, hängst du hier einfach ein Band auf. Vor allem Frauen mit Kinderwunsch machen davon Gebrauch. Glaube versetzt Berge." Leyla grinste. Maren schüttelte den Kopf und sagte gespielt vorwurfsvoll „Schade, dass du mir das nicht vor unserer Abfahrt gesagt hast. Dann hätte ich ein Band eingepackt. Auch ich habe Wünsche."

Gut zwanzig Minuten später hatten sie das auf dem Hügel liegende Kloster erreicht. Die Ruhe, die dieser Ort ausstrahlte, zog Maren gleich in seinen Bann. Am Eingang der rund tausend Jahre alten griechischen Abtei empfing sie eine kleine, reich an Ikonen geschmückte Kirche. Am meisten beeindruckte Maren die fantastische Aussicht, die man von hier oben auf das Meer und die umliegenden Hügel genießen konnte. Gerne würde sie diesen traumhaften Ort mit Frank besuchen. Leyla beobachtete ihre Freundin: „Darf ich dir etwas sagen?" Maren nickte billigend. „Deine Gesichtszüge haben in der Tat etwas sehr Weiches und Offenes. Man kann dir das Glück, das du in der Beziehung zu diesem unbekannten Mann gefunden hast, im Gesicht ablesen." Die beiden Frauen mussten lächeln. Nach einer kurzen Pause sprach Leyla weiter: „Doch diese Form der bedingungslosen Liebe, die du mir heute geschildert hast, kenne ich eigentlich nur aus der Kunst und der Literatur." „Und was ist mit Emre und dir?" „Du weißt, dass ich meinen Mann über alles liebe. Emre ist die Liebe meines Lebens. Er liebt mich und trägt mich auf Händen. Doch weiß ich nicht, ob unsere Liebe wirklich selbstlos ist, wie du es schilderst. Das ist schon etwas sehr Außergewöhnliches."

Kurz darauf machten sich die beiden an den Abstieg. Als sie ihre Fahrräder erreichten, setzten sie ihre Fahrt auf dem Höhenweg fort. Hier gab es nur noch wenige Steigungen und kaum Ausflügler. „Es ist wunderschön hier", sagte Maren begeistert, als sie zum Lunch ein kleines Lokal oberhalb einer Bucht ansteuerten. „Es war eine gute Idee, die Insel mit den Fahrrädern zu erkunden. Sonst wären wir hier nicht vorbeigekommen. Und was für ein friedvoller Ort das ist." In der Tat hatte das Restaurant nur wenige Besucher, da man es nur zu Fuß oder mit dem Fahrrad erreichen konnte. Maren und Leyla setzten sich an einen der freien Tische, die zwischen den Bäumen verteilt im Schatten standen.

„Das letzte Mal war ich mit Selin hier", erinnerte sich Leyla. „Kurz bevor sie nach Paris gegangen ist. Das war ein wunderschöner Tag wie heute." „Wie geht es Selin eigentlich? Wie gefällt ihr das

Studium?" erkundigte sich Maren. „Oh, sie ist begeistert. Das Schauspielstudium macht ihr viel Spaß. Auch wenn es anfangs nicht leicht für sie war. Der Unterricht findet in Französisch statt, manche Kurse in Englisch. Besonders mit der französischen Sprache hatte sie zunächst Schwierigkeiten", berichtete Leyla. „Aber ich glaube, dass es ihr gut geht. Wenn sie nur nicht so weit weg wäre." Leylas Stimme klang bedrückt. „Vermisst du sie sehr?" „Ja, irgendwie schon. Das ist das erste Mal, dass wir so lange getrennt sind, mein kleines Mädchen und ich." Maren blickte in Leylas Augen: „Meine Liebe, aus deinem kleinen Mädchen ist eine selbstbewusste junge Frau geworden, die sich zutraut nach Paris zu gehen, um dort Schauspielerin zu werden. Das setzt Größe voraus." „Aber manchmal frage ich mich, ob sie sich damit nicht überfordert und ob sie die richtigen Entscheidungen trifft?"

Maren legte ihre Hand auf Leylas Arm: „Bitte mach dir keine Sorgen. Du und Emre, ihr zwei habt Selin mit Liebe großgezogen. Sie wird schon das Richtige tun. Fehler zu machen, gehört zum Erwachsen werden dazu." Maren kannte Leyla und konnte nachfühlen, wie schwer es ihr fiel, im Leben ihrer Kinder nicht mehr den Ton angeben und ihre Küken beschützen zu können. Und mit einem Lächeln fuhr sie fort: „Auch wenn es dir als Mutter schwerfällt, sie gehen zu lassen und nicht mehr in alle Entscheidungen miteinbezogen zu werden. Aber erinnere dich bitte daran, als du in Selins Alter warst. Du hast sogar gegen den Willen deines Vaters mit dem Literaturstudium begonnen. Und das war die richtige Entscheidung, denn Literatur ist deine Leidenschaft. Und heute verdienst du damit deinen Lebensunterhalt." Leyla seufzte: „Du hast recht. Vielleicht sollte ich mir einfach nicht so viele Gedanken machen." „Vertraue ihr. Selin wird ihren Weg gehen. Und letztlich weiß sie immer, wen sie anrufen kann, wenn sie Hilfe braucht." „Maren, es ist alles richtig, was du sagst. Natürlich. Ich verstehe das. Aber auch wenn der Kopf „Ja" sagt, heißt das noch lange nicht, dass ihm das Herz folgt. Vielleicht brauche ich einfach noch ein bisschen Zeit. Aber ich freue mich schon sehr auf den Sommer. Selin hat dann Semesterferien und wird zumindest einige Wochen bei uns in Istanbul sein."

Nach einem kleinen Imbiss mit Börek und Bulgursalat setzten Leyla und Maren ihre Rundfahrt fort. Kurz bevor der Menschentrubel in Adalar sie wieder verschlang, machten sie noch einen Stopp am Strand. Dort verbrachten sie einen entspannten Nachmittag am Meer. Gingen baden, legten sich in die Sonne, bestellten Limonade in der Strandbar und beobachteten die anderen Badegäste. Langsam wurde Maren unruhig. Es zog sie wieder zurück in die Stadt. Sie wollte sich endlich mit Frank verabreden. Leyla wäre gerne noch etwas geblieben. Doch sie hatte Verständnis für Marens Nervosität. Sie zogen sich etwas Trockenes an und packten ihre Strandtaschen ein. Bis in den Ort waren es nur noch wenige Kilometer zu fahren. Erschöpft von dem Radfahren und dem Schwimmen, dem Meerwasser und der Sonne gaben Leyla und Maren die Fahrräder zurück und warteten auf das nächste Fährschiff, das sie wieder nach Istanbul bringen sollte. Von der Strandpromenade aus beobachtete Maren die vielen kleinen bunten Holzboote der Fischer, die im Wasser hin und her schaukelten. Das beruhigte sie und stimmte sie hoffnungsvoll auf den Abend ein.

Endlich lag die nächste Fähre am Anleger bereit für das Boarding. Sie hatten Glück und erwischten einen Platz auf dem offenen Deck. Wie am Morgen begleiteten Möwen das Schiff und boten ein wahres Flugspektakel. Elegant und scheinbar federleicht durchzogen sie den Himmel in Hab-Acht-Position, ob sie nicht eine Krume des Sesamrings ergattern konnten, den die Fährgäste ihnen zuwarfen. Maren folgte ihnen mit ihren Augen. Wie wunderschön diese Allesfresser der Meere aussahen, während das Sonnenlicht ihre Flügel transparent schimmern ließ und sie stolzen Hauptes durch den blauen Himmel segelten. Und wie geschmeidig und rasant sie auf jeden Brocken Simit hinunterschossen, um dann wieder vornehm durch die Lüfte zu entschweben.

Maren und Leyla schwiegen fast die ganze Fahrt über. Selbst Leyla war zu müde für ein Gespräch. Wie im Flug zog die Fähre an den grün bewaldeten Prinzeninseln vorbei. Die über den Hügeln verteilten hellgestrichenen Holzhäuser wirkten beschaulich und freundlich. Die Restaurants und Verkaufsstände an den Promenaden waren überall belebt. Immer wieder fiel Marens Blick auf die Weite des Meeres und die Inseln, die nach und nach am Horizont verschwanden. Ja, es war ein wunderschöner Tag gewesen. Nach dem holprigen Start und der Enttäuschung über Franks ausbleibende Nachricht hatte sie damit nicht gerechnet.

Auf Heybeliada, Burgazada und Kinaliada nahm die Fähre noch weitere Tagesausflügler an Bord. Inzwischen drängelten sich viele Passagiere an der Reling, um den Ausblick zu genießen oder die Möwen-Flugshow zu beobachten. Maren konnte von ihrem Platz aus kaum noch einen Blick auf das offene Meer erhaschen. Aber das war ihr egal. Ständig fielen ihr die Augen zu und sie nickte für Sekunden oder gar einige Minuten ein. Leyla erging es ähnlich. Als die Fähre in Eminönü anlegte, war Marens Schläfrigkeit plötzlich wie weggeblasen.

Wieder in der Wohnung schloss Maren die Zimmertür hinter sich und suchte als erstes in ihrer Tasche hektisch nach ihrem

Smartphone. Als sie es endlich in den Händen hielt, poppte direkt eine Nachricht auf.

11:15 Jan@Familie: Wo sind Jonas Schwimmsachen?

Maren schüttelte den Kopf. Das war typisch für die zwei. Selbst wenn sie verreist war, verließen sich die beiden immer auf sie. Termine, verschwundene Gegenstände: Maren konnte ihrer Rolle als Mutter und Ehefrau nicht entkommen. Der Alltag holte sie immer wieder ein, egal wo sie war und was sie gerade machte. Bestimmt hatte Jonas seine Schwimmsachen inzwischen selbst gefunden. Ansonsten brauchte er sie jetzt garantiert nicht mehr. Der Tag war vorbei.

Aber sie hatte keine Nachricht von Frank. Was sollte das heißen? Maren war frustriert. Sie warf ihre Tasche auf den Boden und blickte aus dem offenen Fenster. Die Abendsonne hüllte die Stadt bereits in ein sanftes Licht. Die hell gestrichenen Häuserfassaden leuchteten in cremig weichen Farbtönen. Mehrere Möwen zogen laut schreiend ihre Kreise. Warum meldete er sich nicht?

Doch jetzt war erst Jonas an der Reihe. Das war wichtig. Er war sofort am Apparat: „Hey Großer, wie lief das Spiel?" „Oh, Mum, das war vielleicht eine Action." Und es folgte ein langer Bericht über verschiedene Spielzüge, unzählige Beinahe-Tore und das Highlight des Spiels: „Und dann kam der Krankenwagen. Das hat gedauert. Die Sanitäter haben Lukas auf der Bahre weggetragen. Er konnte gar nicht auftreten. Papa hat ihn im Krankenwagen begleitet. Du weißt, Lukas Eltern kommen nie zu den Spielen." Maren hörte gespannt zu. Das war Jonas: meistens wortkarg, doch wenn es etwas gab, was ihn wirklich bewegte, dann musste man sich auf eine ausladende Geschichte gefasst machen. „Oh, das tut mir leid für Lukas. Ich hoffe, dass es nichts Ernstes ist", sagte Maren mitfühlend. „Ich glaube, nein", beschwichtigte Jonas. „Und habt ihr noch weitergespielt?" „Na, klar. Wir haben doch geführt und mussten den Sieg nach Hause bringen." Sie konnte ihn grinsen hören. „Und dann warst du heute noch schwimmen?" „Yep." Alles klar. Jonas einsilbige Antwort signalisierte ihr, dass sein Gesprächsbedarf gedeckt war. Maren beendete das Telefonat und öffnete WhatsApp.

18:32 Maren: Hallo Frank, ist alles in Ordnung? Geht es dir gut? Können wir uns heute Abend sehen?

18:35 Frank: Liebe Maren, mein Engel, ich hoffe du hattest einen schönen Tag mit deiner Freundin.

18:35 Maren: Ja, wir haben den Tag weidlich ausgekostet. Doch was ist mit uns? Wann können wir uns sehen?

18:35 Frank: Liebes, ich hatte den ganzen Tag beruflich zu tun. Leider bin ich immer noch nicht fertig. Ich hoffe, dass es morgen klappt, kann aber nichts versprechen.

Maren fühlte, wie Wut in ihr aufstieg. Sie war maßlos enttäuscht. Ja, er hatte ihr nichts versprochen. Im Gegenteil, er hatte sie sogar gebeten, nicht nach Istanbul zu kommen. Wieder einmal. Aber nun war sie hier. Wie konnte er sie derart ignorieren. Ihre Liebe zu ihm war in den vergangenen Monaten so schnell und so üppig gediehen. Aus einem zarten Pflänzlein war in kürzester Zeit eine pralle Frucht entstanden. Nein, sie würde nicht wieder abreisen, ohne ihn getroffen zu haben. Ihre Liebe drohte wie ein reifer Apfel vom Baum zu fallen und sich Druckstellen zuzuziehen. Und das, so fürchtete sie, würde sie nicht überstehen. Denn was zuerst eine kleine Druckstelle war, würde sich nach und nach zu einem matschigen Fleck entwickeln. Die einst so dicke und intensiv leuchtende Frucht würde anfangen zu gären und zu faulen, bis der Gestank unerträglich wäre. Maren kannte diesen modrigen Geruch nur zu gut. Sie war inmitten eines großen Obstgartens aufgewachsen. Äpfel, Birnen, Pflaumen, Mirabellen, Kirschen - so prall, aromatisch und wohlduftend diese Früchte im reifen Zustand waren, so anfällig waren sie doch für Schädlinge jeder Art. Einmal angestochen oder angefressen, war es zu spät. Es gab keine Chance mehr, die Süße der Frucht zu kosten. Bevor man es sich versah, war die ganze Frucht verfault und nur noch ein Fall für den Kompost. Nein, das sollte mit ihrer Liebe nicht passieren, nicht ohne einmal wirklich davon gekostet zu haben.

18:36 Maren: Heute ist Sonntag!!!

18:36 Maren: Für einen Tee hast du doch sicher Zeit.

18:37 Frank: Liebes, sich auf einen Tee zu treffen, ist wie sich gar nicht zu sehen. Wir haben so lange auf diesen Tag gewartet. Es wird mir nicht reichen, dich nur für eine Stunde zu haben. Und dann stecke ich mit meinen Gedanken vielleicht noch mitten in meinem Job. Ich bitte dich, Kleines!

18:40 Maren: Ich will dich einfach nur sehen. Das ist alles. Aber du weist mich immer zurück. Das ist verletzend. Das einzige, worum ich dich jemals gebeten habe, ist ein Treffen. Doch du meidest mich. Warum nur? Um genau das herauszufinden, bin ich hier. Ich muss wissen, ob ich mein Herz dem richtigen Mann geschenkt habe. Aber deine Reaktion heute Abend lässt mich zweifeln. Meine Gefühle für dich sind so tief und wahr. Und genau deswegen, mein Schatz, ist es an der Zeit, den Worten Taten folgen zu lassen.

18:40 Frank: Ich vermisse dich und ich wünsche mir nichts sehnlicher, als dich in den Armen zu halten. Aber es geht nicht. Nicht jetzt!

18:41 Maren: Dann mach's gut. Einen schönen Abend! Jeder muss seine Prioritäten selber setzen. Bye.

18:41 Frank: Es tut mir leid!

Maren war am Boden zerstört. Sie war enttäuscht und frustriert. Ihr Körper fühlte sich bleiern an. Sie kramte in ihrer Tasche. Dort musste noch etwas Schokolade sein, die sie als Reiseproviant vorsorglich eingepackt hatte. Endlich zog sie eine halbe Tafel Herrenschokolade aus einer Seitentasche und ließ die Kakaoaromen auf ihrer Zunge zergehen. Das entspannte sie ein wenig. Sie ging ins Bad. Eine Dusche würde ihr jetzt guttun, den Sand und das Salzwasser von ihrer Haut spülen und die Wut und Enttäuschung aus ihrem Kopf vertreiben. Während sie den Duschkopf in der Hand hielt, atmete sie langsam tief durch die Nase ein und ließ die Luft in ihren Bauchraum strömen, dann hielt sie die Luft an, zählte bis vier und ließ sie auf acht Takte durch den Mund wieder entweichen.

Minutenlang rauschte das warme Wasser über ihren Körper. Immer wieder und wieder fing sie das feuchte Nass mit ihren zusammengelegten Händen auf, beobachtete dabei die stetig wachsende Wasserlache und goss sie schließlich mit einem Schwall über sich aus. Wieder und wieder. Solange bis sie in ihrem Kopf etwas mehr Klarheit hatte. Es war „aus", eindeutig. Die Beziehung zu Frank hatte keine Zukunft. Was sollte sie mit einem Mann, der sie nicht einmal treffen wollte? Sie wollte keine virtuelle Daueraffäre. Hatte Frank ihr etwas vorgemacht? Oder hatte sie sich selbst etwas vorgemacht? Vielleicht war es wirklich an der Zeit, einen Schlussstrich zu ziehen? Vielleicht sollte sie sich endlich wieder auf sich und ihr Leben mit Jan und Jonas konzentrieren? Auch wenn ihr das nicht leichtfallen würde. Aber möglicherweise gelänge es ihr, die Energie und die Inspiration, die Frank ihr gegeben hatte, in ihr Leben zu tragen? Fragen über Fragen, auf die sie im Moment keine Antworten hatte. Nur in einem Punkt war Maren sich sicher. Sie würde sich die Tage in Istanbul nicht vermiesen lassen. Ihr Leben in Frankfurt war anstrengend genug und sie hatte nur selten Zeit für sich. Daher stand für sie fest: Der Programmpunkt „Frank treffen" wurde ersatzlos gestrichen. Stattdessen wollte sie ihre Zeit mit Leyla und ihrer Familie verbringen.

Als Maren ins Wohnzimmer ging, war ihr größter Ärger verraucht. Sie fühlte sich besser. Aber traurig war sie natürlich immer noch. Doch wollte sie sich nichts anmerken lassen. Leyla unterbrach ihre Unterhaltung mit Emre: „Maren, komm setz dich zu uns." Noch während Maren sich neben sie auf das Sofa setzte, schenkte Leyla ihr einen Tee ein. Auf dem Tisch standen Kristallschalen mit Gebäck, Baklava und bunten Melonenspießen. „Wie haben dir die Prinzeninseln gefallen?", fragte Emre. „Es war das erste Mal, dass ich die Inseln besucht habe. Es war ein wunderschöner Tag: die Fahrt mit der Fähre, die Radtour, der Blick auf das Marmara-Meer und Istanbul. Es war wunderbar. Und dann konnte ich noch am Strand gemeinsam mit Leyla entspannen." „Oh, dann bist du eine Rarität", frotzelte Emre. „Ich kenne so gut wie niemanden, der mit Leyla entspannen kann." „Lass das", wies seine Frau ihn zurecht. „Du hast keine Ahnung, wie erholsam ein Tag mit mir sein kann, weil du so gut wie nie einen mit mir verbringst. Aber du hast Recht, irgendwie sieht Maren ein wenig erschöpft aus."

„Ja, die Sonne, die Seeluft und die Bewegung", bestätigte Maren. „Dieser Tee wird mich sicherlich wiederbeleben." „Das ist prima", sagte Leyla. „Ich möchte nämlich gerne mit dir heute Abend etwas Essen gehen. Nicht weit von hier ist ein sehr gutes Lokal mit einer fantastischen Aussicht auf den Bosporus." Auch Emres Augen strahlten bei dem Gedanken an das Restaurant. Er hatte dort schon öfter mit seiner Frau und Freunden gegessen. „Dir wird es dort gefallen! Das Essen ist außergewöhnlich und es gibt für jeden Geschmack etwas. Nicht nur türkische Spezialitäten, sondern auch Gerichte aus der mediterranen Küche." Emre hob die Schultern, als wolle er sich entschuldigen. „Gerne würde ich euch begleiten, meine Lieben. Aber ich bin heute Abend schon mit Yasemina verabredet. Wir wollen uns eine Pizza bestellen und einen Film auf Netflix anschauen." Ein breites, leicht künstlich wirkendes Grinsen zog sich über sein ganzes Gesicht. Maren ahnte, dass der Restaurantbesuch für ihn sehr verlockend gewesen wäre. Er war ein Genussmensch. Aber einen Filmabend mit seiner Tochter konnte er nicht ausschlagen. „Gut, dann machen wir uns jetzt auf den Weg", löste Leyla die Runde auf, küsste Emre und war mit Maren im Schlepptau durch die Tür.

Leyla hatte sich von den Strapazen des Ausflugstages wieder erholt und plapperte auf dem Weg die ganze Zeit fröhlich drauf los: „Das Schöne daran, in Cihangir zu wohnen, ist, dass du mitten drin bist. Es ist alles fußläufig und in nur wenigen Minuten erreichbar." „Das hört sich gut an", bekräftigte Maren. „Selbst abends kann ich als Frau allein oder mit einer Freundin problemlos in ein Café oder ein Restaurant gehen, ohne dabei schief angeguckt zu werden. Hier lebt eine junge Generation, die gebildet und offen für die Welt ist. Hier wohnen Menschen, die viel reisen und den westlichen Lebensstil mögen." Maren nickte zustimmend. „Wusstest du, dass viele Künstler, Schauspieler und Schriftsteller in Cihangir leben? Auch das Elternhaus von Orhan Pamuk liegt in unserem Viertel." „Ach, ja?" Maren schnalzte anerkennend mit der Zunge. Natürlich kannte sie Orhan Pamuk, den Literaturnobelpreisträger. „Das Museum der Unschuld" zählte zu ihren Lieblingsbüchern. Eine ganz außergewöhnliche Liebesgeschichte. Aber war nicht jede Liebesgeschichte etwas Besonderes? Peng. Schon wieder machte sich Frank in ihrem Kopf breit. Ständig schweiften ihre Gedanken ab. Sie hatte Mühe, sich auf das Gespräch zu konzentrieren. Nur mit Schwierigkeiten konnte sie Leylas Worten folgen. Doch da Leyla ohnehin immer den größeren Redeanteil an den Gesprächen hatte, fiel es der Freundin weiter gar nicht auf, dass Maren kaum einen Ton sagte.

Nach wenigen Minuten Fußweg erreichten die beiden Frauen ein etwas unscheinbar wirkendes Wohnhaus. Maren hatte sich bei Leyla untergehakt und schaute etwas irritiert. „Ich weiß, es wirkt nicht gerade sehr einladend", beeilte Leyla sich zu sagen, „aber du wirst nicht enttäuscht sein. Es ist genau das richtige Lokal, um diesen wunderschönen Tag ausklingen zu lassen. Du wirst sehen." Aber das Stirnrunzeln wollte nicht aus Marens Gesicht weichen. Doch das hatte andere Gründe. So sehr sie versuchte, ihren Ärger über Frank auszublenden, desto weniger gelang es ihr. Während sich die Nacht an diesem warmen Frühsommerabend über Istanbul senkte und bunte Lichter die Stadt verzauberten, spürte sie schmerzhaft ihre Sehnsucht nach Frank, seiner Nähe und seiner Aufmerksamkeit.

Ein Aufzug brachte die zwei Freundinnen in die fünfte Etage des Hauses. Dort erwartete sie ein in barockem Charme stilvoll eingerichtetes Lokal. Doch das Beste kam erst, als Maren und Leyla auf der Dachterrasse an ihrem reservierten Tisch Platz genommen hatten. Von hier oben hatten sie einen perfekten Rundumblick auf Istanbul. Sowohl der asiatische Teil der Stadt, wie auch das Goldene Horn und der Bosporus lagen ihnen zu Füßen. Maren inhalierte förmlich den Ausblick. „Und zu viel versprochen?", fragte Leyla vorsichtig. „Wow, das ist wirklich fantastisch!", fand Maren ihre Sprache wieder.

Der Kellner kam an den Tisch und brachte Brot, Oliven und eine Käsecreme. Leyla übernahm die Bestellung und orderte für beide Wasser, eine Flasche Wein, eine Platte mit Mezze und im Ofen gebackenen Seebarsch mit Gemüse. Endlich kam Leyla ein wenig zur Ruhe. Dann nahm ihr Blick Maren wieder fest ins Visier. „Und, hast du etwas von Frank gehört? Seht Ihr euch?" „Ja und nein", antwortete Maren mit wackeliger Stimme. Dabei wiegte sie ihren Kopf leicht hin und her. Um Leylas forschendem Blick zu entkommen, senkte sie ihre Augen. Mit Mühe versuchte sie, die aufsteigenden Tränen zu unterdrücken. Stille lag über den beiden. Jetzt bloß nicht losheulen. Krampfhaft versuchte Maren, ihre Tränen zurückzuhalten - Tränen der Wut, der Enttäuschung, der Trauer. Warum konnte sie nicht einfach cool sein? Im Kontakt mit Frank fühlte sie sich immer so stark und sicher. Alles schien klar: entweder oder, jetzt oder nie, schwarz oder weiß. Doch nur wenige Minuten später brach alles wie ein Kartenhaus in sich zusammen. Nein, mit Frank war nie etwas einfach schwarz oder weiß, stattdessen gab es unzählige Grauschattierungen. Doch wie lange noch konnte sie dieses ewige Grau ertragen? Dieses ständige auf der Stelle treten? Diese unerfüllte Sehnsucht?

Leyla beugte sich über den Tisch und griff nach Marens Händen. „Ach, Canim …" Sie wartete, bis ihre Freundin sich ein wenig gefasst und ihre Sprache wiedergefunden hatte. „Seitdem wir uns kennen, wollen wir uns treffen. Eigentlich wollte er nach Frankfurt kommen. Es gab schon mehrere Termine. Aber jedes Mal ist etwas dazwischengekommen. Einmal hatte er berufliche Verpflichtungen, ein anderes Mal war er krank. Daraufhin wollte ich ihn in Istanbul besuchen. Aber Frank lehnte das ab und vertröstete mich. So war es auch dieses Mal. Aber ich wollte nicht länger warten. Ich muss ihn endlich kennenlernen." „Das heißt, du vermutest, dass er euer Treffen hinauszögert?", unterbrach Leyla sie. „Irgendwie ja! Es ist fast das einzige Thema, bei dem wir permanent aneinandergeraten." „Merkwürdig. Lebt er hier in Istanbul? Ist er Türke?" „Jein, er wohnt und arbeitet hier, ist aber Österreicher. Er handelt mit Medizintechnik, hauptsächlich in der Nahostregion. Im Moment arbeitet er an einem Großauftrag. Das Projekt nimmt ihn sehr in Anspruch. Ich verstehe das alles. Doch was kann ich tun? Ich sehne mich so sehr nach ihm." Marens Stimme klang frustriert. „Du hast recht, sauer zu sein, meine Liebe. Das ist nur verständlich. Aber warum ist es bis heute zu keinem Treffen gekommen? Und warum hältst du trotzdem an dieser Beziehung fest?", hegte Leyla Zweifel. Maren dachte einen Moment nach. „Ich weiß es nicht. Ich weiß nur, dass ich mich ihm zutiefst verbunden fühle, ganz gleich, was er macht. Wenn wir uns schreiben oder miteinander telefonieren, kann ich nicht klar denken, nicht klar reden."

Und schon keimten wieder dieses ihr wohlbekannte lustvolle Leiden und verzehrende Verlangen in Maren auf. So ambivalent, so schön und schmerzhaft zugleich, hinterließ dieses Gefühl bei ihr stets eine leichte Übelkeit und Schwindel. „Aber Maren, wie kann das sein? Wie kannst du eine so tiefe Sehnsucht nach jemandem verspüren, den du noch nie in deinem Leben getroffen hast? Wie machtvoll muss Sprache sein, dass du allein durch Worte eine so starke Zuneigung entwickeln konntest? Das ist wirklich erstaunlich." „Ich weiß, es ist irgendwie unbegreiflich und für Außenstehende absolut nicht nachvollziehbar." Marens Worte klangen rechtfertigend. „Aber ich kann es nicht ändern. Meine Gefühle sind so stark. Ich bin selbst von mir überrascht. Das ist gar nicht meine Art. Du weißt, ich bin ein Kopfmensch. Ich wäge alle Entscheidungen gründlich ab und überlege, was gut für mich und für meine Familie ist. Aber dieses Mal war alles anders. Leyla, ich glaube, ich war noch nie in meinem Leben so verliebt. Zumindest kann ich mich nicht daran erinnern."

„Und was ist mit Jan? Welche Gefühle hegst du noch für ihn?" „Ach Leyla, ich weiß es nicht. Klar, als wir uns kennenlernten, waren wir jung und verliebt. Jan war ein attraktiver Mann und wir hatten – soweit ich zurückdenken kann - eine gute Zeit. Und dann kam Jonas, unser Wunschkind. Aber mit seiner Geburt verschwand die Leichtigkeit aus unserem Leben. Das Familienleben brachte mehr und mehr unsere grundlegenden Probleme zu Tage und bot negativen Gefühlen einen Nährboden." „Und was ist heute? Liebst du Jan? Liebt er dich?" „Ich weiß es nicht. Natürlich empfinden wir beide eine Verbundenheit für einander. Ja, nenne es Liebe. Aber es ist anders, völlig anders, als das, was ich mit Frank erlebe."

Jetzt wollte Leyla alles wissen: „Und wie oft schreibt ihr euch, du und Frank?" „Bis auf Krisensituationen – wir haben wie in einer richtigen Beziehung auch Meinungsverschiedenheiten – schreiben wir uns täglich. Meistens morgens und abends. Manchmal häufiger." „Wow, das ist sehr intensiv." „Ja, aber wir schreiben uns nicht jedes Mal einen Roman und es ist nicht immer tief romantisch. Aber ein Tag ohne eine Nachricht von ihm bringt mich schier um den Verstand. Kannst du dir das vorstellen?" „Das klingt für mich ein wenig nach Goethe und Charlotte von Stein, die sich zwar persönlich kannten, aber deren Beziehung sich aber vor allem in einem jahrelang dauernden Schriftwechsel erschöpfte und nur platonisch gewesen sein soll. Ihre Briefe sind legendär." Und Leyla, die Goethe-Kennerin, fuhr fort: „Das zeigt, wie das Wort die Liebe nähren kann. Allein an Charlotte von Stein soll Goethe in zwölf Jahren rund 1700 Briefe geschrieben haben, obwohl sie sich regelmäßig trafen. Welch eine Leidenschaft und Sehnsucht muss er verspürt haben, um dieses Feuerwerk an Emotionen Tag für Tag zu Papier zu bringen? Und wie genial muss Sprache sein, dass sie solch starke Gefühle und Fantasien in uns auslösen kann? Was da in unserem Gehirn passiert, ist wirklich faszinierend." Leyla blickte versonnen auf die erleuchtete Stadt.

„Du hast recht. Frank schreiben zu dürfen, war für mich ein Geschenk, fast eine Sucht." Und in Gedanken spann sie ihre Erinnerung weiter, von der sie immer noch wie besessen war: Ja, ich liebe es, meine Gedanken und Gefühle in Worte zu fassen, völlig uferlos. Es sind beglückende Momente, auf die ich mich jeden Tag freue. Die Sprache ist für mich wie eine Haut, die sich an seiner reibt. Meine Sätze sollen ihn streicheln und sanft berühren. Ich versuche, ihn behutsam in meine Worte zu hüllen. Er soll sich darin sicher aufgehoben fühlen und eine Zuneigung erfahren, die ihn stark macht. Ich kann nicht damit aufhören und verausgabe mich dabei völlig. Es ist so als erfinde ich das Wort jedes Mal neu. Und nun soll all das vorbei sein? Wie soll ich das nur ertragen?

Sie machte eine kurze Pause. Dann wandte sie sich wieder Leyla zu: „Jede meiner Nachrichten sollte von Dauer und großer Intensität sein und die Kraft meiner Gefühle ausdrücken. Wenn ich ihm schrieb, fühlte ich mich oft wie entfesselt und konnte nicht aufhören, meine Worte neu zu formulieren. Leyla, es war magisch." Maren war nicht mehr zu stoppen. Es tat so gut, all diese Gedankenfetzen, die ihr so oft durch den Kopf gegangen waren, endlich mit jemandem teilen zu können. Wie ein Wasserfall sprudelten die Sätze aus ihr heraus. „Leyla, ich war oft sehr glücklich. Mit Frank fühlte mich frei und eins mit mir selbst. Was ist, wenn all das eine Illusion war?"

„In der Tat: es ist an der Zeit, realistisch zu sein", gab Leyla zu Bedenken. „Es kann alles passieren." „Ich weiß, mit einem Treffen riskiere ich alles", unterbrach Maren ihre Freundin. „Es kann sein, dass Frank im wahren Leben ganz anders ist. Vielleicht habe ich mich nur in ein Bild verliebt, das ich mir von ihm gemacht habe. Es kann passieren, dass es zwischen uns überhaupt nicht funkt. Vielleicht ist es aber auch der Beginn einer wunderbaren Beziehung. Alles ist denkbar. „Was ist denn mit deiner Beziehung zu Jan und deiner Familie? Würdest du das alles aufgeben wollen?" „Ich weiß, was du sagen willst und du hast recht. Mein Platz ist in der Familie bei Jonas und Jan, zumindest solange Jonas noch zur Schule geht. Das steht für mich außer Frage. Für mich ist die Familie genauso wichtig wie für dich. Aber meine Sehnsucht ist so unfassbar groß, Leyla, so unfassbar groß. Und es schmerzt mich, dass Frank jedes Treffen mit mir abblockt. Es bricht mir förmlich das Herz und gibt mir vor allem zu denken. Ich habe keine schlüssige Erklärung für sein Verhalten. Ich spüre, dass er immer nach Vorwänden sucht, um mich nicht treffen zu müssen." „Das hört sich in der Tat merkwürdig an. Und was willst du tun?" „Darüber habe ich mir bereits vor meiner Abreise Gedanken gemacht. Sollte es zu keinem Treffen kommen, beende ich die Beziehung. Auch wenn das sehr schwer für mich wird. Ich will nicht länger Gefühle und Zeit in eine Beziehung investieren, die nicht mehr als eine Illusion ist. Aber noch bin ich nicht abgereist. Wer weiß, was in den nächsten Tagen noch passiert?"

ENDLICH KLARHEIT

30. April 2019

Maren wachte erschöpft auf. Das hartnäckige Hupen einer Schiffssirene hatte sie aus einem äußerst beunruhigenden Traum gerissen. Sie musste sich erst orientieren und war noch völlig durcheinander. Die schrecklichen Bilder hatten sich tief in ihr Gedächtnis eingeprägt. Da war dieser Mann, dessen Rücken mit Brandwunden übersät war. Auf seinen Schultern hatten sich glühbirnengroße dunkle Blasen gebildet, aus denen Blut und milchige Körperflüssigkeiten austraten. Es war morgens. Sie war in einem fremden Haus und ging in das Schlafzimmer des Mannes, um ihn zu wecken. Sie hatte ihn noch nie zuvor gesehen. Als sie mit ihrer rechten Hand an seine Schulter fasste, um ihn wachzurütteln, entdeckte sie die Wunden und war entsetzt. „Was ist passiert? Was hast du gemacht?" schrie sie ihn an. Der fremde Mann öffnete seine Augen und blickte sie an. Er sah verschlafen aus und sie konnte an seinen Augen ablesen, dass er nicht im Geringsten ahnte, was los war. „Dein Rücken! Wir müssen sofort ins Krankenhaus! Schnell, steh auf!" Maren konnte sich gar nicht beruhigen und zerrte an seinem Arm. Als er aufgestanden war, sah sie das ganze Ausmaß der Verletzung. Nachdem sie den ersten Schrecken überwunden hatte, versuchte sie sich zu entspannen. Sie wollte den Mann nicht unnötig beunruhigen. Anscheinend wusste er nichts von seinen Brandwunden und wie dramatisch es um ihn stand. Sie holte ein weitgeschnittenes schwarzes baumwollenes T-Shirt aus dem Kleiderschrank und streifte es ihm behutsam über. Dann wachte sie auf.

Maren holte tief Luft und schaute auf ihr Smartphone. Frank hatte ihr in der Nacht einige Nachrichten hinterlassen.

02:18 Frank: Es tut mir so leid, mein Engel. Ich weiß, du bist verletzt.

02:21 Frank: Aber vertraue mir. Du bist mir sehr wichtig. Wir werden uns sehen, bald. Hab etwas Geduld.

02:22 Frank: Gute Nacht, meine Königin.

Geduld, Geduld: Wie viel Geduld sollte sie noch haben? Seine Nachrichten brachten sie kein Stück weiter. Im Gegenteil: Frank trat weiter auf der Stelle. Sie waren nicht einen Millimeter weitergekommen. Maren stand immer noch unter dem Eindruck ihres Traums und versuchte die Bilder zu deuten und zu verstehen. Wer war der Mann in ihrem Traum? Warum war er so schwer verletzt? Und warum kümmerte sie sich so einfühlsam um diesen Fremden? Das alles ergab keinen Sinn. Sie dachte an Jonas und Jan. Heute war Montag, ein Schultag. Jan bereitete bestimmt gerade das Frühstück für Jonas vor. Wahrscheinlich gab es Cornflakes. Das ging am schnellsten. Jan machte es sich für ihren Geschmack manchmal etwas zu einfach. Aber er war immer für Jonas da, und das zählte. Maren hörte, wie sich im Flur eine Tür öffnete. Leyla war schon aufgestanden. Sie hatte heute Vormittag Vorlesung. Mittags wollten die beiden Freundinnen sich zum Lunch treffen.

Es war kurz nach acht, als sie die Bettdecke zurückwarf und sich aus Selins Queensize Bett schwang. Mit festen Schritten durchquerte sie den großen Raum, um das Fenster zu öffnen. Der Himmel war wie blank geputzt. Schnell warf sie einen Blick die Straße hinunter auf die Bosporus-Brücke, die glitzernd in der Sonne lag.

Einmal tief durchatmen, lächeln und auftanken. Ja, diese Energie würde sie gut gebrauchen können, um durch den Tag zu kommen. Ohne Frank. Die Enttäuschung hatte sich tief in ihr Herz gefressen. Viel tiefer als sie sich eingestehen mochte. „Hey meine Süße, hast du gut geschlafen?", empfing Leyla Maren, als sie in die Küche kam. Leyla nahm ihre Freundin in den Arm und hielt sie einen Moment länger als gewöhnlich fest an sich gedrückt. „Danke, in Selins wunderschönem Bett kann man doch nur gut schlafen. Es ist alles bestens."

Das stimmte zwar nicht ganz, aber ihre Antwort sollte eher eine Form der Selbstmotivation sein, um den tiefsitzenden Schmerz besser ertragen zu können. Sie hatte schon genug gegrübelt. Nun wollte sie so schnell wie möglich die Schwere in ihrer Brust abschütteln und das Beste aus dem Tag machen. „Ich würde den Tag viel lieber mit dir verbringen als zur Uni zu fahren. Wir sehen uns dann heute Mittag. Möchtest du jetzt einen Tee trinken oder soll ich dir einen türkischen Kaffee machen?", fragte Leyla in einem freudigen Singsang, während sie geschäftig in der Küche hantierte. „Gerne einen Kaffee. Ich gehe nur einmal kurz ins Bad, dann können wir frühstücken." „Ich habe für uns zwei den Tisch auf der Terrasse gedeckt. Der Rest der Familie ist schon unterwegs. Emre ist in den Basar gefahren und Yasemina zur Schule." Maren wusch sich nur kurz Gesicht und Hände und band ihr schulterlanges Jahr wie gewohnt am Hinterkopf zusammen. Im Hinausgehen zog sie sich noch eine leichte Strickjacke über ihr Nachthemd. Dann sah sie, dass Frank ihr geschrieben hatte.

08:05 Frank: Ich bin traurig.

08:10 Maren: Warum bist du traurig?

08:10 Frank: Ich bin unglücklich mit meinem Leben.

War Frank etwa der verletzte Mann aus ihrem Traum? Dabei war sie doch diejenige, die sich verletzt fühlte. Sie war unschlüssig, wie sie auf seine Worte reagieren sollte. Sie könnte ihre harte Linie fortsetzen, nicht reagieren und erst dann wieder auf ihn zugehen, wenn er sich zu einem Treffen bereiterklärte. Es gab aber auch die Möglichkeit, noch einmal einzulenken. Maren entschied sich für den Mittelweg, Tendenz harte Linie.

08:11 Maren: Love it, change it or leave it. Du hast immer eine Wahl. Es liegt in deiner Hand.

Leyla saß schon am Frühstückstisch, als Maren die Terrasse betrat. Silbern glitzerte das Wasser des Marmara-Meeres in der Morgensonne. Von Leylas Terrasse aus hatte man einen weiten Blick über die Stadt angefangen von Üsküdar bis rüber zur Sultan Ahmed Moschee und zum alten Stadtzentrum Istanbuls. Wie auf einer Perlenkette aufgereiht, säumten die Minarette der unzähligen Moscheen das Stadtpanorama. Auch das Prestigeobjekt des türkischen Staatspräsidenten, die neue Mega-Moschee mit ihren sechs Minaretten, konnte sie von hier aus am Horizont erkennen. „Ich könnte stundenlang hier sitzen und den Frachtern, Fähren, Booten und Schiffen zusehen. Es ist wie ein animiertes Gemälde, das sich ständig verändert", schwärmte Maren. Über der Bosporus-Brücke wölbte sich der Himmel klar und wolkenlos, betörend blau. Kleinste Luftteilchen streuten das kurzwellige blaue Licht. Das dunkelblau schillernde Wasser des breiten Flusses hatte eine besänftigende Wirkung. „Ja, du hast recht", erwiderte Leyla. „Ich liebe es auch." Maren wurde sehnsüchtig. „Ganz ehrlich. Darum beneide ich dich wirklich. Ich kann gut verstehen, dass du aus dieser Stadt nie wieder weg möchtest. Ich würde gerne am Wasser leben." Maren nippte an ihrem türkischen Kaffee.

„Und, hast du etwas von Frank gehört?", fragte Leyla. „Ja, aber nach wie vor kein Wort davon, dass er mich sehen möchte." Enttäuschung schwang in Marens Stimme mit. „Es ist unfassbar, ich mache diese weite Reise und er will mich nicht einmal sehen. Was ist das für eine Art von Beziehung?" Wut stiegt in ihr hoch. „Ich verstehe dich nur zu gut. Aber was auch immer zwischen euch war, es scheint dich zumindest bereichert zu haben. Und wer hat schon das Glück, solch intensive Gefühle zu erleben? Das passiert nicht so oft im Leben. Und dafür solltest du ihm dankbar sein, selbst wenn euer gemeinsamer Weg hier endet. Versuche die neuen Seiten, die du an dir entdeckt hast, zu nutzen und in deinen Alltag mitzunehmen." Maren dachte nach. Vielleicht sollte sie endlich loslassen und sich wirklich nur auf das Positive, das sie aus der Beziehung ziehen konnte, konzentrieren.

Und zögerlich ergänzte Leyla: „Du hast sicher gemerkt, dass ich anfangs skeptisch war, was Frank und dich angeht. Aber ich habe darüber nachgedacht und allmählich verstehe ich dich. Jan ist zwar ein toller Mann, aber alles andere als liebevoll zu dir. Ich mag ihn. Er ist attraktiv, sympathisch und kommt mit seiner humorvollen und unterhaltsamen Art bei vielen Menschen sehr gut an. Doch mit dir geht er ganz anders um. Du scheinst es ihm nie recht machen zu können. Manchmal habe ich den Eindruck, Jan will dich absichtlich klein reden. Wenn er dich wirklich liebt, lässt er dich seine Liebe nur wenig spüren." Maren nickte: „Wenn ich Jans Worten Glauben schenken würde, wäre ich die schlechteste Ehepartnerin, Mutter, Frau, die man sich nur denken kann. Ich weiß, dass das nicht stimmt. Aber so fühle ich mich manchmal, und das zieht mich in der ein oder anderen Situation richtig runter. Frank hat mir gezeigt, was Wertschätzung bei mir auslösen kann und wie gut sie mir tut. Ich sehne mich so sehr nach einer liebevollen Partnerschaft." Leyla verstand das nur zu gut: „Jeder Mensch brauchte Liebe und Zuwendung und ist empfänglich für ernst gemeinte Gefühle. Dafür muss immer genug Zeit bleiben. Selbst wenn es mal stressig ist, nimmt Emre mich liebevoll kurz in den Arm oder sagt etwas Nettes zu mir. Das sind wichtige Momente, die uns beide noch stärker miteinander verbinden. Obwohl wir schon so lange verheiratet sind, begehrt, umgarnt und beschützt er mich immer noch. Und selbst als emanzipierte Frau schätze ich das an unserer Beziehung sehr. Und warum sollte ausgerechnet mit Jan keine liebevolle Beziehung möglich sein?"

„Genau das ist es, Leyla. Aber wie? Wie mache ich aus Jan einen liebevollen Ehemann, der mich das spüren lässt?", antwortete Maren mit einem verzweifelten Unterton. Sie wusste immer noch nicht, wohin mit ihrem Gefühlschaos zwischen Enttäuschung, Verletztheit und schier unendlicher Sehnsucht. „Habt ihr es schon einmal mit einer Paartherapie probiert?" Maren zuckte mit den Schultern und schüttelte den Kopf: „Ich weiß nicht, ob Jan offen dafür wäre. Von Psychologen hält er nicht viel. "

Leyla wechselte das Thema: „Komm, genieße dein Frühstück und vor allem den herrlichen Ausblick. Alles Weitere wird sich finden."

Das Frühstück war verführerisch. Es gab verschiedene Käsesorten, Tomaten, Gurken, Oliven, frisch aufgeschnittene Wassermelone, Börek mit Spinat und Käsepfannkuchen. In einem Korb lagen türkisches Weißbrot und Simit. Die beiden Frauen unterhielten sich über Leylas Vorlesungstätigkeit an der Uni. Nach und nach vergaß Maren Frank. Sie bewunderte Leyla für ihren Job und liebte es ihr zuzuhören, wenn sie Anekdoten aus den Hörsälen erzählte oder sich in Kurzvorträgen über Goethes Liebeslyrik, Heinrich Heine oder die Heldinnen der Literaturklassiker verlor. Leyla hatte ihre Leidenschaft wirklich zum Beruf gemacht. Dieses Glück hatten nur wenige. Die Zeit verging wie im Flug.

Als Leyla zu ihrer Vorlesung aufbrach, schenkte Maren sich noch einen Tee ein und genoss den leichten Morgenwind auf der Terrasse. Sie beobachtete zwei Möwen, die auf dem Dach des vor ihr liegenden Hauses herumstolzierten. Plötzlich entdeckte die kleinere Möwe ein Stück Brot. Rasch eilte der zweite Vogel herbei und versuchte dem kleineren die Beute streitig zu machen. Jetzt war es aus mit der Freundschaft. Unnachgiebig attackierten sich die beiden gegenseitig. Geräuschvoll schlugen ihre Flügel gegeneinander. Sobald es um etwas Fressbares ging, dachte jede nur an sich. Schließlich segelte die größere Möwe mit der Beute im Schnabel triumphierend davon. Die kleinere war sichtlich verärgert. Laut rufend marschierte sie in die entgegengesetzte Richtung, bevor sie mit leerem Schnabel davonflog. Maren fühlte mit der kleineren Möwe mit. Eigentlich war es ihre Beute gewesen. Doch die größere Möwe hatte ihre körperliche Überlegenheit rücksichtslos ausgespielt. Kein Wunder, dass die kleine Möwe verärgert war. Sie hatte nicht mal eine echte Chance gehabt. Maren griff nach ihrem Handy.

10:28 Maren: Frank, auch ich muss mich entscheiden.

10:34 Maren: Ich gebe auf. Auf dieser Reise wollte ich herausfinden, ob du der richtige Mann für mich bist. Ich wollte wissen, ob es unsere Liebe wirklich gibt. Doch dafür müssen wir uns sehen, und du scheinst – aus welchen Gründen auch immer – nicht bereit dafür zu sein. So oft hast du mich schon versetzt. Und jedes Mal schneiden deine abweisenden Worte wie ein Messer in mein Herz. Ich ertrage das nicht mehr. Es demütigt mich, dass ich dich seit Monaten um ein Treffen anbetteln muss. Ich kann nicht mehr. Es ist Zeit, sich zu verabschieden. Ich danke dir für all das Glück und die Liebe, die du in mein Leben gebracht hast. Ich danke dir für all die wunderschönen Worte, die du mir geschenkt hast. Du hast mein Herz und meine Seele mit Liebe geflutet. Dafür bin ich dir unendlich dankbar. Ich werde dich immer lieben und sicherlich sehr vermissen, aber ich muss akzeptieren, dass wir keine Zukunft haben. Frank, ich wünsche dir alles Gute und hoffe, dass du in deinem Leben glücklich wirst. Pass auf dich auf. Ich umarme dich, Maren.

Marens Wangen glänzten. Noch während sie den Text eintippte, wischte sie sich mit dem Handrücken die Tränen aus dem Gesicht.

10:35 Frank: Ich wusste, dass du mich eines Tages aufgeben wirst.

10:36 Frank: Es macht mich traurig, dass du mich verlassen willst.

10:43 Maren: Ich bin maßlos enttäuscht, dass meine Liebe dir so wenig bedeutet. Doch am meisten verletzt es mich, dass ich jetzt hier bin und du nur die Straße überqueren musst, um mich zu sehen, und mich trotzdem zurückweist.

10:43 Frank: Geh zurück nach Deutschland.

10:44 Frank: Du hast deine Entscheidung getroffen.

10:44 Frank: Du denkst nur an dich und was gut für dich ist.

10:44 Frank: Du machst nur das, was du möchtest.

10:44 Frank: Es geht immer nur um dich. Du versuchst nicht einmal, mich zu verstehen.

10:45 Maren: Hör auf, mich zu beleidigen!

10:45 Frank: Wenn du mich so liebst, wie ich dich liebe, dann würdest du mich verstehen und meine Entscheidung respektieren.

10:45 Frank: Ich beleidige dich nicht.

10:45 Frank: Du bist der Dickkopf und möchtest, dass alle nach deiner Pfeife tanzen.

10:45 Frank: Du hörst nicht auf die Worte des Mannes, der dich liebt.

10:46 Frank: Ich liebe dich so sehr, Maren. Ich könnte dich nie verlassen.

10:46 Frank: Ich habe dich gebeten, auf mich zu warten. Aber du wolltest unbedingt kommen. Du hast mir nicht die Chance gegeben, meine Dinge zu regeln, bevor wir uns sehen.

10:47 Frank: Es ist immer dasselbe mit dir. Du hörst mir nicht zu und vertraust mir nicht.

10:48 Frank: Was meinst du, wie ich mich fühle? Ich habe den Eindruck, du nimmst mich nicht ernst und respektierst mich nicht.

10:48 Frank: Ich liebe dich inniglich, auch wenn du eigensinnig bist. Und jetzt möchtest du dich genau zu dem Zeitpunkt von mir trennen, wenn ich meine Probleme nahezu gelöst habe.

10:51 Frank: Du bist mein Augapfel.

Maren war geschockt über diesen Gefühlsausbruch.

10:51 Maren: Ich liebe dich auch, mein Bluebird.

10:52 Frank: Dann bleib bei mir.

10:52 Frank: Wenn du mich verlässt, wirst du dich nicht besser fühlen.

10:53 Frank: Du bist enttäuscht, dass wir uns jetzt nicht sehen können. Ich kann das verstehen. Du fühlst dich verletzt. Aber sei gewiss, ich bin nicht nur der Auslöser deines Schmerzes, sondern auch deine Medizin.

11:10 Frank: Es dauert nicht mehr lange. Habe etwas Geduld und alles wird gut.

Maren war verunsichert. Ob Frank recht hatte? War sie mit ihrer Entscheidung zu vorschnell gewesen? Sollte sie ihm noch etwas Zeit geben und warten? Doch wie lange noch? Sie war hin und her gerissen. Oder hielt er sie nur hin? Und eine Fortsetzung ihrer Beziehung würde sie mehr verletzen und enttäuschen als glücklich machen? Oder? Oder? Oder? Sie schwankte. Ihre Fragen kreuzten sich und verfingen sich ineinander bis sie sich schließlich zu einem großen Gedankenknäuel verhedderten, ohne Antworten zu finden.

Inzwischen war der Fährverkehr Istanbuls in vollem Gang. Im Minutentakt pendelten die Schnellfähren zwischen den Anlegern in Eminönü, Karaköy, Kabatas und Besiktaş auf der europäischen sowie Beykoz, Kadıköy, Kartal, Maltepe und Üsküdar auf der asiatischen Seite hin und her. Die Fähren Richtung Prinzeninseln waren schon seit dem frühen Morgen unterwegs. Ungeordnet und wendig umschifften sie die Hochseetanker, die Vorfahrt hatten. Gemächlich und stolz durchzogen die Schwergewichte die Meeresenge. Die Silhouette der Sultan-Ahmed-Moschee war in der feuchten und gesättigten Morgenluft nur schwach zu erkennen und verriet nichts von dem lärmenden Treiben, das sich in den Straßen der Istanbuler Altstadt bereits seit den frühen Morgenstunden abspielte.

Maren trank ihren Tee aus und räumte den Tisch ab. Nachdem sie geduscht hatte, zog sie ihr blaues Lieblingskleid an und machte sich auf den Weg die Straße hinunter nach Kabatas. Von dort aus wollte sie die Fähre nach Eminönü nehmen. Es gab zwar eine Straßenbahnverbindung in die Istanbuler Altstadt, doch Maren brauchte jetzt etwas Ruhe. Die Fährfahrt würde ihr die Gelegenheit geben, ihren Blick in die aufgewühlte Gischt zu versenken und das weißliche Gemisch aus Wasser und Luft, das sich um den Bug des Schiffes kräuselte, zu beobachten, während der Seewind um ihre Nase wehte.

Zu dieser Uhrzeit gab es nicht besonders viele Fahrgäste. Die meisten Pendler waren schon längst an ihrem Arbeitsplatz. Maren suchte sich einen Platz am offenen Hinterdeck, von dem aus sie einen guten Blick auf das Meer hatte. In der Bankreihe schräg vor ihr saß ein älteres Ehepaar. Trotz der Hitze war die Frau mit Kopftuch und Mantel bekleidet. Ihre Füße steckten in dunkelbraunen, dicken Strümpfen und geschlossenen schwarzen Schuhen. Der graubärtige Mann trug ein kariertes Hemd, darüber eine grüne Strickweste und eine graue Flanellhose. In der rechten Hand hielt er eine Tesbih – eine islamische Gebetskette – aus Holz. Maren musste immer wieder zu den beiden

hinüberschauen. Sie strahlten etwas sehr Vertrautes und Boden-
ständiges aus. Obwohl sie mit einem gewissen Abstand nebenei-
nandersaßen, schienen sie wie durch ein unsichtbares Band eng
miteinander verbunden zu sein. Es war, als hätten sie einen
schützenden Ring um sich gelegt. In sich ruhend beobachteten
die beiden das lebendige Treiben auf dem Wasser. Immer wieder
zeigte der Mann mit der linken Hand auf das offene Meer und
schien der Frau etwas zu erklären. Jedes Mal folgte sie mit ihrem
Blick seiner Handbewegung und nickte bedächtig. Maren konnte
nicht genau hören, was er sagte. Sie saß zu weit weg. Aber auch
wenn sie es gehört hätte, hätte sie sehr wahrscheinlich die Sprache nicht verstanden. Die Szene wirkte auf Maren beruhigend
und wohltuend. Ob die beiden sich liebten? Oder entsprang diese
Vertrautheit einer über Jahrzehnte gewachsenen Verbindung und
dem Urgefühl, sich aufeinander verlassen zu können?

In Marens Kopfkino flimmerte bereits der Film über die Leinwand.
Immer wenn Menschen in der Öffentlichkeit ihr Interesse weckten, ließ sie ihrer Fantasie freien Lauf. Sie überlegte, in welcher
Beziehung die Menschen zueinanderstanden, was sie wohl sagten, woher sie kamen und wohin sie gingen. Wie alt mochten die
beiden sein? Hatten sie Kinder? Was war der Grund ihrer Über-
fahrt? Und schon war eine Geschichte geboren:

Mehmet und Afet stammten aus einem kleinen Dorf in Zentral-
anatolien. Sie verbrachten gerade einige Tage bei ihrem Sohn in
Istanbul. Das war nicht ihr erster Besuch in der Millionenstadt.
Vor allem Mehmet reiste regelmäßig mit dem Fernbus in die Met-
ropole, um Verwandte zu besuchen. Heute fuhren Mehmet und
Afet nach Eminönü, um Afets Cousine und ihren Mann zu treffen.
Darauf freuten sich die beiden schon. Während Afet mit ihrer

Cousine neue Vorhänge für ihr Wohnzimmer kaufen wollte, würden die Männer ein türkisches Café besuchen. Afet liebte es, mit ihrer Cousine in den Gassen der Altstadt einkaufen zu gehen, sich von den Auslagen der unzähligen Tuchhändler inspirieren zu lassen und mit dem ein oder anderen Schnäppchen wieder nach Hause zu fahren.

Ob sie selbst eines Tages so vertraut mit Frank auf einer Fähre oder einer Parkbank sitzen würde? Maren wurde sentimental und spürte, wie ihr langsam die Tränen in die Augen schossen. Sie senkte ihren Blick.

Der Fähranleger in Eminönü war brechend voll. Menschentrauben knubbelten sich vor den Fährzugängen, während ein Schiff nach dem anderen Fahrgäste an den Anleger brachte, und diese sich in Strömen über die Promenade ergossen. Maren gehörte zu den letzten Passagieren, die die Fähre verließen. Die Sonne hatte die Morgenluft aufgeheizt. Stimmen unterschiedlichster Herkunft und Färbung tanzten durch die Luft, um sich schließlich zu einem einzigen großen Wortbrei zu vermischen. In den Straßen Istanbuls verschmolzen nicht nur die Sprachen Vorderasiens mit Herkunftssprachen aus der ganzen Welt. Hier an der Grenze zwischen Europa und Asien, zwischen Okzident und Orient hatte der Alltag im Fadenkreuz der kulturellen, wirtschaftlichen und politischen Rahmenbedingungen der Türkei eine ganz besondere Eigendynamik. Das Leben in Istanbul war stets extrem: bewegt, laut, schillernd, überraschend, emotional und manchmal auch hochexplosiv und eruptiv. Immer gab es Neues zu entdecken. Das Treiben in den Straßen, die Menschen von unterschiedlicher Herkunft und Temperament: Istanbul war eine Stadt, die niemals schlief. Von einem Augenblick auf den anderen konnte die

Stimmung kippen. Stets war Maren hellwach, um für unerwartete Ereignisse bereit zu sein. Das war anstrengend und inspirierend zugleich. Maren genoss diese Lebendigkeit, auch wenn sie dafür ihre Komfortzone verlassen musste.

Konzentriert und mit festen Schritten bahnte Maren sich ihren Weg durch die Menge zum Ägyptischen Markt. Je zielstrebiger und selbstbewusster sie auftrat, desto sicherer fühlte sie sich vor all den Menschen auf der Straße, die nur auf sie zu warten schienen: Händler, Kellner oder auch Männer, mit unvorhersehbaren Absichten. Wie Adler schossen sie urplötzlich pfeilschnell aus der Menschenmenge hervor und sprachen Touristen an. Ein Ausweichen war kaum möglich, ein Entkommen sehr mühsam. Einerseits hatte Maren Verständnis dafür, dass die Istanbuler um Kunden warben, und wollte nicht unhöflich sein. Andererseits ließ sie sich ungern Dinge aufschwatzen, die sie gar nicht brauchte. Aber der Trick mit dem Stechschritt funktionierte ganz gut und schien den Menschen zu vermitteln, dass sie sehr beschäftigt war und keine Zeit für Gelegenheitskäufe hatte. Kurz darauf erreichte sie den orientalischen Gewürzmarkt. Auch wenn sich hier in erster Linie Touristen tummelten, so war der überdachte Basar mit seiner Vielfalt an prächtigen Farben und verführerischen Gerüchen ein wahres Fest der Sinne. Die kleinen Läden lockten mit unzähligen Köstlichkeiten. Berge an duftenden Gewürz- und Teemischungen stapelten sich auf den Gängen. Dazwischen getrocknete Früchte, Lokum – eine geleeartige Süßigkeit – und türkisches Gebäck in den feinsten Kreationen. „Lady, Lady...", sprach sie schon der erste Händler direkt am Eingang an. Maren lächelte entschuldigend, bedankte sich mit einem „Tesekkürler" und ging weiter. Während sie durch den Basar schlenderte, wanderte ihr Blick über die Auslagen. Sie wollte Gewürze und einige

Kleinigkeiten für Jan und Jonas kaufen. „Turkish delight! Tea! Spices!" Die Rufe prasselten von allen Seiten auf sie ein. Maren ignorierte sie. Schließlich hatte ein Händler doch ihren Blick mit seinen Augen eingefangen. Entkommen unmöglich! Sie blieb stehen und ließ sich in ein Verkaufsgespräch verwickeln. „Kann ich Ihnen helfen?" „Ja, ich hätte gerne Sumach." "Wie viel? Ein Kilo?" Mit einem charmanten Lächeln warb der Mann um ihre Gunst und ahnte bereits, das Eis damit gebrochen zu haben. Maren musste lachen: „Ein Kilo gemahlene Traubenkerne? Ich besitze doch kein Restaurant. Hundert Gramm reichen." Der Verkäufer überredete Maren, neben Sumach noch Kurkuma und Kräutertee zu kaufen. Das Highlight ihres Einkaufs war eine Süßigkeit aus Granatapfel, Mandeln und Schokolade. Über die würde Jonas sich bestimmt freuen. Er liebte den leicht säuerlichen Geschmack des Granatapfels. Ihr nächstes Ziel war Emres Geschäft. Maren warf einen Blick auf ihre Karten-App, um sich auf direktem Weg durch die Altstadt zum Großen Basar navigieren zu lassen. Zum Glück war der Weg nicht weit. Der alte Stadtteil Istanbuls war ein wahres Labyrinth aus Gassen, Treppenverbindungen und Plätzen. Als Maren Emres Laden erreichte, war dieser gerade mit zwei Frauen in ein lebhaftes Gespräch verwickelt.

Emre war auf hochwertige Tücher spezialisiert. Ob edle Designerstoffe, ausgesuchte Gardinen und Vorhänge, feine Seide und Kaschmir oder ausgefallener Brokat: In den Regalen aus warmem Eibenholz stapelten sich Stoffballen in den schillerndsten Farben. Die unifarbenen, bedruckten oder texturierten Stoffe boten ein farbenprächtiges Bild. Auf den Auslagetischen türmten sich Bänder, extravagante Borten, Pailletten, Perlen, Strass, Reißverschlüsse und Knöpfe. Für Marens Geschmack gab es in Emres Sortiment sehr viel Bling-Bling. Aber die Orientalen liebten nun mal Glitzer und Glamour. Als Emre Maren entdeckte, lachten seine Augen. Er winkte sie zu sich. „Hadi canim, nimm schon einmal Platz. Möchtest du einen Tee?" Maren schlürfte behutsam an ihrem Teeglas. Zwar war es draußen heiß, doch Tee trank man in Istanbul zu jeder Jahreszeit. Er wärme die Seele, hieß es. Und das konnte Maren jetzt gut gebrauchen. Sie fühlte sich innerlich immer noch verletzt und zerrissen. Was sollte sie tun? Sie empfand so viel für Frank: „Ich liebe dich", wiederholte ihre innere Stimme immer und immer wieder. Diese drei Worte, milliardenhaft ausgesprochen, leicht dahingesagt, zu früh benutzt, ganz anders gemeint, freundschaftlich, mütterlich, erotisch, voller Liebe. Und stets verband dieser Satz zwei Menschen auf eine ganz besondere Weise. „Frank, ich liebe dich", setzte ihre innere Stimme den Monolog fort und überschwemmte Maren mit einer Gefühlswelle der Wärme und Zuneigung. Dieses Gefühl war so einzigartig und unverwechselbar. Sie war dabei, sich darin zu verlieren. Die Wucht dieses Satzes ließ sie erschauern. „Frank, ich liebe dich", ohne Wenn und Aber. Selbst ihre verletzten Gefühle konnten daran nichts ändern. Diese Worte machten sich in ihrem Herzen und ihren Gedanken breit und streichelten ihre Seele.

„Canim, es tut mir leid, dass du warten musstest", riss Emre Maren aus ihren Gedanken. Die beiden Kundinnen verließen gerade das Geschäft. Nun gehörte Emres Aufmerksamkeit ganz ihr. Er schenkte sich einen Tee ein, bot Maren etwas Gebäck an und setzte sich zu ihr. Die beiden plauderten über Berufliches, Istanbul und die Familie. Maren erkundigte sich nach Emres Eltern und Geschwistern, die sie von diversen Familienfeiern kannte. Immer wieder unterbrachen Kundinnen das Gespräch der beiden, sodass Maren sich bald wieder auf den Weg machte. Sie wollte noch ein T-Shirt für Jonas kaufen und durch die Altstadt bummeln. Um 14 Uhr war sie mit Leyla zum Lunch im Restaurant Mihrimah unterhalb der Süleymaniye-Moschee verabredet. Sie mochte vor allem die Lage des Lokals.

Als Maren die Treppen zur Terrasse hinaufstieg, wartete Leyla schon auf sie. Ihr Tisch stand direkt an der Balustrade, so dass sie eine uneingeschränkte Sicht auf das Flusspanorama am Goldenen Horn hatten. Ohne lang zu überlegen, gaben die beiden Frauen ihre Bestellung auf. Leyla wählte Hähnchenspieße und Maren entschied sich für einen Thymiansalat. Sie hatte keinen besonders großen Hunger. Die Wärme und die Klimaumstellung schlugen ihr auf den Magen. „Und wie war es an der Uni?", fragte Maren.

„Ich halte aktuell eine Seminarreihe über Schiller. Heute ging es um seine Liebeslyrik und sein Liebesleben. Das sorgte für eine angeregte Diskussion unter den Studenten." „Was hat die Studies denn an diesem alten Herrn so aufgebracht?", interessierte sich Maren. „Du weißt, Schiller war bereits zu Lebzeiten ein umschwärmter Dichterheld - eine Art Popstar, dem die Frauen zu Füßen lagen. Sinnlichkeit und Liebe spielten schon früh eine wichtige Rolle in seinem Leben. Er muss ein Frauentyp gewesen sein. Seine Zimmerwirtin, junge Mädchen, Schauspielerinnen und verheiratete Frauen: Er liebte sie alle. Leidenschaftlich. Und in der Tat war es im Weimar des 18. Jahrhunderts nichts Ungewöhnliches, dass adelige Ehefrauen Kavaliere und Liebhaber hatten." „Spannend!" Maren hörte Leyla fasziniert zu. „Das wäre heute undenkbar und gesellschaftlich verpönt. Die Ehe und die Monogamie der Frau gilt in vielen Kulturen als ein unantastbares Gut."

„Ja, der Meinung waren meine Studenten auch", setzte Leyla ihren Vortrag fort. „Sie empfanden Schillers Lebensstil als verkommen und unethisch. Sein Wunsch nach einer dauerhaften Dreier-Liaison mit zwei Schwestern setzte dem Ganzen noch die Krone auf. Ein Student wollte deswegen sogar Schillers Werk seine Verdienste aberkennen. Das ist eine sehr einseitige Sicht der Dinge." Maren wurde ungehalten. „Ja, gut funktionierende Familie und Ehe sind wichtig für die Entwicklung der Kinder und für den Fortbestand der Gesellschaft. Doch was haben Ehen für einen Wert, wenn sie ohne Liebe sind?"

Leyla pflichtete Maren bei: „Da stimme ich dir zu. Die Liebe sollte eine zentrale Rolle in unserem Leben spielen. Doch wie sieht eine Gesellschaft aus, die polygame Beziehungen akzeptiert? Möchten wir das wirklich?" „Das ist eine Frage der Definition von Liebe", konterte Maren. „Das funktioniert nur, wenn du den anderen um seiner selbst willen liebst und ihn nicht als dein Eigentum betrachtest." Maren hatte in den vergangenen Monaten viel über die Liebe nachgedacht. Ja, sie liebte ihren Sohn Jonas. Und Jan, natürlich. Auch wenn er sie nicht immer so liebevoll behandelte, wie sie es gebraucht hätte. Sie liebte ihre Eltern. Ebenso hatte sie Gefühle für ihre Freundinnen und viele andere Menschen in ihrem Umfeld. Aber das, was sie für Frank empfand, war etwas ganz Besonderes. Pur und intensiv. Ihn zu lieben, bedeutete ihr sehr viel. „Ist es das, was du für Frank empfindest?", kam Leyla nun auf Marens Situation zu sprechen. „Ja, er hat den Himmel für mich blau gemacht. Ich spüre, dass er immer einen Platz in meinem Herzen haben wird, egal was er mir gegenüber empfindet. Verstehst du?" Sie machte eine Pause. „Es ist wie eine Sucht, auch wenn er mich in den letzten Tagen sehr verletzt hat. Ich fühle mich wie eine Abhängige. Wenn ich nichts von ihm höre, verliere ich den Boden unter den Füßen. Leyla, wie kann das sein? Wie konnte ich mich so unsterblich verlieben? Wenn ich mich jetzt von ihm trenne, werde ich nie erfahren, was das wirklich mit uns war." Maren stockte. Der Kellner brachte gerade das Essen. Maren nahm einen Schluck Ayran.

„Wirst du weiterhin darauf warten, ihn zu treffen?", brachte Leyla das Gespräch auf den Punkt. „Ich schätze, ich habe keine andere Wahl. Ich muss unserer Liebe eine Chance geben. Sie hat so viel Tiefgang. Ich kann und will das nicht aufgeben. Sonst werde ich mich ein Leben lang fragen müssen, ob ich alles voreilig aufs Spiel gesetzt habe. Zumindest muss ich herausfinden, warum er mich nicht sehen will. Wie kann das sein? Seit Monaten schreiben wir uns täglich. Wir sprechen ständig davon, wie es sein wird, wenn wir uns treffen. Warum macht er das? Hat er Angst vor der eigenen Courage? Waren seine Worte viel größer als seine Gefühle? Oder steckt er in einer Beziehung? Ist er vielleicht krank? Er hat schon mehrfach geschrieben, dass er Probleme hat. Was immer es sein mag, ich muss es wissen." Leyla hatte den Nachmittag frei, so dass die beiden nach dem Essen noch einige Geschäfte durchstöbern konnten. Im Gülhane Park machten sie eine Pause, tranken einen Tee und beobachteten die grünen Papageien, die lauthals rufend von Baum zu Baum flogen. So entkamen sie dem städtischen Trubel. Am frühen Abend waren sie wieder zurück in Cihangir.

Während Leyla sich mit einem Bier zu Emre auf die Terrasse setzte, zog Maren sich auf ihr Zimmer zurück. Sie stellte ihre Tasche auf den Sessel, legte ihren Schmuck ab und warf sich auf das Bett. Eigentlich wollte sie Jonas anrufen. Doch dann las sie Franks Nachricht.

19:19 Frank: Wo bist du?

20:07 Maren: Ich bin jetzt wieder bei Leyla zuhause.

20:14 Frank: Ich bin auch zuhause, aber nicht so gut drauf.

20:15 Frank: Mein Engel, ich möchte dich nicht verlieren.

20:15 Frank: Aber du musst jetzt etwas Geduld mit mir haben.

Maren zog die Augenbrauen zusammen und es entfuhr ihr ein verärgertes „Mann". Damit sagte er ihr nichts Neues. Wollte er sie nur bei der Stange halten? Maren blickte für einen Moment aus dem offenen Fenster. Nachdem sie sich etwas beruhigt hatte, entschied sich, noch einmal das Gespräch zu suchen.

20:17 Maren: Anstatt allein Trübsal zu blasen, könntest du deine Zeit mit mir verbringen. Ich würde dich zumindest für einige Stunden glücklich machen.

20:18 Maren: Ich verstehe dich nicht und verstehe vor allem nicht, warum du mich nicht sehen möchtest.

20:19 Maren: Du hast eine Frau wie mich nicht verdient. Warum tust du mir so weh?

20:22 Frank: Es gibt einiges, was du wissen solltest.

Maren erschrak. Schon lange ahnte sie, dass er ihr etwas verheimlichte. Doch jetzt, wo er endlich bereit war, sich ihr zu öffnen, verspürte sie ein gewisses Unbehagen.

20:25 Frank: ICH LIEBE DICH SO SEHR.

20:57 Frank: Aber ich bin nicht der Mann, den du brauchst.

20:58 Maren: Warum sagst du das? Woher willst du wissen, was ich brauche und welcher Mann mir guttut? Bis heute hast du mein Leben bereichert.

21:02 Frank: Liebes?

21:02 Frank: Ich muss dir etwas sagen.

21:02 Frank: Und dann kannst du mich verlassen, wenn du möchtest.

21:03 Frank: Ich bin nicht der Mann auf den Fotos, die ich dir geschickt habe.

Maren ließ sich auf den Rücken fallen. Sie schloss die Augen. Kraftlos lag sie auf dem Bett. Sie fühlte das kühle Laken unter ihrer Haut. Wie Blitze schossen unzählige Gedanken durch ihren Kopf. Sie massierte für einen Moment ihre Schläfen und versuchte, ihre Gedanken zu sortieren. Dann riss sie sich zusammen.

21:05 Maren: Und wer bist du dann?

21:06 Frank: Ich weiß, dass ich dich liebe, aber ich befürchte, dass du mich dann nicht mehr lieben wirst.

21:06 Frank: Ich werde dir die Wahrheit über mich sagen, aber erst, wenn wir uns sehen. Nicht über WhatsApp. Nicht jetzt.

21:07 Frank: Bitte gedulde dich noch etwas.

Maren wusste nicht, was sie antworten sollte. Sie war verunsichert. Ihre Gefühle für Frank waren so stark. Doch was hatte er für ein Geheimnis? Warum hatte er ihr bislang nicht sein wahres Gesicht gezeigt?

21:23 Maren: Nein, ich muss es wissen. Jetzt.

21:24 Frank: Bleibe bei mir und sei die Frau, die ich immer lieben werde.

Das Bild eines Mannes erschien auf dem Display. Es war ein Porträtfoto aus einem Fotostudio. Darauf war ein gepflegter und gutaussehender Mann zu sehen. Er war Maren auf den ersten Blick sympathisch. Er wirkte jung und frisch, als wolle er das Leben mit beiden Händen beim Schopf packen. Die linke Hand hielt er vor dem Körper, am Arm trug er eine große Armbanduhr. Seine ganze Körperhaltung hatte etwas sehr Dynamisches, so als ob er wie ein junger Gamsbock jeden Moment über den nächsten Felsen hinein ins nächste Abenteuer springen wollte.

Der Mann trug ein braunes, elegantes Hemd, dessen oberste Knöpfe geöffnet waren. Einige Brusthaare blitzten hervor. Unter dem Stoff zeichnete sich seine gut trainierte Brust- und Armmuskulatur ab. Auch wenn das Foto gestellt war, wirkte es wie eine Momentaufnahme. Groß und wach blickten seine dunklen Augen in die Kamera. Der Mund war leicht geöffnet, so als wolle der junge Mann dem Betrachter etwas sagen. Die Lippen waren wie gemalt, nicht zu breit und nicht zu schmal. Sie wirkten weich und sanft. An Kinn und Wangen trug er einen dunklen gestutzten Vollbart, der das Gesicht umrahmte. Das schwarze Haar über dem hohen Haaransatz war sehr kurz. Allerdings hätte man auf den ersten Blick nicht vermutet, dass der Mann Österreicher war. Seine Haut war dunkel.

21:27 Frank: Mein Mädchen? Mein Salat?

Maren legte das Handy beiseite. Ihr Körper war plötzlich ganz schwer. Sie fühlte sich kraftlos, als wäre jegliche Energie ihrem Körper entwichen. Sie wollte nichts mehr denken, nichts mehr fühlen, sich auflösen. Maren rollte sich auf die Seite und kauerte sich zusammen wie ein Embryo, um Trost und Halt zu finden. Sie schloss ihre Augen. Langsam spürte sie, wie ein brennender Schmerz sich in ihrer Brust ausbreitete und ihre Augen sich mit Tränen füllten. Es dauerte einige Zeit, bis Maren sich wieder ein wenig gefasst hatte. Die heißen Wangen noch nass von Tränen und verschmierter Wimperntusche, setzte sie sich auf und blickte durch die offene Balkontür auf den Bosporus. Sie beruhigte sich ein wenig. Es war inzwischen dunkel geworden und die abendliche Beleuchtung der Bosporus-Brücke verwandelte das Bauwerk in ein Schmuckstück aus einem diamanten funkelnden und silbrig glitzernden Lichtermeer. Maren öffnete Franks Bild und zog es groß. Sie betrachtete seine Augen und sein Gesicht, versuchte sich jeden Gesichtszug einzuprägen. Dann verkleinerte sie das Foto wieder. Das sollte der Mann sein, der seit Monaten ihr Leben begleitete und ihr täglich schrieb. Er war der Mensch, der ihr das erste Mal in ihrem Leben das Gefühl gegeben hatte, so geliebt zu werden, wie sie war. In dessen Worte voller Liebe und Emotionen sie sich so unsterblich verliebt hatte. Sie war fassungslos.

21:37 Maren: Frank, bist du wirklich der Mann auf dem Bild?

21:37 Frank: Ja, es tut mir so leid, dass ich dir die ganzen Monate über nicht mein wahres Gesicht gezeigt habe.

Maren war völlig durcheinander. Sie wusste gar nichts mehr. Warum hatte er das getan? Warum hatte er sie belogen? Warum hatte er sich ihre Liebe auf diesem Weg erschlichen? Der Boden schien ihr unter den Füßen zu entgleiten. Sie taumelte. Das Gedankenkarussell wurde schneller und schneller. Lange stand sie am offenen Fenster und schaute in die dunkle Nacht hinaus.

Während sie mit ihrem Blick den kleinen Lichtpunkten auf dem Bosporus folgte, die gemächlich den Flusslauf entlang zogen und irgendwann in der Dunkelheit verschwanden, dachte sie an die vielen innigen Momente mit Frank. Plötzlich verschwand alles in einen noch dichteren Nebel. Diese nicht greifbare Liebe verschwamm mehr und mehr und löste sich bis zur Unkenntlichkeit auf. Maren verstand es nicht. Was war echt? Und wenn es Frank in Wahrheit gar nicht gab? Wie unwirklich war dann ihre Liebe, die sich so konkret und leibhaftig anfühlte? Lassen sich unsere Gefühle so sehr täuschen, selbst wenn sie sich noch so echt anfühlen? Für Maren waren Gefühle immer wie ein Kompass, der sie sicher durch das Leben navigierte. Anscheinend konnte sie sich nicht einmal darauf verlassen.

In der Tat: Es war kompliziert mit der Wahrheit. Wer auf der Suche nach der Wahrheit ist, orientiert sich zunächst an der Wirklichkeit. Viele glauben, dass nur das wahr ist, was sie mit ihren Sinnen erfassen und begreifen können. Aber so verschieden die Menschen sind, so unterschiedlich nehmen sie Sinneseindrücke wahr. Was für den einen die Farbe Rot ist, bezeichnet der nächste als Orange. Was für den einen sehr süß schmeckt, empfindet ein anderer als leicht gezuckert. Was ist wahr? Rot oder Orange? Sehr süß oder nur leicht gezuckert? Ist nicht alles eine Frage der Wahrnehmung und spielt sich in unserem Gehirn ab?

Unsere Sinne lassen sich leicht täuschen und erliegen immer wieder Illusionen. Jeder hat schon einmal das Gefühl erlebt, dass sein Zug nach einem Halt im Bahnhof weiterfährt, obwohl sich nur der Zug auf dem Nebengleis bewegt. Solange Wirklichkeit subjektiv wahrgenommen wird, kann die Wahrheit im Sinn einer korrekten Wiedergabe der Wirklichkeit nichts anderes als subjektiv sein. Doch angenommen, die Wirklichkeit, die wir wahrnehmen, ist nur unsere eigene Projektion. Wie wichtig und lebensbestimmend kann und darf sie dann überhaupt sein?

Das Ganze war kompliziert. Und manchmal wurde es auch nicht besser, wenn man die Wahrheit kannte. Das war zumindest Marens Erfahrung. Es gab viele Situationen in ihrem Leben, in denen sie die Wahrheit gar nicht wissen wollte. Der Grund war einfach: Was hilft ihr eine Wahrheit, die sie nicht verändern kann, die sie aber unglücklich macht oder verletzt? Wenn Jan manchmal fast die ganze Nacht über wegblieb, wollte sie nicht wissen, wo er war und was er gemacht hatte. Der Preis für die Wahrheit war ihr einfach zu hoch. Im schlechtesten Fall stünde wegen einer Nacht das Glück einer ganzen Familie auf dem Spiel. Daher interessierte sie sich ausschließlich dafür, was zwischen ihnen in ihrer Beziehung stattfand. Wie war sein Verhältnis zu ihr und zur Familie? Kümmerte er sich um sie? Konnte man auf seine Hilfe und Unterstützung zählen? War er Ansprechpartner und Vaterfigur für Jonas? Das waren die entscheidenden Fragen.

Maren horchte in sich hinein, in dieses Chaos an Gedanken und Gefühlen. Sie atmete tief ein und ließ ihren Körper in die Matratze sinken. Sie dachte an Frank. Wenn nur seine Identität nicht echt war, aber seine Gefühle für sie? Eine Liebe, die er sie über Monate hat spüren lassen? Tagein, tagaus. Warum sollte er einer fremden Frau an einem fernen Ort ewige Liebe schwören, wenn er dies nicht empfand? Das machte überhaupt keinen Sinn. Und dennoch, was er getan hatte, fühlte sich nicht richtig an. Er hatte sie getäuscht.

Konnte sie jemanden vertrauen, der sie derart belogen hatte? Wie sollte sie mit dieser neuen Situation umgehen? Schon einmal war sie an einer Trennung von Frank jämmerlich gescheitert. Nach ein paar Wochen hatte sie es ohne ihn nicht ausgehalten. Doch wie sollte es weitergehen? Wollte sie überhaupt, dass es weiterging?

DU, DU UND IMMER NUR DU

Istanbul, 1. Mai 2019

Maren hatte kaum geschlafen. Der Schock saß tief. Frank hatte sie bewusst monatelang über seine Identität im Dunklen gelassen. In den frühen Morgenstunden hatte sie sich entschieden, den Kontakt zu Frank abzubrechen. Sie hatte so viel investiert. Doch nun gab es keine gemeinsame Perspektive mehr! Es war an der Zeit, vernünftig zu werden. Sie brauchte diese Klarheit. Jetzt mehr denn je. Maren war froh, damit endlich Fakten geschaffen zu haben. Sie döste vor sich hin und verspürte eine Schwere, die auf ihrem Brustraum lastete. Ihr Herz würde Zeit benötigen, um diesen Schritt zu verstehen. Es würde wahrlich nicht leicht für sie werden. Zu groß war der Platz, den Frank bislang in ihrem Herzen eingenommen hatte. Heute war schon Dienstag. Morgen Abend würde sie abreisen. Maren fühlte sich wie gerädert und hatte noch keine Idee, wie sie diesen Tag verbringen wollte. Irgendwie musste sie ihn überstehen. Es war schon mitten am Vormittag. Yasemina war in der Schule, Leyla und Emre längst aus dem Haus. Die beiden wollten sich am Abend mit Maren in Beyoglu treffen, um gemeinsam auszugehen.

Außerdem hatte sie ein schlechtes Gewissen, da sie Jonas gestern Abend nicht mehr angerufen hatte. Aber jetzt konnte sie ihn nicht erreichen. Er war in der Schule. Obwohl sie bereits Geschenke für ihn gekauft hatte, schrieb sie.

10:14 Uhr Maren: Soll ich dir etwas Bestimmtes aus Istanbul mitbringen?

Vielleicht konnte sie ihm einen weiteren Wunsch erfüllen. Ihr wurde warm, als sie an ihn dachte. Für ihn würde sie alles tun und für ihn wollte sie immer da sein. Schließlich war er ihr Sohn.

Während Maren das Kaffeewasser aufsetzte, checkte sie ihre E-Mails. Gleich drei von Frank. Ihr Herz pochte. Doch wartete sie mit dem Öffnen der Mails, bis der Kaffee fertig war und sie auf der Terrasse saß.

06:12 Uhr schrieb Frank Andreas, fand@gmail.com: Meine Liebe, als ich heute Morgen aufwachte, musste ich feststellen, dass du mich auf WhatsApp geblockt hast, mal wieder. Du brichst mir das Herz, auch wenn ich dich verstehe. Ich war nicht aufrichtig zu dir. Das war ein großer Fehler. Ich werde nie wieder eine Frau so lieben wie dich. Frank

09:12 Uhr schrieb Frank Andreas, fand@gmail.com: Liebe Maren, ich bin dir eine Erklärung schuldig. Es tut mir so leid, dass du dich hintergangen fühlst. Aber was hätte ich tun sollen? Ich wollte dich unbedingt kennenlernen. Bei dir habe ich sofort etwas ganz Besonderes verspürt. Die Chemie zwischen uns hat auf Anhieb gestimmt. Und ich hatte Angst, dass du meine Freundschaftsanfrage ablehnst, wenn du gesehen hättest, dass ich dunkelhäutig bin. Seit langem ist mir bewusst, dass ich dir damit Unrecht getan habe. Doch glaube mir, ich erlebe in meinem Alltag immer wieder, dass Menschen aufgrund meiner Hautfarbe skeptisch sind. Sobald sie mich kennenlernen, spielt das dann keine Rolle mehr. Bitte verstehe mich nicht falsch, ich möchte niemanden verurteilen, aber mir machen diese Vorbehalte das Leben oft sehr schwer.

Aber ja, du hast Recht. Dir meine Hautfarbe zu unterschlagen, war sehr kurzsichtig von mir gedacht. Aber ich wollte nicht riskieren, dich zu verlieren. Wir beide haben unsere Liebe wie eine süß schmeckende Frucht auf unseren Zungen zergehen lassen. Wie haben uns gegenseitig den Rücken gestärkt und unser Selbstbewusstsein gefestigt. Ich wollte dir nie wehtun. Bitte sei nicht verletzt. Ich kann verstehen, wenn du nicht mehr mit mir zusammen sein möchtest. Doch das, was wir hatten, kann uns niemand mehr nehmen. Was ich getan habe, war falsch, aber ich habe es in guter Absicht gemacht. Maren, ich kann verstehen, dass du den Kontakt abbrechen möchtest, aber ich wäre der glücklichste Mann, wenn wir uns endlich sehen könnten. Frank

Das war der wahre Grund, warum er Maren nie treffen wollte. Bereits das erste Mal, als er sie anschrieb, hatte sie sich schon gewundert, dass er auf seinem Xing-Profil kein Foto eingestellt hatte. Das war kein Muss, aber die meisten Nutzer hatten ein Profilbild. Und nun? Auch wenn sie ihn nun besser verstehen konnte, war der Vertrauensbruch nicht aus der Welt. Zu lange hatte er ihr etwas vorgemacht und seine Identität verschleiert. Das zeugte von mangelndem Vertrauen ihr gegenüber. Maren konnte die ganze Geschichte immer noch nicht begreifen.

10:38 Uhr, schrieb Frank Andreas, fand@gmail.com: Meine Maren, mit dir fühle ich mich lebendig. Du machst mich glücklich wie sonst niemand. Du schenkst mir eine Liebe, die ich niemals zuvor erlebt habe. Ich kann mir nicht vorstellen, wie ein Leben ohne dich sein wird. Du hast mein Herz tief berührt. Jeden Tag danke ich Gott dafür, dass es dich gibt. Du hast mir so viel gegeben. Wie kann ich dir das jemals zurückgeben? Du bist mein Fels in der Brandung. Manchmal komme ich mir so verloren und einsam vor. Doch wenn wir telefonieren, fühle ich mich sicher. Deine Stimme beruhigt mich. Es wäre das Größte für mich, dich endlich zu treffen und mit dir zusammen zu sein, nach all der langen Zeit und allem, was uns verbindet. Ich verspreche dir, ich werde immer für dich da sein, wenn du mich brauchst. Und ich werde dich immer lieben, ganz gleich, was das Leben uns bringt. Ich liebe dich, Baby. Frank

Maren nahm einen Schluck Kaffee. Schon wieder füllten sich ihre Augen mit Tränen. Das Meer verschwamm nach und nach in einem Farbstrudel aus Türkis, Silber, Blau und Dunkelgrün. Und sie konnte nichts, aber auch gar nichts dagegen tun. Seine Worte berührten sie zutiefst. Doch wie sollte sie ihm noch vertrauen?

12:13 Uhr schrieb Maren Berger, Marenb@gmail.com: Frank, es ist furchtbar, dass du so schlechte Erfahrungen aufgrund deiner Hautfarbe machst. Sie haben dich dazu gebracht, einen wichtigen Teil deiner Identität vor mir zu verbergen. Das ist bedauerlich. Bereits nach unserem ersten Chat fühlte ich, dass sich mit dir etwas sehr Wichtiges in meinen Leben anbahnte. Ich hatte mich sofort in dich und deine Worte verliebt. Zwischen uns war etwas ganz Besonderes passiert. Und das hat sich bis heute nicht geändert. Mit dir fühle ich mich gut und bin glücklich. Du lässt mich nie gekannte Gefühle erleben.

Doch heute frage ich mich, was genau war echt? War nicht nur dein Foto eine Fälschung, sondern auch alles andere eine Illusion? Ich habe viel für dich empfunden. Du hast mir Raum gegeben, ganz ich selbst zu sein und meine Gefühle auszuleben. Das war großartig. Und ich wollte an dich glauben. Doch meine Reise nach Istanbul, gegen die du dich immer ausgesprochen hast, hat nun alles auf den Kopf gestellt. Frank, ich empfinde so viel für dich und weiß jetzt schon, dass ich dich sehr vermissen werde. Aber unser Haus der Liebe baut auf Unwahrheiten. Und ich frage dich: Kann sich daraus jemals das für eine Beziehung notwendige Vertrauen entwickeln? In Liebe, Maren

Es fühlte sich nicht gut an, einfach nicht gut. Doch es war richtig. Aus den umliegenden Lautsprechern ertönte bereits der Ruf des Muezzins zum Mittagsgebet. Während sich diese akustische Dunstwolke über der Stadt ausbreitete, fühlte sich Maren plötzlich wie eine Fremde. Eine gähnende Leere tat sich vor ihren Füßen auf. Sie fühlte sich wie ein Schauspieler, dessen Figur einfach aus dem Drehbuch gestrichen worden war. Sie spielte hier keine Rolle mehr. Der Zweck ihrer Reise hatte sich von einer Sekunde zur nächsten in Luft aufgelöst. Sie wollte jetzt nur noch in Frankfurt bei Jonas und Jan sein.

Maren legte das Smartphone auf den Tisch und ging ins Bad, um sich für den Tag startklar zu machen. Danach wollte sie Jan anrufen. Sie hatten seit Tagen nicht miteinander gesprochen. Nur mit Jonas hatte sie telefoniert und ihm ab und zu eine Gute-Nacht-WhatsApp geschrieben. Im Bad ließ Maren sich Zeit. Die duftenden Cremes und das Haaröl waren nicht nur Balsam für ihren Körper, sondern spendeten ein wenig Trost. Das half ihr, halbwegs die Fassung zu wahren.

Maren holte sich ein Glas Wasser aus der Küche und setzte sich auf die Terrasse. Dann wählte sie Jans Nummer. Doch der Anruf verlief ins Leere. Kurz darauf rief Jan zurück. Bewusst hob Maren ein wenig die Stimme. Sie wollte ihren Worten eine gewisse Leichtigkeit verleihen. Jan sollte nichts von ihrem Kummer bemerken: „Hi, wie geht es dir? Was machst du?" Jan entgegnete kurz angebunden: „Gut". Das war typisch Jan und förderte nicht unbedingt den Gesprächsfluss. Also nächste Frage: „Wie geht es Jonas?" „Du kennst doch deinen Sohn. Wie immer hält er mich ganz schön auf Trab. Papa, mach dies. Papa, hol mir das. Gestern waren wir zusammen einkaufen und er hat den ganzen Einkaufswagen mit Chips, Salzbrezeln und Weingummi gefüllt." Maren war nicht gerade begeistert, als sie das hörte, wollte sich aber nicht einmischen. Das war eine ihrer Grundregeln. Wer nicht zuhause war, durfte sich nicht in den häuslichen Alltag einmischen. Es sei denn, er wurde gefragt. „Okay, dann ist ja alles in Ordnung bei euch. Ich lande morgen Abend voraussichtlich gegen Mitternacht. Kannst du mich vom Flughafen abholen? Um die Uhrzeit würde ich ungern mit der S-Bahn fahren." „Kein Problem. Ruf mich an, sobald du gelandet bist. Ich muss jetzt weitermachen. Wir sehen uns morgen."

Maren öffnete ihre Mails und las Franks Nachrichten noch einmal mit Ruhe. Sie zweifelte. Was wog schwerer? Der Vertrauensbruch oder dieses unbändige Gefühl zu lieben? Je länger sie darüber nachdachte, desto mehr war sie verunsichert.

13:15 Uhr schrieb Maren Berger, Marenb@gmail.com: Ich bin so verletzt und traurig. Aber ich fühle mich dir immer noch sehr nah. Ich liebe dich so sehr. Wie schaffe ich es, dich zu verlassen? Mein Verstand sagt „Nein", aber mein Herz sagt „Ja". Was hast du mit mir gemacht? Küsse, Maren

Dann zog sie sich ihre Sandalen an, und lief mit ihrer Handtasche über der Schulter die Straße hinunter zum Anleger Kabatas. Sie wollte nach Üsküdar auf die asiatische Seite Istanbuls fahren. Das Wasser und der Seewind würden sie auf andere Gedanken bringen. Zudem hatte sie nicht die Kraft, etwas Anstrengendes zu unternehmen. Maren musste nicht lange auf die Fähre warten.

Da die Sonne schon fast ihren Höchststand erreicht hatte, suchte sie sich ein schattiges Plätzchen auf dem Oberdeck, aber so, dass sie noch einen direkten Blick auf das Wasser hatte. Kaum hatte die Fähre abgelegt, nahm der Fahrtwind die Hitze mit sich und spielte mit ihrem offenen Haar.

Maren ließ ihren Blick über das Wasser schweifen. Weiter draußen wiegten sich einige langgezogene Wellen, während ein Stückchen weiter der Wind das Wasser kräuselte. Nach wenigen Minuten hatte die Fähre ihr Fahrtziel erreicht. In Üsküdar tummelten sich unzählige Frauen mit Kindern, alte Männer und Touristengruppen auf dem Vorplatz und bahnten sich ihren Weg zwischen kleinen Verkaufsständen und fliegenden Händlern hindurch. Aus den Lautsprechern plärrte Musik.

Maren lief ein Stück die Promenade entlang in Richtung Leanderturm. Das Gehen tat ihr gut und lenkte sie ein wenig ab. Ab und zu machte sie halt, um den Anglern am Ufer zuzusehen. Sie waren völlig in ihre eigene Welt abgetaucht. Konzentriert befestigten sie den Köder, warfen die Angel aus und warteten darauf, dass sich die Pose zitternd in Bewegung setzte, langsam abtauchte und die Schnur von der Rolle spulte. Leider passierte das nicht allzu oft. Aber anscheinend ging es den Hobby-Anglern nicht in erster Linie darum, möglichst viele Fische zu fangen. Während sie darauf warteten, dass ein Fisch anbeißt, hatten sie viel Zeit zum Beobachten, Nachdenken oder für Gespräche mit den anderen Anglern. Wenn dann ein Fisch anbiss, war das ein ganz besonderer Moment. Wahrscheinlich war es genau das, was Maren an den Anglern so faszinierte. Das Vertrauen darauf, auf dem richtigen Weg zu sein und trotz aller Niederlagen nicht aufzugeben, Strapazen auf sich zu nehmen und irgendwann dafür mit einem großen Fang belohnt zu werden. Und wer nicht die Angelrute auswirft, kann keinen Fisch fangen. Maren sog den Geruch von Salzwasser und Fisch tief in sich auf und spürte den Wind in ihrem Haar. Das tat ihr gut, besonders heute. Ihr Kopf war wie leer. In den letzten Stunden hatte sie viel nachgedacht, abgewogen und schließlich eine Entscheidung getroffen, die sie traurig machte. Da war dieses dumpfe Gefühl, das sie seit dem Aufwachen nicht mehr losließ. Es lastete schwer auf ihren Schultern. Immer wieder füllten sich ihre Augen mit Tränen.

Ein etwas älterer Angler stand etwas abseits allein an der Kaimauer. Unter seiner Kappe blitzte sein silbrig-weißes Haar hervor. Ein breiter Schnurrbart bedeckte fast sein ganzes Gesicht. Seine leicht fleckige dunkelgraue Hose wurde von einem schwarzen Gürtel gehalten, das karierte Hemd war ihm etwas zu weit. An den nackten Füßen trug er einfache Plastik-Latschen. Maren nannte ihn Ahmad und bedachte ihn sofort mit einer Geschichte: Ahmad lebte allein in Istanbul. Seine Frau war vor drei Jahren an Krebs verstorben. Da die Ehe kinderlos war, hatte er nur noch seine Geschwister und zwei oder drei alte Freunde, mit denen er ab und zu Backgammon spielte oder Raki trank. Seit er nicht mehr arbeitete, ging er fast täglich Angeln und hoffte auf den großen Fang. Zum Angeln brauchte Ahmad nicht viel: einen Beutel, einen kleinen Eimer und seine Rute. Weitausholend warf er die Angel aus. Mit kleinen ruckartigen Bewegungen zog er diese nun immer wieder leicht nach rechts, während er die Angelschnur mit der Spule nachzog. Das gleiche machte er nun zur anderen Seite. Dann wiederholte er den ganzen Vorgang, immer und immer wieder. Schließlich packte er seine Sachen zusammen und ging weiter, ohne einen kleinen Fisch an der Angel gehabt zu haben.

Maren musste schlucken und spürte, wie ihre Augen hinter der Sonnenbrille feucht wurden. Sie stand auf und ging weiter die Promenade entlang bis zu einem der Treppen-Cafés gegenüber des Leanderturms. Maren machte es sich auf einem orientalischen Sitzkissen im Schatten eines Sonnenschirms gemütlich und bestellte einen Tee. Von hier aus hatte sie einen perfekten Blick auf das historische Istanbul. Immer wieder stiegen heiße Tränen in ihr hoch. Sie schloss die Augen. Was wusste sie eigentlich über Frank? Wenn Maren ehrlich zu sich selbst war: nicht viel. Und das Wenige war nun auch von einem auf den anderen Tag in Frage gestellt. Wenn schon sein Foto ein Fake war, was stimmte überhaupt an seiner Geschichte? Nach dem echten Porträtfoto sah er zudem jünger aus, als er behauptete. Soweit Maren wusste, gab es keine Partnerin, kaum Familie. Nur von seiner kränklichen Mutter hatte er mal gesprochen, mit der er selten telefonierte. Geschwister gab es keine, dafür Freunde und Geschäftspartner. Frank war sehr sportlich und gut durchtrainiert. Er ging regelmäßig ins Fitnessstudio. Er interessierte sich für Fußball. Am Samstag schaute er sich während der Saison regelmäßig die Fernsehübertragungen der Premier League an. Er rauchte nicht und trank nur selten Alkohol. Maren hatte sich im Laufe des Nachmittags noch türkisches Gebäck und einen weiteren Tee bestellt. Fast wäre sie eingenickt. Ihr fehlte Schlaf. Der Rückweg fiel ihr fast noch schwerer als der Hinweg. Sie war umhüllt von einer Wolke aus Niedergeschlagenheit und Schmerz.

Wieder zurück in Leylas Wohnung, hatte sie eine Nachricht von Jonas und gleich mehrere E-Mails von Frank.

13:22 Uhr Jonas: Trikot wäre cool. Das Heimtrikot von Real aus der letzten Saison.

Maren musste grinsen. Jonas hatte immer sehr genaue Vorstellungen von dem, was er wollte. Aber nun gut. Sie würde ihr Bestes geben, um ihm seinen Wunsch zu erfüllen. Das war das Mindeste.

13:30 Uhr schrieb Frank Andreas, fand@gmail.com: Maren, mein Engel, ich verstehe dich. Aber gib mir eine zweite Chance, bitte. Jeder hat eine zweite Chance verdient. Unsere Gefühle füreinander sind so stark. Bitte, Liebes.

13:48 Uhr schrieb Frank Andreas, fand@gmail.com: Maren, du bist eine ganz besondere Frau in meinem Leben. Du bist mein Rückgrat, meine Seele. Ich kann nicht ohne dich sein.

14:47 Uhr schrieb Frank Andreas, fand@gmail.com: Maren, sag doch etwas. Bitte lass uns miteinander sprechen. Wo bist du?

Maren schwankte. Den ganzen Nachmittag über hatte sie abgewogen: Wer sollte ihr weiteres Handeln bestimmen? Ihr Herz oder ihr Verstand? Immer häufiger tendierte sie in Richtung Herz. Immer weniger hatte sie in die Waagschale der Vernunft zu werfen. Franks Mails waren jetzt das letzte Zünglein an der Waage. Maren gab Frank auf WhatsApp wieder frei und antwortete ihm.

17:19 Maren: Frank, mit dir ist es nicht leicht, aber ohne dich ist es schrecklich. Auch wenn ich noch so sehr versuche, ich kann nicht ohne dich sein. Es macht mich unglücklich. Ich habe heute so sehr gelitten und viel geweint. Jetzt habe ich Kopfschmerzen. Ich bin unglaublich traurig.

17:21 Maren: Mein Herz schlägt für dich. Du bist mein Bluebird. Ich habe keine Wahl. Ich muss auf mein Herz hören.

17:30 Frank: Es tut mir so leid, dass ich dir wehgetan habe, mein Schatz. Deine Nachricht bricht mir das Herz. Bitte bleib bei mir. Deine Worte haben jeden Winkel meines Herzens berührt. Ich möchte dich nicht verlieren. Mein Schatz, ich bitte dich, bleib in meinem Leben. Mir ergeht es genauso wie dir.

17:31 Maren: Nach einer durchwachten Nacht hatte ich einen schrecklichen Tag. Ich war die meiste Zeit so glücklich mit dir. Ich will dich nicht gehen lassen. Ich will das nicht aufgeben.

17:32 Frank: Ich liebe dich mit jedem Atemzug. Bitte gib mir ein wenig Zeit, meine Probleme zu lösen. Können wir heute Nacht telefonieren? Ich muss deine Stimme hören.

17:35 Maren: Gib mir Zeit, mich langsam zu erholen. Ich möchte, dass du weiterhin Teil meines Lebens bist. Du weißt, wie du mein Leben zum Strahlen bringst. Du bedeutest mir so viel.

17:36 Maren: Gerne können wir heute Nacht telefonieren.

17:37 Frank: Es tut mir so leid, was ich dir angetan habe. Du hast nichts falsch gemacht.

18:17 Frank: Was machst du gerade?

18:18 Maren: Ich habe geduscht und mich angezogen. Ich bin um 19 Uhr mit Leyla und Emre verabredet.

18:19 Maren: Ich würde dich zu gerne sehen. Jetzt.

18:19 Frank: Ich auch, Liebes. Lass uns bitte später telefonieren. Dann erkläre ich dir alles.

Wenn sie einigermaßen pünktlich sein wollte, musste Maren jetzt los. Sie schickte Frank noch drei Herzen und war dann durch die

Tür. Es ging ihr nun wieder etwas besser. Dieser Tag ohne ihn, in dem Bewusstsein, dass er in ihrem Leben keine Rolle mehr spielen würde, war einfach schrecklich gewesen. Es war kaum auszuhalten. Als Maren Emres Geschäft erreichte, saßen Leyla und ihr Mann gerade mit mehreren anderen Männern beim Tee zusammen. Die meisten von ihnen waren Händler im Großen Basar. Emre kannte sie schon seit Jahren. Auch wenn jeder sein eigenes Geschäft hatte, waren sie untereinander wie Kollegen und halfen sich gegenseitig, wann immer es nötig war. Auch Dilan Yilmaz, den Maren bereits am ersten Abend bei Leyla kennengelernt hatte, war dabei.

Leyla reichte Maren ein Glas Tee, küsste sie rechts und links auf die Wangen und nahm sie ein wenig zur Seite, während die Männer wild gestikulierend ihr Gespräch fortsetzten. „Wie geht's dir, meine Liebe?" Leyla musterte sie eindringlich. „Wieder etwas besser." Maren zog ihre Augenbrauen nach oben und schüttelte den Kopf. „Ich habe ein wahres Wechselbad der Gefühle hinter mir." „Was ist passiert?" „Es ist etwas kompliziert. Ich muss dir das in Ruhe erzählen." Maren nippte an ihrem Tee. Emre gesellte sich zu den beiden: „Ich habe Dilan gefragt, ob er mit uns den Abend verbringen möchte. Ich hoffe, dass euch das recht ist. Sagt jetzt bitte bloß nicht „Nein"." Maren hätte viel lieber mit Leyla und Emre allein den Abend verbracht. Zwar fand sie Dilan nett und unterhaltsam, doch war sie von dem Gefühlschaos der letzten 24 Stunden völlig erschöpft. Außerdem fieberte sie bereits dem Telefonat mit Frank entgegen und es fiel ihr schwer, sich zu konzentrieren. Doch Leyla kam ihr zuvor. „Kein Problem. Wir freuen uns natürlich." Maren nickte zustimmend. „Prima!", freute sich Emre. „Trinkt euren Tee in Ruhe aus. Dilan und ich schließen inzwischen das Geschäft ab." Und schon war er hinter der Ladentheke seines kleinen Verkaufsraumes verschwunden.

Wenige Minuten später waren Emre und Dilan zum Gehen bereit. An der Straßenecke nahmen sie ein Taxi, das sie in die Istiklal Caddesi auf Höhe der Tunel Line Beyoglu absetzte. Emre hatte einen Tisch in Eleos Fischrestaurant reserviert. Das Lokal war nicht nur bekannt für exzellente Fischgerichte, sondern auch für seine großartige Aussicht auf den Bosporus. Die Sonne stand schon tief über dem Fluss und tauchte die angrenzenden Stadtteile in ein warmes goldenes Licht. Es war atemberaubend schön. Die Männer überließen den beiden Frauen die Plätze mit der besten Aussicht. Dilan setzte sich Maren gegenüber, so dass sie seinem Blick kaum ausweichen konnte. Sie hatten gerade erst ihre Getränke vor sich stehen, als schon ein reges Tischgespräch in Gang war. Es ging mal wieder um Istanbul und das Leben in diesem Schmelztiegel. „Durch diese gewaltigen Neubauprojekte mit Wohnanlagen und Shoppingmalls betonieren wir uns rund um Istanbul regelrecht zu und locken noch mehr Menschen in die Stadt", erregte sich Leyla. „Und wo sollen die Menschen, deiner Meinung nach, bleiben?", gab Emre zu bedenken. „Die kommen auch ohne Neubauten in die Stadt. Es ist die desolate Situation in den Dörfern, die sie nach Istanbul treibt. Gäbe es auf dem Land genügend Arbeit, würden die Menschen auch nicht in die Stadt drängen. Und sie sind es, die in den abrissgefährdeten Stadtvierteln leben."

Dilan stimmte Emre zu. „Dort gibt es nicht genügend Arbeitsplätze. Unzählige Menschen leben hier in finanziell prekären Situationen. Es fehlt an Lebensraum, Spielplätzen und Grünanlagen, wo sich die Menschen treffen und wohl fühlen können. Da dürfen wir uns nicht wundern, wenn soziale Spannungen zunehmen." Und Emre ergänzte: „Experten schätzen, dass die Einwohnerzahl Istanbuls in gut zehn Jahren auf knapp 25 Millionen ansteigen wird. Maren, da habt ihr in Deutschland ganz andere Sorgen, oder?" „Ja, so etwas wie Landflucht gibt es bei uns natürlich auch. Aber das hat ganz andere Dimensionen. Die Deutschen plagen eher Nachwuchssorgen. Wir werden immer weniger." Maren verzog entschuldigend das Gesicht.

Nach und nach brach die Dunkelheit ein und das Lichtermeer auf den Hügeln der Stadt wurde immer dichter und spektakulärer. Maren war dankbar für die Aufmerksamkeit, die ihr Dilan entgegenbrachte. Er war sichtlich um ihr Wohl bemüht, ohne dabei aufdringlich zu sein. Bei der Auswahl des Menüs empfahl er ihr den Seafood Salat als Vorspeise. Stets achtete der Geschäftsmann darauf, dass Marens Glas nie leer war, und schenkte ihr in unregelmäßigen Abständen von dem erstklassigen Sauvignon Blanc nach. Es war genau das, was ihre verwundete Seele nun brauchte, jemand, der aufmerksam war und sich um ihr Wohlbefinden sorgte. Die Traurigkeit der vergangenen Stunden schlich sich langsam davon. Auch wenn sie immer noch nicht wusste, wie es genau weitergehen sollte. Aber sie fühlte, dass es trotz der neuen Vorzeichen nicht vorbei war. Es gab keinen anderen Weg. Denn sie konnte nicht aufhören, an Frank zu denken. Ihr ganzer Körper war wie betäubt von ihm. Allein der Gedanke an ihn übermannte sie mit einer Gier, von der sie nicht genug bekommen konnte - inniglich, schmerzend, schmachtend. Sie war sich sicher, sie würde zu einer aufrechten Haltung zurückfinden. So ist das Leben: Siebenmal hinunter, Achtmal hinauf.

Als sie das Restaurant verließen, reichte Dilan Maren die Hand, um ihr die steile Treppe herunter zu helfen. Maren nahm sie wegen ihrer hohen Absätze dankend an. Ihr war nicht einmal in den Sinn gekommen, sich darüber Gedanken zu machen, ob der Abend für Missverständnisse sorgen könnte. Die Situation war für sie glasklar, schließlich wusste Dilan, dass Maren verheiratet war. Da die Musikbars nur wenige hundert Meter vom Restaurant entfernt lagen, gingen die vier zu Fuß die Istiklal Caddesi hinauf. Um diese Uhrzeit war die berühmte Einkaufsmeile noch voller Menschen. Alle Geschäfte waren bis Mitternacht geöffnet. Es gab fast kein Durchkommen. Dilan fasste Marens Hand und schleuste sie geschickt durch das Getümmel. Emre hatte seinen Arm schützend um Leyla gelegt. Leyla lachte. Sie kannte diesen Trubel, diesen Lärm und dieses Durcheinander, das der Stadt ihre Lebendigkeit und uferlose Dynamik verlieh. Emre hatte vorsorglich im „The Bite" einen Tisch reserviert. Als die zwei Paare die Bar betraten, war die Stimmung dort bereits auf dem Höhepunkt. Auf der Bühne saß ein junger Gitarrist auf einem Barhocker und sang voller Leidenschaft ein traditionelles türkisches Liebeslied. Das Publikum stimmte begeistert ein, klatschte in die Hände und tanzte sitzend auf den Stühlen. Fast alle kannten den Text und sangen mit. Durch den ganzen Raum schwappte eine Woge der Begeisterung. Für Maren war das neu. Sie ließ sich jedoch gerne von der gelösten Atmosphäre mitreißen. Ein Kellner führte die vier zu einer kleinen Sitzecke. Der Raum war mit kleinen Tischen, passenden Sitzhockern und schmalen gepolsterten Bänken für zwei Personen eingerichtet. Dilan nahm ihren Arm, schob sie in Richtung Bank. Dann setzte er sich neben sie. Von hier aus hatte Maren den Raum gut im Blick. Leyla, Emre und Dilan fielen gleich in den Gesang ein, und ließen ihre Arme tanzen. Maren klatschte im Takt der Musik, während sie ihren Blick durch den Raum schweifen ließ. Es waren auffällig viele junge Frauen hier. Eine junge Türkin saß allein am Tisch und hatte ein großes Glas Bier vor sich stehen. Am Nebentisch saß ein Mädchen im Minirock, während ihre Freundin ein traditionelles Kopftuch trug. Die beiden schienen jedes Lied zu kennen und bewegten sich voller Leidenschaft zur Musik. Maren war verwundert darüber, mit welchem Selbstverständnis und Selbstbewusstsein die Frauen Istanbuls allein eine Bar besuchten. Damit hatte sie nicht gerechnet. Jetzt verstand sie Leyla, die dieses moderne Leben in ihrem Stadtviertel sehr schätzte, wohlwissend dass Frauen in anderen Stadtteilen ein viel traditionelleres und konservatives Leben führten. Emre hatte inzwischen Raki und Bier bestellt. „Wie gefällt es dir hier?", fragte Dilan Maren. Da die Musik sehr laut war, kam er dabei ganz dicht an ihr Ohr. Maren nickte zustimmend mit dem Kopf und lächelte. Plötzlich wurde ihr die Situation mit Dilan etwas zu intim. Sie stand auf und ging zur Toilette, obwohl sie gar nicht musste. Als sie zurückkam, setzte sie sich auf einen freien Hocker neben Leyla. Nach einer weiteren Getränkerunde machten sich die vier auf den Heimweg. Von hier aus war es nicht mehr weit bis zur Wohnung. Dilan begleitete sie bis zum Taksim-Platz, der immer noch voller Menschen war. Er verabschiedete sich wie üblich von jedem mit Küsschen links und Küsschen rechts. Als Maren an der Reihe war, griff er nach ihrer Hand und hielt sie einen Moment zu lang, um bedeutungslos zu wirken, zu innig, um nur Freundschaft zu signalisieren. Dabei suchten seine Augen ihren Blick. Als Maren es bemerkte, wurde sie verlegen. „Bis bald, Maren! Und pass auf dich auf", sagte er zum Abschied und verschwand in der Menschenmenge.

Wieder zuhause zogen sich alle schnell auf ihr Zimmer zurück. Leyla und Emre mussten am nächsten Tag wieder früh aufstehen und arbeiten. Maren zog sich aus und ließ die verschwitzte Kleidung auf den Boden fallen. Dann duschte sie, putzte ihre Zähne und legte sich mit ihrem Smartphone ins Bett. Frank hatte ihr zwischenzeitlich eine Nachricht geschickt.

18:21 Frank: Ich liebe dich.

23:04 Maren: Herzchen. Herzchen. Herzchen.

23:07 Maren: Ich bin wieder zurück.

23:08 Frank: Ich musste die ganze Zeit an dich denken und mir wird mehr und mehr klar, dass du ein ganz besonderer Mensch in meinem Leben bist.

23:14 Maren: Du bist für mich ein ganz besonderer Mensch. Können wir telefonieren?

Da vibrierte schon Marens Smartphone. „Hey, hey, kannst du mich hören?" Da war sie, seine tiefe Stimme, die ihr Herz sofort schneller schlagen ließ und ein kloßförmiges Gefühl in der Kehle heraufbeschwor. „Hi Maren, mein Engel! Schön, dich zu hören", und Maren spürte, dass er dabei lächelte. Wenn er die Luft in kurzen Schüben durch seine Nase ausstieß, begleitet von einem kehligen Lachen, dann fühlte sie sich ihm so nah. Das liebte sie an ihren Gesprächen vor allem: gemeinsam mit ihm zu lachen und zu lächeln. In diesen Momenten schien sie nichts zu trennen. Doch Maren wollte sich konzentrieren: „Frank? Ich habe seit gestern viel über uns nachgedacht. Es war nicht richtig, dass du mir das Foto eines anderen Mannes geschickt und eine falsche Identität vorgetäuscht hast. Aber ich habe mich nicht in die Person auf den Fotos verliebt. Ich habe mich in den Mann verliebt, der mir all die Monate geschrieben hat, der mich so feinfühlig und sensibel, so wertschätzend und verständnisvoll behandelt hat. In den Mann, der immer die richtigen Worte für mich gefunden hat und der vor allem mich so akzeptierte, wie ich bin, ohne ständig an mir herumkritisieren und mich verändern zu wollen. Ach, und übrigens: Der Mann, dessen Foto du mir gestern geschickt hast, ist sehr attraktiv." „Oh, danke, gefalle ich dir?", fragte er überrascht und freudig zugleich. „Maren, es tut mir so leid, so fürchterlich leid, dass ich dir meine wahre Identität verschwiegen habe. Aber ich wollte dich um jeden Preis kennenlernen. Jetzt weiß ich, dass es ein Riesenfehler war." Franks Worte machten sie betroffen. „Aber warum hast du deine Identität nicht schon früher aufgeklärt? Du hattest mein Herz doch schon längst gewonnen."

Frank sprach hektisch, wie ein Getriebener. Sie konnte ihm kaum folgen. „Ich wusste nicht, wie du reagieren würdest. Du bist ein sehr verständnisvoller Mensch. Aber ich habe Verständnis dafür, dass du dich durch meine Täuschung verletzt fühlst und dein Vertrauen in mich verlierst. Aber ich wollte dich auf keinen Fall verlieren. Maren, ohne dich fühle ich mich so leer. Die Vorstellung, dass es dich in meinem Leben nicht mehr gibt, war unerträglich." Maren musste schlucken. Seine Worte berührten jeden Winkel ihres Herzens. Jede andere Frau hätte ihn nach dieser Täuschung längst zum Teufel geschickt und den Kontakt abgebrochen. Aber sie konnte es nicht. In ihren Augen war es eine Notlüge. Und das Wichtigste war doch: Seine Gefühle ihr gegenüber waren echt und unverfälscht. War es nicht das allein, was zählte?

Ihre Liebe war wie eine kostbare Rosenblüte, deren feine zartrosa Blätter durch Harmonie bezauberten und deren betörender Duft sie beide wie Insekten anlockte, um sich zu nähren, sich gegenseitig zu befruchten und den Fortbestand dieser Liebe zu sichern. Ihre Liebe war wie eine empfindsame Mimose, die zum Überleben ideale Bedingungen brauchte: Wärme, Zuwendung und vor allem keine scharfe Zugluft. Sie war wie eine Lilie, majestätisch, elegant und von außergewöhnlicher Schönheit. "Meine Maren, du machst mein Leben so schön und leicht für mich. Du bringst mich zum Lächeln und schenkst mir Hoffnung. Du bist mein Glück." „Frank, ich reise morgen Abend ab. Aber vorher muss ich dich sehen." „Maren, mir geht es genauso. Wann fliegst du?" „Mein Flug geht erst um 22 Uhr." „Okay, dann können wir uns morgen zum Lunch treffen. Passt dir 12 Uhr?" „Das ist in Ordnung. Und wo?" „Vielleicht sollten wir uns am Taksim-Platz bei den Blumenhändlern vor der Moschee treffen. Das dürfte nicht allzu weit von dir entfernt sein. Dann gehen wir dort in ein kleines Lokal ganz in der Nähe." „Okay, ich freue mich auf dich." „Ich freue mich auch. Lass uns jetzt schlafen gehen. Ich wünsche dir eine gute Nacht und süße Träume."

AUS HEITEREM HIMMEL

2. Mai 2019

2:39 Maren: Oh Frank, wie kannst du nur bei dem Ruf des Muezzins schlafen? Jede Nacht weckt er mich auf. Muss er denn mitten in der Nacht zum Gebet rufen? Ob das alles so im Sinne des Erfinders ist, geschweige denn besonders gesund, wage ich zu bezweifeln.

04:26 Frank: Mir geht es genauso. Das ist einer der Gründe, warum ich mich in der Türkei nicht mehr besonders wohl fühle. Aber wir haben nicht das Recht, uns zu beklagen. Wir sind nur zu Gast hier und haben die landestypischen Gebräuche zu respektieren.

05:58 Maren: Ja, du hast recht. Aber es erklärt, warum viele Menschen tagsüber völlig übermüdet sind und entsprechend griesgrämig dreinschauen.

Nachdem der Gebetsruf Maren diese Nacht wiederholt aus dem Tiefschlaf gerissen hatte, lag sie lange wach. Tausend Gedanken schossen ihr durch den Kopf. Ganz besonders Frank. Immer wieder Frank. Sie konnte nicht aufhören, an ihn zu denken. Lange betrachtete sie sein Foto auf ihrem Smartphone. Immer wieder vergrößerte sie Bildausschnitte und versuchte, jeden seiner Gesichtszüge zu scannen und sich einzuprägen: sein fester offener Blick, seine vollen Lippen und die linke Augenbraue, die etwas höher stand als die rechte.

Ihre Augen brannten vor Müdigkeit, während das Lächeln nicht aus ihrem Gesicht und dieses warme Gefühl nicht aus ihrem Körper weichen wollte. Nach und nach machte sie sich mit dem

Mann auf dem Bild vertraut. Er war es, der ihr die vielen tief empfundenen Momente der letzten Monate bereitet hatte. Er hatte ihr gezeigt: die Liebe war ihre Religion – bedingungslos, grenzenlos und unendlich. Alles, was sie wusste, war: es war das großartigste Gefühl, was sie jemals erlebt hatte. Die Liebe hatte sie mit voller Wucht erfasst und ihre Einstellung zum Leben völlig auf den Kopf gestellt. Sie hatte alles durcheinandergewirbelt. Ständig war ihr Leben in Bewegung, mal wie ein Sturzbach, mal verschwommen, mal kraftvoll. Mal zog es sie, mal kämpfte sie dagegen an. Liebe war nichts für Anfänger. Sie konnte gierig und unberechenbar, aber auch sanft und friedvoll sein. In einem Wissenschaftsmagazin hatte Maren mal gelesen, dass Liebe die biochemischen Prozesse in einem Körper sogar grundlegend verändern könne. Sie beeinflusse das Wohlbefinden, die Vitalität und Gesundheit, und selbst die Architektur der Körperzellen. Unglaublich!

Ihre Beziehung zu Frank war für sie wie ein Befreiungsschlag gewesen. Und daran konnte selbst die Tatsache nichts ändern, dass er ihr Herz unter falschen Vorzeichen gewonnen hatte. Sie musste ihn sehen. Unbedingt. Es war ihr letzter Tag in Istanbul. Doch noch schwang etwas Unsicherheit in ihren Überlegungen mit. Zu oft war sie schon von ihm enttäuscht worden. Sie konnte sich überhaupt nicht mehr vorstellen, wie es sich anfühlte, ihm gegenüberzustehen. Bei all den Fragezeichen, die ihr durch den Kopf wirbelten, war Maren sich in einem Punkt sicher: Sie wollte in ihrem Leben nicht mehr auf dieses starke Gefühl, zu lieben und geliebt zu werden, verzichten. Doch wie würde ihr erstes Treffen sein? Sie wusste es nicht. Und es verunsicherte sie noch mehr, wenn sie darüber nachdachte. Maren wälzte sich noch lange im Bett hin und her, bis der Schlaf sie in den frühen

Morgenstunden übermannte. Wie immer nach solch unruhigen Nächten war sie nach dem Aufwachen wie vom Schlaf benommen.

08:08 Frank: Wie geht es dir, mein Engel?

Mit einem Schlag war sie hellwach. Heute würde sie Frank treffen! Endlich! Endlich war der Moment gekommen, den sie so lange herbeigesehnt hatte.

08:10 Maren: Mein Lieber, ich muss ständig an dich denken. Damit könnte ich mich den ganzen Tag beschäftigen, ohne dass mir langweilig wird. Im Gegenteil: an dich zu denken, ist aufregend und inspirierend. Es macht mich glücklich, wenn ich traurig bin oder ich mich einsam fühle. Ich brauche dich wie die Luft zum Atmen.

8:12 Maren: Ob ich verrückt bin? Nein! Ob ich verrückt nach dir bin? Total!

08:13 Frank: Du bist das Beste, was mir jemals passiert ist. Deine Liebe ist so pur. Du hast einen festen Platz in meinem Herzen.

08:14 Frank: Du verdienst all das, was du dir wünschst.

Maren war aufgeregt. Heute Mittag! In nur wenigen Stunden würden sie sich in die Augen blicken! Ihr Puls hatte einige Schläge zugelegt. Voller Elan stand Maren auf, schüttelte zunächst die Kissen auf und zog die Bettdecke glatt. Es fiel ihr schwer, einen klaren Gedanken zu fassen. Gedankenfetzen schossen ihr durch den Kopf. So viele Fragen wollten gleichzeitig beantwortet werden, doch nichts konnte sie zu Ende denken. Sie musste sich erst sortieren. Maren ging ins Bad und warf einen kritischen Blick in den Spiegel. Ihre Augen waren von der Nacht noch leicht verquollen, das Haar verwuschelt. Sie drehte und wendete ihr Gesicht vor dem Spiegel, um einen möglichst günstigen Lichteinfall zu finden. Doch zufrieden war sie mit dem Ergebnis nicht. Sie hatte schon mal frischer ausgesehen, aber bis Mittag war noch etwas Zeit. Sie spritzte sich kaltes Wasser ins Gesicht, immer und immer wieder. Es dauerte eine Weile, bis sie sich etwas munterer fühlte. Als sie aufblickte, hatte sie bereits einen frischeren Teint. Schnell strich sie sich noch mit der Bürste über ihr Haar und fasste es mit einem Band am Hinterkopf locker zusammen.

Sie schaute auf die Uhr. Wenn sie jetzt Jonas anrufen würde, könnte sie ihn noch erwischen, bevor er zur Schule ginge. In Deutschland war es eine Stunde früher. Kurz darauf hörte sie ihn ins Telefon brüllen: „Papa nervt. Aber richtig!" Dann hörte Maren Jans Stimme aus dem Hintergrund: „Dein Sohn ist eine Katastrophe!" Und Jonas lamentierte weiter: „Ich habe keine kurze Hose, die ich anziehen kann. Die vom letzten Jahr sind alle zu eng. Und jetzt soll ich eine von seinen Hosen anziehen. Das kann er vergessen." „Wenn ich wieder zurück bin, kaufe ich dir neue Hosen. Zieh heute einfach eine von deinen kurzen Sporthosen an", schlug Maren vor. „Ich fliege heute Abend zurück, lande aber erst sehr spät in Frankfurt. Wir sehen uns morgen. Ich freue mich." „Okay. Ich muss jetzt zur Schule."

Maren ging in die Küche, um sich einen Cay zuzubereiten. Dann setzte sie sich mit ihrem Teeglas auf die Terrasse. Bis zu ihrem Treffen mit Frank hatte sie genügend Zeit. Sie wollte sich noch die Haare waschen und ihr Gepäck für die Abreise fertig machen. Wer wusste, ob sie später dazu noch Zeit haben würde.

Als sie wieder zurück ins Zimmer kam, fiel ihr Blick auf ihren geöffneten Koffer. Seit ihrer Ankunft in Istanbul hatte sie Kleider,
Hosen und T-Shirts nach und nach aus dem Trolley gezogen. Alles, was sie vor ihrer Abreise in Deutschland so ordentlich gerollt,
gefaltet und gestapelt hatte, lag nun wild verstreut im und neben
dem Koffer. Sie durchwühlte den Kleiderstapel und suchte nach
etwas Passendem zum Anziehen. Da es bereits ihr letzter Ur-
laubstag war, hatte sie nicht mehr die große Auswahl. Letztlich
entschied sie sich für ein rotes Sommerkleid aus weichfallendem
Seidengorgette. Die Farbe des Kleides war vielleicht etwas zu
eindeutig für ein erstes Date, aber zwischen ihr und Frank gab
es schon lange nichts mehr zu deuten. Sie wussten beide, was
sie voneinander wollten – sich lieben. Dann lief sie nervös durch
den Raum, sammelte die restlichen auf dem Boden liegenden
Kleidungsstücke ein und legte ihre Schreibutensilien auf dem
Schreibtisch zusammen. Bis Maren bemerkte, dass sie keinen
Handgriff richtig zu Ende führte, dauerte es einen Moment. Sie
hielt inne und spürte ihre innere Unruhe. Langsam atmete sie tief
ein und aus. Das wiederholte Maren einige Male, doch es half
nichts. Ihre Hormone verausgabten sich im Dauerjubel und ließen sich nicht bremsen. Ein rauschartiges Glücksgefühl hatte ihren Körper voll im Griff.

09:01 Frank: Liebes, ich bin aufgeregt. Ich will dich so sehr.

09:02 Frank: Maren, bevor wir uns treffen, solltest du noch etwas
wissen.

Ungläubig setzte sich Maren auf die Sesselkante. Ihr Rücken war
kerzengerade. Ihr Lächeln verwandelte sich schlagartig in eine
besorgte Mine. Sie ahnte nichts Gutes. Kurz überlegte sie, die
Nachricht zu ignorieren. Welche Hiobsbotschaft erwartete sie

nun? Und war sie bereit dafür? Jetzt, wo sich alles zum Guten wendete. Jetzt, wo ihr sehnlichster Wunsch in Erfüllung gehen sollte. Jetzt, wo er endlich für ein Treffen bereit war.

09:11 Frank: Ich liebe dich von ganzem Herzen.

Nun, das war nichts Beunruhigendes. Frank wusste, dass sie seine Liebesbekundungen geradezu verschlang. Nein, mehr noch: Sie waren ihr Lebenselixier. Sie konnte nicht genug davon kriegen. Ihr Hunger und ihre Gier danach waren unersättlich. Sie war geradezu süchtig nach seinen Worten.

09:12 Maren: Frank, ich empfinde genauso für dich.

Maren kehrte wieder auf die Terrasse zurück, um noch einen Tee zu trinken. Essen konnte sie heute Morgen nichts. Die Aufregung war ihr auf den Magen geschlagen. Dann ging sie ins Bad und machte sich fertig. In der Diele warf sie einen abschließenden Blick in den Spiegel. Das rote Kleid stand ihr hervorragend. Ihre blonden Haare fielen in leichten Wellen auf ihre Schultern. Rasch zog sie ihre Sandalen an und warf noch einen prüfenden Blick in ihre Handtasche. Es fehlte ihr Smartphone, das sie eben achtlos auf das Bett geworfen hatte und das noch in Selins Zimmer lag. Kurzerhand griff sie danach, warf es in ihre Tasche und verließ die Wohnung. Leylas und Emres Wohnung lag in einer ruhigen, aber sehr verwinkelten Straße. Maren war sich unsicher, welcher Weg der kürzeste zum Treffpunkt war. Daher entschied sie sich nach wenigen Schritten, noch einen Blick auf den Stadtplan zu werfen. Jonas hatte auf ihre Bitte hin ihr vor der Reise den Stadtplan von Istanbul auf ihr Smartphone geladen, so dass sie ohne Internet Zugriff darauf hatte. Als sie das Display öffnete, erschienen dort gleich mehrere Nachrichten von Frank, die sie morgens gar nicht mehr gesehen hatte.

09:17 Frank: Dann sollst du auch alles über mich wissen.

Seine nächste Nachricht enthielt ein Foto. Auf dem Bild saß er neben einem kleinen Mädchen auf einem Sofa. Maren schätzte ihr Alter auf fünf oder sechs Jahre. Sie war wie Frank dunkelhäutig, allerdings war ihre Haut etwas heller. Zwei rote Spangen bändigten ihr stark gekraustes schwarzes Afro-Haar. Ihr rechter nackter Fuß versteckte sich unter Franks Bein. Franks Arm lag auf den Schultern des Mädchens, das in seinen muskulösen Armen fast zu verschwinden schien. Beide lachten in die Kamera.

9:30 Frank: Maren? Wo bist du?

Maren war verwirrt. Warum schickte er ihr dieses Foto? Wer war dieses Mädchen? Sie brauchte einen kurzen Moment, um die Situation zu begreifen. Langsam dämmerte es ihr. Das war es, was sie über ihn wissen sollte. Maren war für einen kurzen Moment wie paralysiert und musste sich an eine Hauswand lehnen. Dann drehte sie sich um und ging wie in Trance langsam zurück zur Wohnung. Als sie wieder in ihrem Zimmer war, schrieb sie ihm.

11:35 Maren: Wer ist das Mädchen? Sie ist sehr niedlich.

11:38 Frank: Das ist Marie. Sie ist meine Tochter. Sie lebt mit ihrer Mutter in Wien.

Frank war Vater. Maren war fassungslos, auch wenn sie es seit wenigen Minuten bereits ahnte. Warum hatte er ihr nie etwas von dem Mädchen erzählt? Ein Kind ist ein wichtiger Teil im

Leben eines Menschen. Sie selbst war doch auch Mutter. Und was war mit seiner Frau? Eine Woge an Fragen sprudelte aus ihrem Kopf, überschlug sich und drehte sich im Kreis. Sie spürte, wie die Kraft aus ihrem Körper wich und sie den Halt verlor. Maren ließ sich rücklings auf das Bett fallen und schloss ihre Augen. Ihre Beziehung zu Frank fiel plötzlich wie ein Kartenhaus endgültig in sich zusammen. Diese Beziehung, die ihr so viel Kraft gegeben hatte, löste sich peu à peu in Lug und Betrug auf. Sie brauchte Klarheit. Er musste endlich alle Karten offen auf den Tisch legen und mit den Halbwahrheiten Schluss machen. Maren öffnete wieder die Augen, drehte sich auf den Bauch und tippte unmotiviert in ihr Smartphone.

11:40 Maren: Du bist verheiratet? Ich dachte, du seiest Single. Du hast mir nie etwas von einer Familie erzählt.

11:41 Frank: Liebes, ich lebe allein in Istanbul. Das ist richtig. Meine Frau und meine Tochter wohnen in Wien. Wir sehen uns nur selten.

11:41 Maren: Was soll das heißen?

11:42 Frank: Ich bin verheiratet und habe eine Familie, für die ich sorgen muss. Aber du bist die wichtigste Frau in meinem Leben.

11:42 Frank: Ich kann nicht aufhören, an dich zu denken.

Das reichte. Mehr verkraftete Maren im Augenblick nicht. Sie war verletzt. Nie hätte sie damit gerechnet, dass er Familienvater ist. Es gab in der ganzen Zeit keinen einzigen Hinweis darauf. All die Monate hatte sie geglaubt, dass er Single ist. Warum sonst hatte er sie kennenlernen wollen? Maren fühlte sich betrogen und hintergangen, und dies nun schon zum zweiten Mal innerhalb weniger Stunden. Wie konnte sie sich so in ihm getäuscht haben? Sie kam sich wie ein dummes kleines Mädchen vor. War ihre Situation nicht schon kompliziert genug? Und jetzt hatte Frank eine Familie. Sie war die Geliebte - wenn bislang auch nur platonisch - eines verheirateten Mannes. Das war ein absolutes No-Go für sie! Es war niemals ihre Absicht, eine Familie zu zerstören. Nein, nein und nochmals nein! Das kam für sie überhaupt nicht in Frage.

11:44 Frank: Maren?

11:46 Maren: Ich bin enttäuscht. Wie konntest du mir das verschweigen? Ich weiß nicht mehr, was ich glauben oder fühlen soll. Diese Nachricht wirft mich komplett aus der Bahn.

11:47 Frank: Gib uns eine Chance. Jetzt, wo alle Karten auf dem Tisch liegen.

11:47 Frank: Bitte sprich mit mir. Ich erkläre dir alles.

Ärger keimte in Maren auf und steigerte sich sekundenschnell in eine regelrechte Wut. Sie verspürte einen Druck im Magen. Ihr Hals schwoll förmlich an. Am liebsten hätte sie ihn angebrüllt, ihre ganze Wut herausgeschrien.

11:49 Maren: Nach acht Monaten legst du die Karten auf den Tisch und meinst, alles sei in Ordnung? Für dich vielleicht. Für mich überhaupt nicht. Unsere Beziehung ist ein Scherbenhaufen und versinkt im Morast.

11:50 Maren: Warum erzählst du mir all das erst jetzt? Warum hast du mir nicht gleich von Anfang an gesagt, dass du eine Familie hast?

11:51 Frank: Ich weiß, dass das ein Fehler war. Aber ich hatte den richtigen Moment verpasst, es dir zu sagen. In nur wenigen Tagen hatte ich mich in dich verliebt. Du hast mir von Anfang an das Gefühl gegeben, wirklich geliebt zu werden, selbst in den Momenten, in denen ich mich selbst nicht mehr lieben konnte. Zu wissen, dass du da bist, hat mir so gutgetan. Deine selbstlose Liebe und deine ganz besondere Art, mir unermüdlich deine Zuneigung zu zeigen, hat mich so lebendig gemacht. Ich hatte so etwas nie zuvor erlebt. Das wollte ich nicht aufs Spiel setzen. Jeder neue Tag mit dir war wie ein Geschenk. Ich brauchte dich so sehr.

Maren schloss ihre Augen. Ja, in der Tat: es war genauso, wie er es sagte. Sie hatte alles für ihn gegeben, wirklich alles riskiert. Und was hatte er gemacht? Er hatte ihr so viele Dinge verschwiegen. Sie fühlte sich erschöpft und ausgelaugt. Sie hatte keine Kraft mehr. Sie wollte nicht mehr.

11:55 Maren: Aber wie soll ich dir jemals wieder vertrauen können? Woher weiß ich, dass du mir in Zukunft weiterhin Dinge verschweigst und mir leere Versprechungen machst? Was kann ich überhaupt noch von dir erwarten? Oder gibt es noch mehr, was du mir jetzt erzählen solltest?

11:57 Frank: Maren, du hast in allem Recht. Und ich entschuldige mich von ganzem Herzen. Aber in einem Punkt war ich stets ehrlich zu dir. Wenn es um meine Gefühle für dich ging, habe ich dir immer die Wahrheit gesagt. Und das musst du mir glauben.

11:58 Frank: Bitte. Ich werde dir beweisen, dass du mir vertrauen kannst. Ich werde alles tun, um dich glücklich zu machen. Du bedeutest mir so viel.

Auch wenn Franks Worte ihre Wirkung nicht verfehlten, war Maren immer noch außer sich. Die Enttäuschung schmerzte und verdrängte allmählich ihren Ärger.

11:59 Maren: Ich weiß nicht, was ich sagen soll.

11:59 Frank: Sehen wir uns heute Mittag?

12:00 Maren: Ich weiß nicht, ob das jetzt eine gute Idee ist. Ich melde mich.

Plötzlich fühlte sich alles falsch an. Maren kauerte sich zusammen. Sie zog die Knie an, stützte ihr Kinn darauf und bildete mit ihren Armen einen schützenden Kokon. Sie suchte Zuflucht und Schutz. Sie war maßlos enttäuscht und traurig. Was sie am meisten störte, war, dass er sie monatelang im Dunkeln gelassen hatte und erst jetzt mit der Sprache rausrückte. Gegen die Tatsache, dass Frank Familienvater war, konnte sie nichts einwenden. Schließlich war sie in derselben Situation. Sie war verheiratet und Mutter. Und selbst sie hatte das nicht davon abgehalten, sich in einen anderen Mann zu verlieben. Auch wenn ihr eigenes Verhalten weder ihrem Werteverständnis noch ihren moralischen Vorstellungen entsprach. Frank hatte bei ihr alle Regeln und jegliche Vernunft außer Kraft gesetzt. Für ihn war sie bereit gewesen, viele Dinge über Bord zu werfen, die ihr vorher wichtig waren. Die einzige Ausnahme war Jonas. Er und sein Glück standen für sie unwiderruflich an erster Stelle. Zudem ließ sich die Fernbeziehung zu Frank bislang gut mit ihrem Familienleben vereinbaren. Oftmals reichten nur kurze Momente der ungeteilten Aufmerksamkeit, ein offenes Ohr, sein Interesse daran, was in ihrem Leben passierte, ein Kompliment oder eine Liebeserklärung, und Maren fühlte sich ihm trotz der Entfernung stets nah. Ein Treffen mit ihm wäre ein wirklicher Lackmus-Test für ihre Beziehung gewesen und hätte entweder den Beginn einer wirklichen Liebesbeziehung oder das Aus einer wundervollen Romanze bedeutet.

Nun wandelte sich die Szenerie. Neue Figuren betraten die Bühne und veränderten alles. Das machte ihre Geschichte um ein Vielfaches komplexer und vertrackter. Maren wollte nicht einmal darüber nachdenken, wie diese neue Figurenkonstellation aussehen könnte. Ob Frank bereit wäre, seine Familie für sie aufzugeben? Oder würde sie ihn für immer mit einer anderen Frau teilen müssen? Wäre sie immer nur die Andere, das Back-up, die ewige Nummer zwei und nie die einzige. Allein bei dem Gedanken lief es Maren kalt den Rücken herunter. Das war keine Option für sie. Nein, weit mehr als seine Ehe machte ihr der Vertrauensbruch zu schaffen. Allein der Gedanke daran versetzte sie in Rage. Maren richtete sich auf und atmete tief ein. Sie musste sich erst einmal beruhigen. Ein Spaziergang würde ihr jetzt guttun. Sie hatte noch den ganzen Tag vor sich. Außerdem musste sie noch Jonas Fußballtrikot besorgen. Leyla und Emre würde sie erst gegen Abend wiedersehen. Leyla wollte ihre Freundin zum Flughafen bringen.

Maren machte sich auf den Weg Richtung Karaköy. Sie wählte nicht den direkten Weg, sondern ließ sich durch die Straßen treiben. Bog nach links oder rechts ab, gerade wie ihr der Sinn stand, nahm Steigungen und setzte sorgsam einen Schritt vor den anderen, um mit ihren leichten Sandalen auf den steilen Straßen nicht auszurutschen. Sie durchwanderte das Straßenlabyrinth verschiedener Stadtteile, lief durch schmale Gassen und Treppen vorbei an prunkvollen Fassaden und bescheidenen Hütten. Die sommerliche Wärme hatte die Stadt voll im Griff. Aber Maren machte das nicht viel aus. In den engen Gassen gab es genügend

Schatten und je näher sie dem Fähranleger kam, desto frischer wurde die Luft.

Maren schlenderte vorbei an Obst- und Gemüsehändlern, Szene-Cafés, kleinen Schmuckläden und Galerien. Das südwestlich des Taksim-Platzes gelegene Istanbul war modern geprägt, hatte jedoch nichts von dem Charme seiner Historie eingebüßt. Istanbul war eine Stadt mit Ecken und Kanten, voller Widersprüche.

Der Spaziergang lenkte Maren von ihren Grübeleien ab. Am Anleger von Karaköy suchte sie ein Café auf. Der köstliche Duft von frischgebackenen Pfannkuchen machte ihr Appetit. Sie bestellte einen Gözleme mit Spinat und einen Cay. Die beiden Pfannkuchenbäckerinnen waren emsig damit beschäftigt, die anatolische Spezialität direkt an der Straße frisch zuzubereiten. Mit ihren runden Gesichtern und Bäuchen glichen die Frauen einander. Weiße Kopftücher schützten ihre Haare und über einem schon etwas fleckig gewordenen Kittel trugen sie breite, lindgrüne Schürzen. Während die Jüngere den Spinat wusch, Kartoffeln schälte und Pfannkuchenteig aus einem Eimer in eine riesige Schüssel nachfüllte, walkte die Ältere Teigfladen solange mit einer dicken Holzstange aus, bis der Teig hauchdünn vor ihr auf dem Tisch lag. Erst dann wickelte sie ihn um das Nudelholz und ließ es auf die halbrunde Kuppel des Ofens gleiten. Je nach Hitzegrad des Feuers zog die Frau die Kuppel mit den Teigfladen höher oder ließ sie wieder ein Stück herunter. Nach einigen Minuten wendete sie den Pfannkuchen, so dass die goldgelb gebackene Seite oben lag. Den fertigen Gözleme füllte sie abschließend mit einer würzigen Masse aus Kartoffeln, Spinat oder Fleisch und schlug die Teigecken übereinander.

Schon brachte der Kellner Maren ein Glas Tee und den köstlich duftenden Pfannkuchen. Nach wenigen Bissen war Maren der Appetit wieder vergangen. Die heutige Hiobsbotschaft schlug ihr immer noch auf den Magen. Sie ließ die Hälfte ihres heißgeliebten Gözleme stehen und machte sich auf den Rückweg. Wieder und wieder gingen ihr die gleichen quälenden Fragen durch den Kopf: „Warum hat Frank mir nicht die Wahrheit gesagt? Warum hat er mir nicht vertraut? Welche Absichten verfolgte er wirklich?" Doch sie fand keine Antworten. Die konnte ihr nur Frank geben. Und so mündete jede Frage unweigerlich in Wut, Verzweiflung oder Schmerz.

Die Temperaturen hatten inzwischen die 30-Grad-Marke erreicht, auch wenn die Sonne sich heute ihren Weg durch den dünnen Wolkenschleier schwer erkämpfen musste. Nur gelegentlich blitzte ein Sonnenstrahl zaghaft hervor. Erschöpft betrat Maren Leylas Wohnung. Sie war völlig außer Atem. Und das lag nicht nur an dem steilen Fußweg, den sie zurückgelegt hatte. Ihre Körperglieder waren schwer wie Blei. In der Wohnung steuerte sie sofort auf den nächstgelegenen Sessel zu und ließ sich hineinfallen. „Merhaba", rief Maren laut. „Yasemina?" Niemand antwortete. Sie schien allein zu sein. Das kam ihr gelegen. Sie hätte jetzt nicht die Kraft gehabt, einfach drauflos zu plaudern und so zu tun, als ob alles in bester Ordnung sei. Nachdem sich ihr Puls wieder etwas normalisiert hatte, holte sie ihr Smartphone aus der Tasche, um Frank zu schreiben. Sie war ihm noch eine Antwort schuldig. War sie ihm nach alldem überhaupt noch etwas schuldig? Nein, das war nicht ihr Stil. Nur weil jemand anderes sich nicht korrekt verhielt, würde sie nicht in dasselbe Verhaltensmuster verfallen. Mehrere Nachrichten poppten auf dem Display auf.

Doch bevor sie sich darum kümmern konnte, musste sie zuerst die Sache mit Frank klären.

13:16 Frank: Alles, was ich sagen kann, ist: ich liebe dich und werde dich immer lieben. Maren, bitte bleibe in meinem Leben.

Franks Worte berührten Maren. Immer noch empfand sie etwas ganz Besonderes für ihn, auch wenn sich dieses warme Gefühl der Liebe mehr und mehr mit dem zerstörerischen Gefühl der Wut vermischte.

14:46 Maren: Frank, ich weiß nicht, wie es weitergehen soll. Ich bin enttäuscht und verletzt. Und der Schmerz sitzt so tief. Ich kann mich heute nicht mit dir treffen. Das war zu viel für mich. Ich muss nachdenken und alles erst verarbeiten.

Nun gab es kein Zurück. Sie würden sich nicht sehen. Obwohl sie so lange auf ein Treffen gehofft hatte und es endlich in greifbarer Nähe war, erschien es ihr nun völlig absurd. Warum sollte sie sich noch länger mit Halbwahrheiten abspeisen lassen? Welchen Wert hatte eine Beziehung, die auf Lug und Betrug fußte? Würde sie ihm jemals wieder vertrauen können?

14:50 Frank: Meine Liebe, mein Ein und Alles, ich kann verstehen, dass du mich in dieser Situation nicht treffen möchtest und Zeit brauchst. Auch wenn es mich traurig macht. Aber bitte, bleibe bei mir. Bitte, verlass mich nicht. Bitte, gib uns eine Chance. Bitte, Maren.

14:51 Maren: Ich bin traurig, verzweifelt, wütend. Es ist besser, wenn ich in diesem Zustand nichts mehr sage. Jedes Wort wäre unüberlegt und wahrscheinlich das Falsche.

14:52 Maren: Wenn ich in Deutschland bin, sehen wir weiter.

Ihr wurde schummerig und ihre Knie weich. Aus der Traum! Stattdessen legte sich eine dumpfe Leere über ihren Brustkorb. Dabei hatte der Prinz selbst sie aus ihrem „Dornröschenschlaf" gerissen. Doch anders als im Märchen war aus ihrem langen wunderschönen Traum ein Albtraum geworden. Um sich abzulenken, las sie die anderen WhatsApp-Nachrichten, darunter eine von Jan.

10:28 Jan: Am besten nimmst du ein Taxi, um vom Flughafen nach Hause zu kommen. Ich weiß nicht, ob ich dich abholen kann.

Wie ein frostiger Eiswind schlug ihr Jans Nachricht ins Gesicht. Gerade jetzt konnte sie seine emotionale Kälte überhaupt nicht vertragen. Sie sehnte sich so sehr nach einem warmen Nest, nach Trost und Sicherheit. Aber nun gut, den Weg vom Flughafen nach Hause würde sie schon irgendwie allein bewältigen, auch wenn es mitten in der Nacht war.

15:01 Maren: Okay, dann nehme ich ein Taxi.

15:05 Jan: Bis morgen.

Wie würde sie zukünftig Jans Gleichgültigkeit ertragen können? Ohne Frank? Nachdem ihre Liebe zu ihm über Monate hin die Hauptrolle in ihrem Leben gespielt hatte? Wer würde ihr die Liebe geben, die sie so dringend brauchte, wenn es niemanden mehr in ihrem Leben gäbe, der ihr Herz mit Liebe flutete? Wer würde sie inspirieren und motivieren? In ihrem ganzen Leben hatte sie sich noch nie so mutig und befreit gefühlt wie mit Frank. Wer würde sie darin bestärken, ganz sie selbst zu sein? Wer würde ihr sagen, was für eine wundervolle Frau sie sei? Wer würde ihr

Trost und Sicherheit geben, wenn sie niemanden mehr hatte, dem sie ihr Herz bedingungslos ausschütten konnte? Maren konnte und wollte es einfach nicht glauben. Wie konnte Frank nur die ganzen Monate über seine Identität verschweigen? Wie konnte er sie von Anfang an mit Halbwahrheiten abspeisen und seine Familie unerwähnt lassen? Wie war es möglich, dass sie von alledem nichts bemerkt hatte? Es war alles zu schön gewesen, um wahr zu sein. Maren schüttelte den Kopf über Frank, über sich selbst und über das, was ihr Leben völlig auf den Kopf gestellt hatte. Jetzt war alles noch komplizierter. Dabei wollte sie einfach nur lieben und geliebt werden.

Marens Gedanken drehten sich im Kreis. Immer wieder landete sie bei denselben Fragen, auf die sie keine Antworten fand. Doch wen hätte sie fragen sollen? Der einzige Mensch, den Maren eingeweiht hatte, war Leyla. Doch die hielt gerade eine Vorlesung und würde erst gegen halb sechs zurück sein. Maren musste sich gedulden. Die Grübeleien brachten sie nicht weiter und das Gefühl des Verlustes und der Leere wurde immer quälender. Maren verstaute die Mitbringsel, Gewürze und das Trikot, dass sie auf dem Rückweg gekauft hatte, in ihrem Koffer. Wie sollte sie sich nun den Rest des Tages vertreiben? Sie entschied sich, für einen Hamam-Besuch. Das würde sie ablenken und ihren Körper von abgestorbenen Hautschüppchen befreien. Das würde ihre Haut reinigen, klären und beleben, so dass sie anschließend wieder besser durchatmen könnte. Zudem würde die Massage für ein paar Wohlfühlmomente sorgen, die sie jetzt dringend brauchte. Schnell hatte Maren ihren Kulturbeutel, Badelatschen und die Bikinihose zusammengesucht und in ihre Tasche gepackt. Kurz bevor sie das Haus verließ, warf sie noch einen Blick auf ihr Smartphone.

15:20 Frank: Ich vermisse dich mehr als du dir vorstellen kannst.

15:21 Frank: Maren, du bist so wichtig für mich. Ich kann mir eine Welt ohne dich nicht vorstellen. Ich werde dich immer lieben, ganz egal was passiert, ganz egal wie du dich entscheidest.

Sie legte das Smartphone in die Tasche zurück und machte sich auf den Weg in das Türkische Bad. Der Hamam lag etwas versteckt an einer kleinen Moschee inmitten eines belebten Wohngebietes. Wie bei den meisten türkischen Badehäusern befand sich der Eingang zum Frauentrakt an der Seite des Gebäudes. Als sie den Empfangsraum betrat, kam sofort die Natir auf sie zu. Die wohlbeleibte Frau hatte einen strengen Blick und sprach wild gestikulierend auf Maren ein. Dabei zeigte sie immer wieder auf die Preistafel und sah sie auffordernd an. Maren starrte wie hypnotisiert auf die dicken Oberarme, die bei jeder Bewegung kräftig hin und her schaukelten. Sie sprach kaum Türkisch, konnte aber aus dem Schwall der auf sie einprasselnden Worten die wichtigsten Informationen herausfiltern. Maren zeigte nun ebenfalls mit ihrer Hand auf die Preistafel. „Evet." Ja, sie wollte das komplette Programm einschließlich Massage. Die Hamam-Meisterin lächelte, kassierte und schob Maren resolut in eine der Umkleidekabinen.

Nachdem sie sich vollständig ausgezogen und die Bikinihose übergestreift hatte, durchquerte sie umschlungen mit einem Hamam-Tuch den Camekan und gelangte über den Warmluftraum in das eigentliche Dampfbad. In der Mitte thronte unter einer prachtvollen Kuppel eine riesige Marmorplatte, die Göbek Tasi. Die Natir-Meisterin nahm sie in dem trüben halbdunklen Licht des Saals in Empfang und wies sie an, sich auf den Nabelstein zu legen. Entschlossen griff sie nach Marens Handtuch und breitete es auf der warmen Marmorplatte aus. Dabei lächelte sie Maren versöhnlich an. Folgsam legte sich Maren bäuchlings auf das Tuch, bettete ihren Kopf auf ihre Arme und schloss die Augen. Aus einem Augenwinkel nahm sie wahr, wie die Natir begann, eine junge Frau, die neben Maren lag, einzuseifen. Die Bademeisterin war beschäftigt und Maren hatte Zeit zum Abschalten. Sie genoss die wohlige Wärme des Nabelsteins. Ihre Muskeln entspannten sich. Jetzt bloß nicht nachdenken, einfach nur den Körper spüren. Nach einer Weile dreht sie sich auf den Rücken und ließ sich vom Lichtspiel der Kuppel verzaubern. Die Deckenkuppel war über und über mit kleinen runden Öffnungen übersät, die nicht nur für Frischluft im Dampfbad sorgten, sondern auch das Tageslicht strahlenförmig hineinließen.

Plötzlich fasste die ebenfalls nur mit einem Slip bekleidete Hamam-Meisterin Maren am Arm und signalisierte ihr, dass sie sich hinsetzen solle. Ihre rechte Hand steckte in einem Kees, einer Art rauem Waschlappen, mit dem sie Maren resolut abschrubbte. Während die Natir kraftvoll über ihren Körper fuhr, geriet der Leib der Frau in wallende Bewegungen. Ihr gewaltiger Bauch und ihre großen Brüste kreisten und pendelten hin und her, mal schaukelnd wie von Wasser und Wellen getragen, mal geleeartig wackelnd und wabblig, mal mit kurzen und schnellen Schwingungen. Die hohe Raumtemperatur und die kraftraubende Massage strengten sie an. Die Frau ächzte und schwitzte. Maren wusste gar nicht, wo sie hinschauen sollte. Überall tauchte der weiche, unförmige Körper der Natir auf und berührte mal Marens Arme, Rücken oder den Po. Dabei lächelte sie Maren an und warf ihr die ein oder andere Kusshand zu.

Maren war irritiert und fühlte sich mit der Situation überfordert. Doch hatte sie in ihrem Kopf keinen Platz und keine Energie, darüber nachzudenken oder gar zu reagieren. Sie war so sehr mit sich selbst beschäftigt und wünschte sich, dass das Peeling nicht nur ihre Haut säuberte, sondern auch auf ihre Gedanken einen reinigenden Effekt ausübte. Nachdem Maren von Kopf bis Fuß abgerubbelt worden war, übergoss die Hamam-Meisterin sie mit einem Schwall warmem Wasser, um die gelösten Hautpartikel wegzuspülen. Immer wieder und immer wieder. Maren fuhr mit den Fingerkuppen über ihren Arm. Ihre Haut fühlte sich gleich viel samtiger an.

Erneut baute sich die Natir vor ihr auf. Sie hob mehrfach kurz ihr Kinn an, um Maren zu signalisieren, sich wieder bäuchlings auf das klatschnasse Hamam-Tuch zu legen. Danach begann sie mit ihren kräftigen Händen routiniert Marens Körper durchzuwalken. Hart grub sie ihre nach Limonen-Öl duftenden Hände in ihren Rücken. Unnachgiebig knetete sie Muskeln und Sehnen, um Blockaden zu lösen und das Gewebe zu lockern. Kraftvoll strich sie Oberarme und Unterschenkel mit dem Handballen aus und ging dabei bis an die Schmerzgrenze. Maren rang nach Luft und atmete auf, als die Prozedur vorüber war. Nun begann der sanfte Teil des uralten Rituals der Körperreinigung. Die Hamam-Meisterin umhüllte Marens Körper mit duftendem Seifenschaum. Dazu tauchte sie einen kleinen Leinensack wiederholt in eine große Schüssel mit Seifenlauge und presste das Tuch solange über Maren aus, bis ihr Körper unter riesigen blumig duftenden Schaumbergen verschwand. Anschließend führte sie Maren zu einem der an der Wand verteilten auf einem Treppenabsatz stehenden Marmorbecken. Während Maren sich rücklings vor das Becken auf die eine Stufe setzte, goss die Natir unermüdlich Schüsseln mit

Warmwasser über ihren Kopf. Ehe Maren es bemerkte, löste die Badefrau ihre Haarspange und verteilte Shampoo in ihrem Haar. Während sie die Schläfen und die Kopfhaut massierte, schloss Maren die Augen. Langsam ließ ihre Anspannung nach und sie konnte den Moment genießen. Mit einem breiten Lächeln reichte die Natir ihr zwei Handtücher. Nachdem sie sich abgetrocknet hatte, wickelte Maren eins der Handtücher um ihren Körper, das andere um ihren Kopf. Dann nahm sie im Camekan auf einem Sofa Platz und trank einen Tee. Die Auszeit im Hamam hatte sie erfrischt und gestärkt. Peeling, Warmwassergüsse, Massage: all das hatte einen reinigenden Effekt auf Körper und Seele. Für einen Moment glaubte Maren, wieder klarer auf ihr Leben blicken zu können.

Doch kaum setzte sie den ersten Schritt auf die Straße, spürte sie wie alle Gedanken zurückkehrten und sich in Windeseile in jedem Winkel ihres Kopfes ausbreiteten. Die Schwere der Entscheidung lastete unverändert auf ihrem Brustkorb. Verstand oder Herz? Vernunft oder Gefühl? Während die Vernunft „Nein" zu ihm sagte, hatte sie noch Gefühle für ihn. Auch wenn sie es sich ungern eingestand: ihr Herz schlug nach wie vor für Frank. Wie konnte das sein? Dieses Gefühl der Liebe war so stark und präsent und hatte selbst durch seine Eingeständnisse kaum Schaden davongetragen. Ihre Verärgerung, ihre Wut über die monatelangen Lügen waren fast wie weggefegt. Maren ärgerte sich über sich selbst, über ihre Abhängigkeit und Unsicherheit, über ihre Schwäche. Wie hatte das passieren können? Wie hatte sie sich so sehr von diesem Fremden abhängig machen können? Alles kam ihr wie ein großer Fehler vor. Dabei war sie so glücklich mit ihm gewesen. Das erste Mal in ihrem Leben hatte sie auf ihr Herz gehört und alles riskiert. Hätte sie ihn heute doch treffen sollen?

War es falsch gewesen, das lang ersehnte Treffen abzusagen? Doch nun war es zu spät. Sie schaute auf ihr Smartphone. Es war schon nach vier. Sie wollte auf dem Rückweg noch ein paar türkische Süßigkeiten kaufen. Außerdem hatte sie seit heute Vormittag nichts mehr gegessen. So machte sie kurz in einer Börek-Bäckerei halt und bestellte sich einen Yufkateig-Strudel gefüllt mit Schafskäse und Ayran. Wie immer war die Istiklal Caddesi voller Menschen. Ob tagsüber oder nachts, es gab kaum ein Durchkommen und jeder Einkaufsbummel glich einem Slalomlauf. Doch dann war alles erledigt. Kurz vor halb sechs stand Maren wieder vor Leylas Haus. Schweren Schrittes ging Maren die Treppe hinauf in den dritten Stock. Oben angekommen, dröhnte aus der Wohnung laute Musik. Zu klingeln machte keinen Sinn. Es hätte sie so und so niemand gehört. Maren suchte in ihrer Handtasche nach dem Wohnungsschlüssel. Dabei fiel ihr Blick auf ihr Smartphone.

16:26 Frank: Es tut mir so leid. Bitte verzeih mir, mein Engel.

16:27 Frank: Ich bin so traurig, nichts von dir zu hören. Aber ich kann dich verstehen.

Erneut füllten sich ihre Augen mit Tränen. Sie brauchte einen Moment, um ihre Fassung zurückzugewinnen. Als Maren die Tür öffnete, empfing sie türkische Musik. Sie folgte den lauten Klängen in die Küche und entdeckte dort Leyla und Yasemina, die sich singend zur Musik bewegten. Maren blieb in der Tür stehen und betrachtete die beiden. Sie versuchte zu lächeln, auch wenn die Traurigkeit nicht aus ihren Augen weichen wollte. Als Leyla sie entdeckte, tanzte sie hüftkreisend auf sie zu und nahm ihre Hand. Doch Maren wehrte ab. Orientalische Tänze lagen ihr nicht. Und heute war ihr gar nicht nach Tanzen zumute. „Da bist du endlich", schrie Leyla ihr freudig und völlig außer Atem entgegen. Sie hatte Mühe, die Musik zu übertönen. Rasch drückte sie die Freundin an sich und gab ihr einen Kuss auf die Wange. „Wir haben dich vermisst." „Ich dachte, du kommst erst gegen sechs Uhr zurück", erklärte Maren und beugte sich dabei näher an Leylas Ohr. „Ich war noch im Hamam und habe Besorgungen gemacht." Plötzlich war es ganz still. Das Lied war zu Ende und endlich begrüßte auch Yasemina Maren mit einem leicht verschwitzten Wangenkuss. Danach ließ sich das Mädchen erschöpft auf einen Stuhl fallen. Leyla war noch sichtlich außer Atem: „Das hört sich nach einem sehr entspannten Tag an. Mein letzter Nachmittagstermin ist ausgefallen. Ich konnte etwas früher hier sein. Darf ich dir einen Tee anbieten, oder lieber eine selbstgemachte Limonade?" Sie rang nach Luft und war schon auf dem Weg zum Küchenschrank, um Gläser herauszunehmen. „Ich nehme gerne einen Tee", antwortete Maren und an Yasemina gerichtet: „Du tanzt sehr gut." Yasemina grinste verlegen. „Ja, ich liebe es zu tanzen. Und das, was du eben gehört hast, war mein neues Lieblingslied. Hat es dir gefallen?" „Es hat sehr viel Rhythmus. Bei meinem nächsten Besuch musst du mir unbedingt beibringen, wie ich zu türkischer Musik tanzen kann, ohne mich dabei lächerlich zu machen." Yasemina nickte grinsend und ging in ihr Zimmer. „Sie muss noch für einen Test üben", erklärte Leyla ihr plötzliches Verschwinden. Sie hielt ein kleines Tablett mit Tee, Gebäck und Früchten in der Hand. "Komm, wir setzen uns auf die Terrasse", sagte sie zu Maren. „Dort ist es inzwischen schattig und sehr angenehm."

Nachdem die beiden Frauen es sich auf ihren Stühlen bequem gemacht hatten, konnte Leyla mit ihren Fragen nicht mehr warten. Marens gerötete Augen waren ihr nicht entgangen: „Was ist los? Was ist passiert? Canim benim, warum bist so traurig?" Doch Maren konnte nichts sagen. Wie auf Knopfdruck strömten Tränen über ihr Gesicht. Leyla reichte ihr schnell eine Serviette. Den ganzen Tag hatte sie mit Franks Enthüllungen allein zurechtkommen müssen. Doch nun konnte sie nicht mehr, und es brachen alle Dämme. Nach einer Weile beruhigte sich Maren und konnte endlich sprechen. „Nein, Frank wollte mich treffen. Heute. Aber ich wollte es nicht mehr." „Du wolltest nicht?" Leyla stand auf und fuhr Maren entgeistert an: „Jetzt versteh ich gar nichts mehr." Marens Stimme wurde leiser: „Ach Leyla, Frank hat mich die ganze Zeit angelogen. Er ist nicht der Mann, für den ich ihn gehalten habe. Er ist nicht der Mann auf den Fotos, die er mir geschickt hat. Und er ist nicht Single, was ich nie infrage gestellt habe." Leyla schaute Maren mit großen Augen an. „Wie bitte? Das verstehe ich nicht." Maren seufzte ermattet. Sie griff nach ihrem Handy und durchstöberte das Fotoarchiv. Es dauerte einen Moment. Endlich fand sie das gesuchte Bild mit dem fast glatzköpfigen Mann und hielt es Leyla unter die Nase. „Das ist Frank." Leyla starrte angespannt auf das Foto, konnte aber nichts Ungewöhnliches an dem abgebildeten Mann feststellen. Unvermittelt riss Maren das Smartphone wieder an sich und scrollte den Bildschirm des Fotoarchivs nun ganz nach oben. Dann klickte sie auf Franks Porträt, das er ihr vor zwei Tagen geschickt hatte. „Hier!", sagte Maren und streckte Leyla das Display entdecken. „Und das ist Frank. Das Foto hat er mir vor zwei Tagen geschickt." Leyla schaute sich das Bild aufmerksam an. Dann suchte ihr ungläubiger Blick Marens Augen: „Er hat sich die ganze Zeit als jemand anderes ausgegeben? Und du wusstest das nicht?"

„Genau. Er hatte zunächst Sorge, dass ich ihn aufgrund seiner Hautfarbe nicht kennenlernen wollte. Deshalb hat er mir das Foto eines anderen Mannes geschickt. Und dann hat er den richtigen Zeitpunkt verpasst, um das richtig zu stellen." Leyla war fassungslos. „Das glaube ich nicht. Er hat dich die ganze Zeit im Dunkeln gelassen?" „Und das ist noch nicht alles!" Maren griff erneut nach ihrem Smartphone und suchte das Foto mit Frank und seiner Tochter heraus. „Heute hat er mir offenbart, dass er eine Tochter hat und verheiratet ist." Leyla starrte empört auf das Foto. „So ein Betrüger! Was fällt ihm ein, dich so zu täuschen. Er soll zur Hölle fahren und sich nie wieder in deinem Leben blicken lassen." Sie stand auf und fuchtelte wütend mit ihren Händen durch die Luft. „Meine Liebe, dein Vertrauen so zu missbrauchen: Das ist unverzeihlich."

Dann drückte sie Maren fest an sich. „Und wie geht es dir damit?" Maren fühlte sich klein und verletzlich. Sie hätte den ganzen Tag über jemanden gebraucht, der ihr zur Seite stand, der ihre Zweifel nachvollziehen konnte und der sie verstand und ihr Halt gab. Und nun das! Leylas heftiger emotionaler Ausbruch erwischte sie eiskalt. Was fiel ihr ein, Frank so zu beschimpfen? Sie kannte ihn doch nur aus ihren kurzen Erzählungen. „Es geht mir nicht so gut", antwortete Maren trotzig. Doch Leyla war nicht zu stoppen: „Vergiss diesen Typen. Er ist es nicht wert. Er hat sich deine Gefühle erschlichen und dir vorgegaukelt, er sei vogelfrei. Ich hoffe, du hast ihm deine Meinung gesagt."

Leyla setzte sich wieder an den Tisch. Maren fühlte sich schwach und unwohl. Schnell beschwichtigte sie Leyla: „Natürlich habe ich ihm gesagt, dass mich sein Verhalten verletzt und es unverzeihlich ist. Daher habe ich das Treffen abgesagt." Sie wollte das Gespräch nicht fortsetzen. Nicht jetzt. Und nicht mit ihrer Freundin. Sie war ihr in diesem Moment keine Hilfe. Auch wenn Maren wusste, dass Leyla in allem, was sie sagte, recht hatte. Doch niemand außer ihr selbst durfte Frank verfluchen, nicht einmal ihre beste Freundin. Denn schließlich war er der Mann, der seit Monaten ihre tiefsten Sehnsüchte stillte. Frank hatte ihr die Augen geöffnet und ihrem Leben eine ganz neue Bedeutung gegeben. Er war so wichtig für sie und ihren Alltag geworden. Dafür war sie ihm unendlich dankbar. Das konnte sie nicht so einfach vergessen. Auch wenn er nicht die Wahrheit gesagt hatte. Aber sie wollte sich jetzt nicht mit Leyla streiten. Dafür hatte sie keine Kraft. „Ich fahre erst einmal nach Hause. Dort werde ich hoffentlich genügend Zeit zum Nachdenken finden und meine Gedanken sortieren können", beendete Maren mit einer gewissen Nüchternheit das Thema. Leyla lenkte ein. „Okay, meine Liebe, lass das Ganze erst einmal sacken. Und wann immer du jemanden zum Reden brauchst, bin ich gerne für dich da. Du kannst mich jederzeit anrufen."

Dann wechselte sie das Thema: „Holt Jan dich in Frankfurt vom Flughafen ab?" „Nein, ich werde ein Taxi nehmen." „Mitten in der Nacht?" „Ja, das ist kein Problem." Leyla klang nicht überzeugt: „Ich weiß nicht. Wie läuft es eigentlich im Moment mit dir und Jan? Wir hatten gar keine Gelegenheit, darüber zu sprechen." „Es ist ein ständiges Auf und Ab, aber besser als sonst. Gewisse Unarten kann er einfach nicht ablegen. Es scheint in ihm ein tief verwurzeltes Bedürfnis zu schlummern, mir ständig Vorwürfe zu machen. Und wenn ich dann nicht darauf eingehe, ist er beleidigt und spricht nicht mit mir", fasste Maren ihre Situation in knappen

Worten zusammen. „Doch wir verbringen auch harmonische Tage miteinander, an denen wir uns gut verstehen und wir gemeinsam lachen. Seit ich Frank kenne, ruhe ich viel stärker in mir und das wirkt sich paradoxer Weise auch positiv auf unsere Paarbeziehung aus." Sie grinste entschuldigend. Leyla runzelte die Stirn. „Und Jonas?" „Wir geben uns Mühe, ihm genügend Nestwärme zu geben und ihn aus unseren Diskussionen und Kämpfen herauszuhalten. Aber ich vermute, dass die Spannungen zwischen Jan und mir nicht spurlos an ihm vorbeigehen." Maren ließ die Schultern hängen. „Seitdem ich Frank kennengelernt habe, bin ich mir nicht mehr sicher, ob ich weiterhin an dieser Form unseres Familienlebens festhalten soll. Auch darüber werde ich gründlich nachdenken müssen. Aber alles zu seiner Zeit!"

Leyla schaute auf ihre Uhr. „Wann musst du am Flughafen sein?" „So gegen 19 Uhr. Mein Flug geht um 22:00 Uhr." „Gut! Gibt es irgendetwas, was du noch unternehmen möchtest?" Maren hatte keine Wünsche. Sie war vollauf mit sich selbst beschäftigt. Im Gegenteil: Sie war froh, dass Leyla jetzt die Dinge in die Hand nahm und sich um die Organisation ihrer Abreise kümmerte. „Emre wird so gegen sieben zuhause sein und etwas aus unserem Lieblingsrestaurant mitbringen. Ich decke den Tisch. Magst du mir helfen? Oder musst du noch packen?" Maren war inzwischen aufgestanden. „Ich habe schon heute Morgen gepackt. Ich muss nur noch die letzten Sachen in den Koffer legen. Dann kann ich dir gerne helfen." Während Leyla in der Küche verschwand, machte sich Maren auf den Weg in ihr Zimmer. Die Mitbringsel, ihr Kulturbeutel, die Schuhe: schnell waren die letzten Teile im Gepäck verstaut. Dann checkte sie ihre WhatsApp-Nachrichten.

16:12 Frank: Es tut mir leid. Ich bitte dich um Entschuldigung. Es war ein großer Fehler, dir nicht von Anfang an die Wahrheit zu sagen.

16:13 Frank: Maren, bist du noch in Istanbul? Wann fliegst du?

Maren sah sich im Zimmer um. Sie war bereit für die Abreise. Für einen Moment stellte sie sich ans offene Fenster und schaute dem Treiben auf dem Bosporus zu. Dann ging sie zu Leyla in die Küche, die gerade einen Teller mit Obst arrangierte. „Wie kann ich dir helfen?" „Im Kühlschrank stehen noch kleine Törtchen und Baklava. Könntest du die auf der Etagère anrichten?" Inzwischen war Emre mit dem Essen eingetroffen. Er begrüßte die beiden Frauen herzlich und öffnete eine Flasche Wein. Während Maren mit sich und den Törtchen beschäftigt war, berichtete Emre amüsiert von seinem Tag im Basar: „Ich habe gestern eine neue Kollektion an an Seiden- und Kaschmirstoffen geliefert bekommen. Als ich heute Morgen die Stoffballen in die Regale einsortieren wollte, standen zwei verschleierte Frauen vor meinem Geschäft." Emre musste lachen. „Als ich sie sah, habe ich die beiden hereingebeten: Willkommen in meinem Königreich der Stoffe. Kommen Sie, Kommen Sie! Ich habe die edelsten Stoffe für die schönsten Frauen." Leyla verdrehte die Augen: „Du bist wirklich ein Verkäufer mit Leidenschaft." Emre grinste immer noch verschmitzt: „Sofort habe ich den beiden die neue Kollektion gezeigt. Sie waren von den bunten Farben, kunstvollen Ornamente und aufwändigen Gold- und Silber-Einwebungen der orientalischen Motive so begeistert, dass sie gleich alle Stoffballen auf einmal kauften." „Gratuliere zu dem Geschäft!" erwiderte Leyla anerkennend. Und wie haben die saudischen Frauen den Stoff transportiert?" „Ich habe die Ballen ins Four Seasons Hotel liefern lassen. Dort wohnen die zwei während ihrer Shopping-Tour in Istanbul." Maren war froh, während des Essens nicht reden zu müssen. Die Familie bestritt das Tischgespräch in einem fröhlichen Pingpong. Maren zeigte hin und wieder mit einem Lächeln, dass sie dem Gespräch folgte. Nachdem sie die Mahlzeit mit Tee und Törtchen beendet hatten, verabschiedete sich Maren von Yasemina.

Leyla und Emre brachten sie mit dem Auto zum Flughafen. Dort angekommen, holte Emre Marens Gepäck aus dem Kofferraum und küsste sie zum Abschied auf die Wangen: „Ich soll dir übrigens schöne Grüße von Dilan bestellen." Emre grinste und zuckte mit den Achseln. „Du hast einen bleibenden Eindruck bei ihm hinterlassen." Maren musste lächeln. Ja, Dilan war sehr freundlich und fürsorglich zu ihr gewesen. Sie hatte seine Aufmerksamkeit genossen. Aber für Dilan gab es im Moment nun wirklich keinen Platz in ihrem Leben. „Danke, Emre. Bitte bestelle ihm schöne Grüße von mir. Er ist ein sehr netter und zuvorkommender Mensch." „Schade, dass du schon abreisen musst", bedauerte Leyla Marens Abreise und drückte ihre Freundin herzlich an sich. Maren musste schlucken. Abschied war nicht ihr Ding. Insbesondere nach den aufwühlenden Erlebnissen der letzten Tage. Gut, dass sie Leyla an ihrer Seite gehabt hatte. Sie spürte den warmen Körper der Türkin, der Stärke und Sicherheit ausstrahlte. Das tat gut. „Danke für deine Gastfreundschaft, Leyla. Du hast eine tolle Familie. Ich habe mich sehr wohl bei euch gefühlt." Maren machte eine kurze Pause. „Und vor allem danke für deine Freundschaft. Du hast mir sehr geholfen." „Das freut mich. Ich hoffe, dass wir uns bald wiedersehen, Canim. Melde dich bitte, wenn du angekommen bist." Leyla zog Maren nun noch fester am sich: „Und vergiss nicht: ich habe immer ein offenes Ohr für dich."

Dann trennten sich die beiden Freundinnen und Maren stürzte sich in das Flughafengetümmel. Es herrschte ein reges Treiben. Allein der Weg zur Eingangstür des Flughafengebäudes glich einem Spießrutenlauf. Menschen mit und ohne Gepäck belagerten die Gehwege. Einige Reisende schoben angestrengt schwergängige Gepäckwagen mit Stapeln an Koffern vor sich her, die jeden Moment umzukippen drohten. Andere Fluggäste überholten diese im Eilschritt. Untermalt wurde diese Betriebsamkeit durch eine konfuse Klangkulisse bestehend aus den hastigen Brems- und Anfahrgeräusche der vorfahrenden Fahrzeuge, einem aggressiven Hupkonzert, den hektischen Rufen von Taxifahrern und einem lauten Stimmencocktail von Sprachen unterschiedlichster Herkunft. Endlich gelangte Maren ins Flughafengebäude. An den Sicherheits-Schaltern im Eingangsbereich standen Menschentrauben. Es ging nur langsam voran. Immer wieder wiesen die Sicherheitsmitarbeitenden die sich drängelnden Menschenströme mit lauter Stimme an, das Gepäck auf das Fließband zu legen, Taschen in Boxen zu verstauen und Trinkflaschen mit Flüssigkeiten zu entsorgen. Maren schaute auf die Uhr. Bis zu ihrem Abflug hatte sie noch genügend Zeit. Endlich war sie an der Reihe und konnte den Eingangsbereich passieren. Die Abflughalle war riesig. Hier verteilten sich die Menschen in alle Richtungen. Die Situation war wieder etwas übersichtlicher und weniger chaotisch. Nach einem Blick auf die Abflugtafel steuerte Maren die Check-in-Automaten für die Auslandsflüge an. Sie hatte Glück und fand sofort einen freien Automaten.

Rasch druckte sie ihren Boarding Pass aus und wollte sich gerade auf den Weg zur Passkontrolle machen. Da hörte sie hinter sich eine Stimme: „Maren!" Reglos stand sie da. Wie ein Blitz traf sie wiederholt der Klang ihres Namens. „Maren!" Diesmal war die Stimme etwas lauter und fordernder. Ihr Herz pochte laut, ihr Atem wurde schwer. Für einen kurzen Moment senkte sie ihre Lider. Dann drehte sie sich langsam um. Direkt hinter ihr stand ein Ehepaar mit Gepäckwagen und wartete mit ungeduldigem Blick darauf, dass sie den Automaten frei gab. Maren griff hastig mit der einen Hand nach ihrem Kabinen-Trolley und ging einige Schritte zur Seite.

Da stand er. Aufrecht. Groß und breitschultrig. Ein Mann, der ins Auge fiel. Stolz und selbstbewusst. Dabei wirkte er in seinem weißen T-Shirt, Jeans und Sneaker fast unerhört lässig. Als er merkte, dass sie ihn erkannte, näherte er sich ihr mit schnellen Schritten. „Maren, bitte", drang erneut seine sonore Stimme in ihr Ohr. Sie wechselten Blicke. Er: bittend und bemüht. Sie: verunsichert und zweifelnd. Die Zeit stand still. Die Spannung stieg ins Unerträgliche.

Sie rang nach Atem. Sie wollte etwas sagen, doch sie spürte wie sich ein dicker Kloß in ihrem Hals bildete. Ihr Blick wurde glasig. Ihre Augen füllten sich mit Tränen. Sie wusste, sie würde jetzt kein Wort herausbringen können. Sie war überwältigt von dem Moment. Sie war erschlagen von ihren Emotionen. Sie war unfähig, überhaupt etwas zu denken oder zu tun. All die letzten Monate und vor allem die Ereignisse der letzten Tage kumulierten in diesem einzigen Augenblick.

Er machte einen weiteren Schritt auf sie zu und legte seine große Hand schützend auf die ihre, die immer noch den Griff des Trolleys fest umfasst hielt. Sie spürte, wie sich ihre innere Spannung löste. Wie vertraut und geborgen sich das anfühlte. Unaufhaltsam schossen ihr die Tränen in die Augen. Sie senkte ihren Blick. Sie wollte nicht, dass er sie so sah: völlig aufgelöst, jenseits jeglicher Kontrolle, ein einziges verunsichertes Bündel aus Emotionen und Gefühlen. Nach einer gefühlten Ewigkeit blickte sie kurz auf. Seine tiefbraunen Augen ruhten immer noch auf ihr. Er näherte sich ihr ein weiteres Stück und legte seine starken kräftigen Arme wie einen Kokon um ihren Körper. Er zog sie fest an sich, so dass ihr Gesicht in seiner endlos breiten Brust verschwand. Sie spürte seine tiefen Atemzüge auf ihrem Haar und nahm den herb-bitteren Geruch von Mandelkrokant auf seiner Haut wahr.

Frank ließ sie stumm gewähren. Als sie sich etwas beruhigt hatte, nahm er sanft ihren Kopf zwischen seine Hände. Behutsam wischte er mit seinen Daumen ihre Tränen weg. Sein Blick traf sie mitten ins Herz. Er beugte sich zu ihr und gab ihr einen zaghaften Kuss auf die Wange. Dann begann er zögerlich ihre Lippen mit den seinen zu berühren: sinnlich und voller Leidenschaft. Sie spürte, wie seine weichen frischen Lippen sie behutsam streichelten. Ohne den Kuss wirklich zu erwidern, kostete Maren den Moment aus. Doch fühlte sie sich außer Stande zu reagieren.

Schließlich ergriff er das Wort: „Wann geht dein Flug?" Wie aus einer Trance kehrte Maren in die Abflughalle zurück. Sie löste sich aus seiner Umarmung. Verwirrt antwortete sie mit noch brüchiger Stimme: „Ich weiß nicht. Wie spät ist es denn?" Sie nahm ihr Bordkarte in beide Hände und beugte sich konzentriert darüber. Hilflos suchte sie auf dem Stück Papier nach der dort vermerkten Einstiegszeit. Frank schaute auf sein Handy und dann auf ihren Boarding Pass. „Du musst los, mein Engel. Auch wenn ich es mir anders wünschen würde." „Okay." Maren stand immer noch neben sich. Wie hypnotisiert griff sie nach ihrem Trolley und kontrollierte ihre Papiere. Sie blickte zu ihm auf und gab ihm einen flüchtigen Kuss auf die Wange: „Bye, mein Bluebird!" Dann reihte sie sich in die Warteschlange an der Passkontrolle ein. Aus dem Augenwinkel nahm sie wahr, dass Frank ihr noch lange nachschaute. Kurz bevor sie den Schalter erreichte, sah sie, wie er zum Abschied die Hand hob und sie mit den Augen fixierte. Gelöst erwiderte sie seinen Gruß und konnte sehen, wie sich seine Lippen bewegten und er ihr etwas zurief. Doch sie konnte seine Worte nicht verstehen. Sie war zu weit von ihm entfernt. Ein paar Schritte weiter verschwand er aus ihrem Sichtfeld.

Maren ging direkt zum Abfluggate. Kurz darauf wurde ihr Flug aufgerufen. Sie war froh, als sie endlich auf ihrem Platz im Flugzeug saß. Sie war zu müde und zu erschöpft, um einen klaren Gedanken fassen zu können. Die Aufregung der letzten Tage hatte sie emotional an ihre Grenzen gebracht. Und das unerwartete Zusammentreffen mit Frank hatte ihr den Rest gegeben. Genüsslich ließ sie ein Stück Zartbitterschokolade auf ihrer Zunge zerschmelzen. Sie hatte noch einen Riegel in ihrer Handtasche gefunden. Maren hatte keine Kraft mehr und schlief tief und fest ein. Als das Flugzeug auf der Landebahn aufsetzte, fühlte sie sich wieder etwas gefestigt.

Maren ließ die Wohnungstür sanft hinter sich ins Schloss fallen. Dann war es still. Nur das vertraute Schnarchen von Jan war durch die geschlossene Tür des Gästezimmers zu hören. Sie stellte das Gepäck ab und zog ihr Smartphone aus der Tasche.

22:33 Frank: Ich wünsche dir eine gute Reise, mein Salat. Bitte melde dich, sobald du da bist.

Eine Woge der Wärme schwappte über sie. Sie fühlte sich friedlich und geborgen. Sie spürte, dass sie auf dieses Gefühl nicht mehr verzichten wollte. Und plötzlich wusste sie genau, was zu tun war.

23:56 Maren: Ja, danke. Ich bin gut gelandet. Es ist alles in Ordnung. Bitte mach dir keine Sorgen.

Leise schlich sie durch den Flur und öffnete Jonas Zimmertür. Da lag der dunkle Strubbelkopf, die Bettdecke bis fast ganz über den Kopf gezogen. Maren musste schlucken. Morgen würde sie mit Jan sprechen.